ars vivendi
Krimi

Der Autor

Oliver Becker lebt mit seiner Familie in Frankfurt am Main. Er schreibt Romane der unterschiedlichsten Genres – ob pralles Historienabenteuer, Kriminalroman oder auch sozialkritische Tragödie. Für Becker liegt der Reiz des Schreibens gerade darin, immer wieder Neuland zu betreten. Oder wie er es sagt: »Das Einzige, worauf ich mich festlegen lasse: dass ich mich nicht festlegen lasse.« Zu seinen bekanntesten Veröffentlichungen zählt die Trilogie um die »Krähentochter«.

Oliver Becker

Das Raunen der Toten

Kriminalroman

ars vivendi

Originalausgabe

Erste Auflage Januar 2015

www.arsvivendi.com

Lektorat: Gisela Fehrer
Umschlaggestaltung: ars vivendi unter
Verwendung einer Fotografie von plainpicture/BY
Druck: CPI Ebner & Spiegel, Ulm

Printed in Germany

ISBN 978-3-86913-502-1

Das Raunen der Toten

Teil I

Die Frau
mit der Bronzehaut

1

Abel schlug die Augen auf und war sofort hellwach. Die nackte Erde unter ihm strahlte Kälte ab. Er saß noch genau so, wie er eingenickt war, den Rücken an den Stamm eines kahlen Baumes gelehnt, die Beine ausgestreckt. Irgendwann, als die Nacht am finstersten gewesen war, hatte ihn der Schlaf dann doch erwischt.

Sein Blick wanderte über die Grabsteine und die Kreuze. Nebel schmiegte sich in Fetzen um Sträucher und dürre Kiefern. Es war nichts zu hören. Kein Wispern oder Raunen. Von den Gräbern drang nichts als eine tiefe Stille zu ihm. Die Toten schwiegen.

Abel kam auf seine steifen Beine. Er zog die Ballonmütze in die Stirn und rieb die in löchrigen Handschuhen steckenden Hände aneinander. Ohne Eile ging er los. Etwa zweihundert Meter von den letzten Gräbern entfernt stieß er auf einen Frauenschuh.

Er hob ihn nicht auf, betrachtete nur kurz das abgewetzte Leder. Erneut ließ er seinen Blick kreisen, nun aufmerksamer. Dann ging er weiter. Seine Atemwolken lösten sich in der beißenden Luft auf.

Gleich darauf entdeckte er einen Mantel, schwarz, aus dickem Wollstoff, schon leicht abgetragen. Dieses Mal konnte er einer Berührung nicht widerstehen. Er nahm den Mantel an sich, drückte ihn sich fest ins Gesicht, roch das Duftwässerchen, roch die Haut des Menschen, die das Innenfutter vor der Kälte geschützt hatte.

Abel setzte seinen Weg fort, den Mantel in einer Hand, und es dauerte nicht lange, bis er vor der Frau stand. Sie lag auf dem Rücken. Das rote Kleid war bis zum Bauchansatz hochgeschoben, die Unterwäsche zerrissen. Abel sah die Würgemale an ihrem Hals. Er ging in die Knie und starrte in die leeren toten Augen. Rasch erhob er sich wieder. Jetzt nahm er die Kälte zum ersten Mal so richtig wahr. Es wurde Winter.

Er lief schneller als zuvor, viel schneller, der Mantel wog auf einmal schwer in seiner Hand. Als er die Hütte erreichte, in der er seit Langem lebte, atmete er auf. Er legte das schwarze Kleidungsstück sorgfältig zusammen, machte es so klein wie möglich und versteckte es unter seiner Liege. Er nahm die Mütze ab, wusch sich das Gesicht mit Wasser aus einer Emailleschüssel und machte sich einen Kaffee, den er schlürfend trank. Die ganze Hütte schien nach der Haut der Frau zu riechen, der Duft verwirrte ihn, machte ihn verrückt, aber den Mantel würde er nicht wieder fortschaffen, das wusste er. Er trank noch eine Tasse, ehe er die Hütte wieder verließ, seine Schritte jetzt ohne Eile. Inzwischen war es hell geworden, ein grauer Himmel klebte über dem Wald.

Als Abel etwa fünfzehn Minuten später den Dorfrand erreichte, setzte leichter Schneefall ein. Niemand war zu entdecken. Er näherte sich dem *Stolzen Hahn*, dem einzigen Gasthaus, lauschte durch die Tür ins Innere und trat ein. Die Gaststube war noch leer. Abel setzte sich an einen kleinen Tisch direkt an einem der Fenster. Es schneite weiter. Nach einer Weile erschien Piet, der Wirt. Er sagte kein Wort zu Abel, brachte ihm aber eine Tasse dampfenden Kaffee, der besser schmecken würde als Abels dünne Brühe in der Hütte. Es dauerte fast eine Stunde, bis weitere Gäste eintrafen und gemurmelte Unterhaltungen in Gang kamen. Die ersten Witze des Tages, müdes Lachen.

Die ganze Zeit über hatte Abel auf seinem Stuhl gesessen und die Straße im Auge behalten. Und als er den Mann dann kommen sah, stand er auf. Die anderen Gäste musterten Abel, folgten seinem Blick durchs Fenster. Sofort kam Leben in sie. Sie erhoben sich ebenfalls, liefen nach draußen.

»Seht euch das an!«, rief einer.

Piet stapfte verwundert hinter dem Tresen hervor.

Abel blieb stehen, wo er war.

2

Christian Falk hatte sie die ganze Nacht und den ganzen Morgen gesucht. Jetzt, da sie starr wie ein Stück Holz auf seinen Armen lag, war seine Müdigkeit wie weggeblasen. Doch er fühlte nicht etwa Trauer, er fühlte überhaupt nichts.

Beim Gehen sah er sie nicht an, er starrte einfach geradeaus. Er erreichte das Dorf und bog in die Hauptstraße ein. Er spürte die Blicke hinter den Gardinen. Als er auf Höhe des *Stolzen Hahns* war, liefen einige Männer aus dem Gasthaus, um ihn und sie ganz offen anzustarren. Ein paar aufgeregte Bemerkungen wurden ausgestoßen, aber rasch verfielen alle in Schweigen. Bis auf Piet, der ihm laut zurief: »He, was ist denn passiert ...?«

Doch er beachtete weder Piet noch die anderen, er ging einfach weiter.

Er gelangte ans Ende der Hauptstraße, immer mehr Menschen tauchten auf, die ihm hinterhersahen. Beinahe mechanisch folgte er seinem Weg, schien weder die Leute noch das Auto zu bemerken, das wegen ihm heftig bremsen musste und fast ins Schleudern geraten wäre.

Auf dem Kleid der Toten, sogar auf ihrem Gesicht, das nicht einmal jetzt bleich geworden war, sondern den dunklen Bronzeton behielt, lag Schnee, als er am anderen Ende des Dorfes bei dem kleinen Haus ankam, das er gemietet hatte. Mit einem kräftigen Tritt stieß er die Tür auf. Er schritt den Flur hinab, betrat die Küche und bettete die Frau vorsichtig auf den Holztisch. Dann schloss er die Haustür. Zurück in der Küche, berührte er die eiskalten Wangen der Toten sanft mit seinen Fingerkuppen. Er erinnerte sich an den Ausdruck ihrer Augen, damals, als sie ihn zum ersten Mal angeblickt hatte, so weit von hier. Er stellte sich ihre Stimme vor, ihre Art, sich zu bewegen. Choya. So lautete ihr Name. So fremd und geheimnisvoll wie ihr Wesen, wie ihre Herkunft.

Vor dem schlierigen Fenster tanzten Schneeflocken, während Christian Falk immer noch am Tisch stand und die Frau betrachtete. Es war längst Nachmittag, als er sich eine Flasche Schnaps aus der Kommode nahm und sich auf einen Stuhl setzte. Er prostete der Toten zu und trank, ohne etwas von der Flüssigkeit auf seiner Zunge zu schmecken. Und dann dachte er an seinen Vater. Sein Vater hatte Choya nie kennengelernt. Was hätte er von ihr gehalten? Was hätte er von alldem gehalten, was zu Christians Leben gehörte?

Christian schenkte nach, und als er das Glas wieder ansetzte, liefen die ersten Tränen über seine Wangen. Er beweinte nicht nur sie, auch sich selbst, sich und sein Leben.

So saß er da, ebenso regungslos wie die Tote, die auf dem Tisch lag. Er schenkte sich noch einmal nach, trank aber nicht mehr. Wozu auch, er wurde ohnehin nicht betrunken, kein bisschen. Die Dämmerung setzte ein, der Schneefall hielt unvermindert an, und er kauerte nach wie vor auf dem Stuhl, ignorierte die Kälte in dem kleinen Haus und die Dunkelheit, die ihn langsam einhüllte.

3

Jedes Mal, wenn sie dieses Monstrum von Gangschaltung betätigte, durchzuckten Schmerzen ihren Arm. Aber auch das würde sie nicht dazu bringen, einen Chauffeur einzustellen, wie es offensichtlich alle Welt von ihr erwartete. Keine Frau aus ihrem Bekanntenkreis, scheinbar keine einzige Frau auf der ganzen Welt, fuhr Automobil, wie es ihr vorkam. Sie tat es.

Der Motor ratterte und spuckte, und sie drückte das Gaspedal noch ein wenig stärker durch. Nasser Schnee klatschte auf die Windschutzscheibe und schmolz. Nicht mehr lange, und ihre täglichen Fahrten auf der abgelegenen Landstraße würden zu einem wahren Glücksspiel werden.

Während sie in das Dorf einbog, die Scheinwerfer stachen in die bleigraue Dunkelheit, erinnerte sie sich an den heutigen Morgen, als sie beinahe einen Mann angefahren hätte, der sich wie ein Schlafwandler fortbewegt hatte. Es war ihr gerade noch gelungen, das Steuer herumzureißen und ihren Fuß auf die Bremse zu setzen. Der rechte Vorderreifen war durch den tiefen Matsch am Straßenrand geschlittert, und endlich war das Automobil zum Halten gekommen.

Den ganzen Tag über hatte sie nicht mehr daran gedacht, aber jetzt sah sie alles vor sich. Ihr Erschrecken, ihre Wut – und diese versteinerte Miene des Mannes, der einfach weitergestiefelt war, als hätte er überhaupt nichts von ihrem mühsamen Manöver mitbekommen. Zuerst hatte sie ihm etwas hinterherrufen wollen, aber dann war ihr Blick auf das gefallen, was der Mann in den Armen hielt: eine Frau.

Jetzt, am Abend, sah sie das verschmutzte knöchellange Kleid und das herabhängende dunkle Haar der Frau auf einmal ganz deutlich vor sich. Der Frau hatte ein Schuh gefehlt, wie ihr ebenfalls wieder einfiel. Und die Frau war – tot.

Und da erst hatte sie den jungen Mann erkannt: das schmale Gesicht, die schlanke, sehnige Gestalt. Es war Christian Falk, derjenige, den alle »Kanadier« nannten.

Eine bizarre Szene. Was war denn nur geschehen?, hatte sie sich gewundert. Ja, und in der Mitte des Dorfes hatten sich natürlich gleich einige Leute versammelt, um aufgeregt miteinander zu tratschen – so aufgeregt, dass sie Vera keinerlei Beachtung geschenkt hatten.

Wenn es nur immer so wäre, hatte sie flüchtig gedacht.

Allmählich verdrängte Vera Novian die tote Frau wieder aus ihren Gedanken. Sie stellte sich bereits auf die Ankunft zu Hause ein. Unbehaglich ließ sie die letzten Tage, die letzten Wochen in Gedanken an sich vorüberziehen. In welcher Verfassung würde er sie heute erwarten?

Sie parkte das Automobil in der Einfahrt, und mit erneutem Unbehagen taxierte sie das Haus, das wie unbewohnt dalag. Im Flur war es kalt, in der Küche türmten sich Teller und Schüsseln, als wären sie eine Art Schutzwall. Vor Monaten, als sie die Putzfrau wegen des immer unerträglicher werdenden Getratsches entlassen hatte, hatte Marcus versprochen, sich ums Geschirr zu kümmern und die Wohnung sauber zu halten.

Nein, so konnten sie wirklich nicht weitermachen.

Sie ging die Treppe nach oben, und je näher sie der letzten Tür des Ganges kam, desto unangenehmer war das Gefühl, das sich in ihrem Magen ausbreitete. Wie würde er heute sein?

Sie öffnete nicht einfach die Zimmertür, sondern klopfte leise an, so, wie er es mochte. Und zu ihrer Überraschung dauerte es diesmal nicht wieder eine ganze Weile, bis er sie hereinrief.

Ihre Überraschung war noch größer, als er nicht wie sonst am Schreibtisch sitzen blieb, um ihr seinen Rücken zu präsentieren, sondern mit großen Schritten auf sie zukam. Sein Gesicht wirkte entspannt, offen – er lächelte sogar.

»Marcus«, sagte sie, etwas zögerlich, als könne sie dem Frieden nicht so recht trauen.

Er nahm sie in die Arme und gab ihr einen spielerischen Kuss.

»Vera.« Er lachte. »Da bist du ja endlich.«

»Auch nicht später als sonst.«

»Ich konnte es kaum erwarten.«

»So, so ...« Ihre Stirn legte sich in Falten.

Er winkte ab. »Du bist mir doch nicht mehr böse, Liebling?«

Sie musterte ihn, sehr ernsthaft, allerdings nicht vorwurfsvoll.

»Ich war einfach so verflucht angespannt, ich habe so viel gearbeitet.«

»Du kommst also gut voran?«

»*Gut?*« Jetzt strahlte er. »Es läuft fantastisch, es läuft traumhaft. Geht fast wie von selbst.«

»Das freut mich.«

»Was? Ist das alles? *Es freut dich?* Warte ab, bis du etwas gelesen hast. Es wird dich begeistern.«

»Ich kann ja einiges vertragen«, betonte sie und

genoss ihre Ironie. Auch noch, als er das Gesicht verzog.

»Schon gut«, meinte er. »Ich werde mir Mühe geben, werde mich besser beherrschen.«

»Das hab ich schon öfter gehört, Marcus.«

Er hielt sie noch immer im Arm. »Ich sage doch: Ich werde mir Mühe geben.«

Diesmal küsste sie ihn. »Ich bin dir doch gar nicht böse.«

»Du bist mir nie böse, Liebling.«

Nein, dachte sie, *auch wenn ich es oft genug sein müsste.*

»Du kannst mir gar nicht böse sein.«

Sie drückte sich fest an ihn. Wie lange war es her, seit er so befreit gewirkt hatte? Wochen, dachte sie. *Jahrhunderte.*

Ein unüberhörbares Knurren seines Magens brachte sie dazu, sich aus seinen Armen zu lösen. »Jetzt mache ich uns erst mal was zu essen«, sagte Vera.

»Fein«, erwiderte er rasch. »Ach – wie war's eigentlich bei dir?«

»Frag bloß nicht: ein einziger Albtraum«, sprudelte es sofort aus ihr heraus. »Der Tag wollte überhaupt nicht mehr aufhören. So viel zu tun, du würdest es nicht glauben. Zuerst hatte ich eine endlose – und wie üblich völlig nutzlose – Unterredung mit ...«

Doch sie merkte, dass er ihr bereits nicht mehr richtig zuhörte, längst wieder in seine rätselhafte Gedankenwelt abgetaucht war.

4

Früher Morgen. Zwei Tage nach dem Mord. Dicke Nebelschwaden über dem Wald. Der Boden war gefroren, doch der Schnee hatte sich noch nicht halten können.

Der Kälte, die sich in seinen Körper fraß, wurde sich Christian Falk kaum bewusst. Der Schnaps der letzten achtundvierzig Stunden rumorte in seinen Eingeweiden, trommelte in seinem Schädel.

Als er die verborgen im Wald gelegene Hütte erreichte, stellte er fest, dass sie sich in all den Jahren nicht verändert hatte. Christian stieß die Türe auf und trat ein. Er betrachtete die seltsamen Gemälde und Zeichnungen an den Wänden und auf dem groben Holztisch, die ausgestopften Vögel, den fingerdicken Staub in den Ecken. Dieser seltsame Geruch: auch wie früher. Christian hockte sich auf einen Schemel und wartete.

Schon bald tauchte Abels Gesicht am Fenster auf. Der Alte schien nicht zu erschrecken, als er Christian dort sitzen sah. Ausdruckslos seine Augen, von denen alle im Dorf behaupteten, sie hätten etwas Unheimliches, etwas Unberechenbares.

Christian verfolgte, wie Abel die Hütte betrat und die Schrotflinte und einen toten Hasen auf den Tisch legte, wobei Blut einige der Bleistiftskizzen verschmutzte.

Einen langen Moment starrten sie sich an, ohne etwas zu äußern, dann füllte Abel zwei Gläser mit seinem selbst gebrannten Schnaps und nahm ebenfalls Platz.

»Sie muss unter die Erde«, brach Christian das Schweigen, nachdem sie getrunken hatten.

»Genau wie wir alle«, erwiderte Abel mit einem freudlosen, nicht zu deutenden Lächeln.

»Aber das geht nicht, die Polizei will sie nicht hergeben.«

»Du warst bei der Polizei?«

»Und bei unserem Pfarrer.«

Abel grinste spöttisch. »Was hat der gesagt?«

»Er weigert sich, sie zu beerdigen.«

»Klar, sie war für ihn eine Heidin. Mehr noch: eine *Wilde*.«

»Und die Polizei gibt sie noch nicht heraus«, wiederholte Christian sachlich.

Abel antwortete nicht.

»Ich würde wenigstens gerne ihre Sachen unter die Erde bringen.«

»Ihre Sachen?«

»Ja, wer weiß, wie lange die Polizei ...« Christian setzte neu an: »Ständig fällt mein Blick auf etwas, das ihr gehört. Eine Bürste, eine Jacke, einen duftenden Flakon. Das halte ich nicht aus. Ich will alles unter die Erde bringen. Das wird mein Abschied von ihr sein, ganz egal, was die Polizei mit ihrem Körper macht.«

»Was dagegen, wenn ich dabei bin?«

»Nein, deshalb erzähle ich es dir ja.«

Abel betrachtete ihn eingehend. »Was hast du vor?«

»Gestern bin ich mit dem Fahrrad nach Barghude gefahren, um Anzeige zu erstatten.«

Abel füllte die Gläser nach. »Und dann?«

»Man hat sie abgeholt und untersucht. So ein Polizeiarzt. Er sagte mir, wie er es einschätzt. Ihr Mörder hat sie gepackt, sie hat sich gewehrt und konnte sich wohl auch losreißen. Sie wollte fliehen, hat dabei den einen Schuh verloren. Doch sie war nicht schnell genug. Der Mörder hat sie sich erneut geschnappt und ihr den Mantel heruntergerissen, von dem seltsamerweise jede Spur fehlt.«

»Ihr Mantel?«, warf Abel tonlos ein. Er erhob sich und griff nach dem Hasen, um ihn auf eine Truhe zu legen.

»Ja, im Haus ist er nicht. Und bei der Kälte ist sie mit Sicherheit nicht nur im Kleid unterwegs gewesen.«

»Was hat sie überhaupt da draußen gemacht?«

»Sie ist oft spazieren gegangen, abends, das weiß ich. Nicht lange, nicht weit. Sie mochte das, mal für sich zu sein, durchzuatmen. Nach allem, was wir früher durchgemacht haben, hätten wir es nie für möglich gehalten, dass wir ausgerechnet im Dorf einer Gefahr ...« Christians Stimme erstarb.

»Wo warst du, als es geschah? Zu Hause?«

»Nein, in der Fabrik. Ich hatte für einen Kollegen die Spätschicht übernommen. Schon die Tage davor. Jetzt habe ich mir erst einmal freigenommen.« Und dann sagte Christian ganz unvermittelt: »Der Mörder hat sie mit seinen widerlichen Händen einfach ... erwürgt. Dieses Schwein. Wenn ich nur wüsste, wer ...« Erneut versagte ihm die Stimme.

»Hat er ihr davor noch *mehr* angetan?«

Christian holte tief Luft. »Dieser Arzt meinte, sie hätte vorher Geschlechtsverkehr gehabt. Aber ob es zu einer Vergewaltigung gekommen ist ...« Er atmete schwer durch. »Als ich sie fand, hatte ich keinen Zweifel daran. Ihr Kleid war ...«

»Schon gut, Junge.«

Wiederum ein tiefes Luftholen. Und als Christian nun weitersprach, fand er zurück zu seinem anfänglichen nüchternen Tonfall: »Er hat Handschuhe getragen. Abdrücke seiner Finger konnten also nicht festgestellt werden. Aber er muss Kraft haben. Obwohl sie sich gewehrt hat, hatte sie nicht die geringste Chance. Ja, Kraft hat der Dreckskerl.«

»Na ja, die haben alle hier.«

»Die Polizei hat mich angeschnauzt, weil ich sie vom Fundort fortgetragen habe.«

»Das kann ich mir denken.«

»Aber ich konnte sie doch nicht einfach dort liegen lassen«, sagte Christian mehr zu sich selbst. »In der Kälte. Allein.« Er räusperte sich. »Sie sah so verdammt schutzlos aus.«

»Und was, denkst du, wird jetzt passieren?«

»Ich hoffe, sie unternehmen was.«

»Wer? Die Polizei?«

»Sie *müssen* etwas unternehmen.«

»Na klar. Warum betonst du das so merkwürdig?«

»Keiner schert sich darum, was in einem Dorf wie unserem passiert.«

»Junge, es war Mord. Die Polizei wird sich darum kümmern.«

»Die Frage ist nur, *wie* sie sich darum kümmert.«

»Es war Mord«, wiederholte Abel.

»Sie werden ein paar Leute herschicken, die herumschnüffeln, die Fragen stellen, die kaum Antworten kriegen, und die dann wieder verschwinden. Tja, und irgendwann ist Gras über die Sache gewachsen.«

»Wieso bist du überzeugt, dass es so läuft?«

»Ein Niemand stirbt in einem Niemandsdorf. Na und? Im Dorf war sie jedem egal. Und außerhalb des Dorfes war sie erst recht jedem egal. Jedem außer mir. Ich weiß, dass es so laufen wird.«

»Ich frage dich noch einmal: *Was* hast du vor?«

»Ich habe gar nichts vor«, sagte Christian.

»Wir werden sehen.«

Abel schenkte nach. Er trank, Christian nicht. Stille kehrte ein. Und nach einer ganzen Weile meinte der Alte leise, wie in einem Selbstgespräch: »Jeder von uns ist nichts weiter als ein Staubkorn im Universum.«

Christian hörte das nicht, er war vollkommen in seine Gedanken vertieft und sah mit leeren Augen auf den toten Hasen.

5

Piet kehrte den Schmutz zusammen, der von den Schuhen der Gäste zurückgeblieben war. Anschließend begann er, die Einnahmen gewissenhaft zu zählen. Er war ein kleiner unförmiger Mann mit rundem Bauch, rundem Gesicht, runden Hundeaugen. Er rechnete noch zweimal nach, ein drittes Mal, und nickte vor sich hin – nicht zufrieden, aber auch nicht unzufrieden. Sein Vater kümmerte sich überhaupt nicht mehr um den *Stolzen Hahn*, und so lastete inzwischen viel Arbeit auf Piets Schultern. Aber er schaffte das alles, kam gut zurecht, nun ja, das musste er auch, er war jetzt schon siebenundzwanzig.

Müde stapfte er die Treppe nach oben. Er dachte an die Gespräche, an die eine oder andere Bemerkung, die er während des Zapfens aufgeschnappt hatte. Seltsam, dass über die Tote kaum geredet worden war. Sonst konnte man nicht einmal die Nase schnäuzen, ohne dass es lang und breit von allen bequatscht wurde, und jetzt das: ein Mord, und jeder druckste nur herum.

Lediglich einmal hatte einer – wer noch gleich? – unverblümt davon angefangen. Ja, genau, Paul Brockmann hatte einen seiner üblichen derben Sprüche angebracht und dämlich gegrölt und dann ... Genau in dem Moment hatte Tegger den Schankraum betreten. Tegger. Sofort hatte Brockmann sein ungewaschenes Maul gehalten. Wie alt war Tegger inzwischen? Siebzig? Zwei- oder dreiundsiebzig?

Eine Woche zuvor hatte Teggers Tochter im *Stolzen Hahn* ein Bier getrunken, allein, ohne ihren jungen dahergelaufenen Liebhaber. Es bereitete ihr einfach ein großes Vergnügen, alle vor den Kopf zu stoßen. Sie war die einzige Frau, die ohne Begleitung bei Piet auftauchte. Wirklich, ein eigensinniges Weibsbild, dachte Piet.

Ja, Teggers Tochter. Während Piet sich sein Nachthemd überstreifte, erinnerte er sich daran, wie er und die anderen Jungen sie früher immer beobachtet hatten. Ständig waren sie um den Hof der Teggers geschlichen, um ihren Namen zu jaulen wie brünstige Tiere. Einmal hatten sie die Wachhunde mit Fleischstücken abgelenkt und sich die Regenrinne hochgeangelt, um ihr beim Baden zuzuschauen. Was für ein verrückter Abend. Tegger hatte sie gehört. Na klar hatte er das. Viel hatte nicht gefehlt, und er hätte sie einen nach dem anderen windelweich geprügelt.

Keine Frau im Dorf war anziehender als Vera Tegger. Keine einzige. Vielleicht bis auf ...

Ja, die Fremde.

Die Fremde, über die heute Abend kaum ein Wort gefallen war.

Wie hieß sie noch mal?

Ihr Name fiel ihm nicht ein, Piet rief sich stattdessen ihre Haut in Erinnerung, ihre Arme, die im Spätsommer unter einer Kurzarmbluse zum Vorschein kamen. Glatte Haut, die die Farbe wechselte, je nachdem, wie stark der Sonnenschein darauf fiel. Haut, die nicht rötlich oder weiß oder sommersprossig war. Die keine Härchen zu haben schien. Nie hatte Piet eine Haut wie ihre gesehen.

Er dachte daran zurück, wie die Fremde ihm das erste Mal aufgefallen war. Der Mund war ihm offen stehen geblieben, ein Gesicht wie ein Trottel.

Keine Frage, schön war sie gewesen. Womöglich sogar *noch* schöner als Vera Tegger. Nein, Vera Novian, wie sie ja inzwischen hieß.

Wie alt mochte Vera heute sein? Wenn Tegger schon die siebzig überschritten hatte? Ende dreißig? Anfang vierzig? Wie auch immer, sie sah nach wie vor gut aus, verdammt gut. Ihr stolzes Gesicht, ihr glänzendes kastanienbraunes Haar. Das ganze Dorf tuschelte darüber, dass sie und ihr Vater kein einziges Wörtchen mehr füreinander übrig hatten. Und das bereits seit Jahren. Hatte Tegger sie eigentlich rausgeworfen, oder war sie freiwillig gegangen? Hunderterlei Geschichten kursierten darüber. Und wahrscheinlich war keine einzige davon halbwegs wahr, dachte Piet, als er sich in seine Decke wickelte. Aber was für ein Abend, damals, Vera beim Baden, die Dachrinne hoch und ... Was für ein Spaß.

6

Vera Novian betrachtete den Blumenstrauß auf dem Tisch und konnte es noch immer kaum fassen. Nie zuvor hatte er ihr Blumen geschenkt – oder sonst irgendetwas.

Jetzt war er gerade dabei, Kaffee zu kochen. Sie hatte einen weiteren grauenhaften Tag im Verlag hinter sich, der Arm tat ihr weh von dieser verdammten Gangschaltung, sie war hundemüde – aber Marcus hatte sie, genau wie am Vorabend, mit einem Lachen empfangen. Und mit diesem Blumenstrauß.

Sie fragte sich, wie sie seine blendende Stimmung einschätzen sollte. Und vor allem: Wie lange würde die vorhalten? Er pfiff sogar, während er Tassen und Untertassen aus dem Buffet holte. Fast ein Wunder, dass er wusste, wo sie standen ... Nein, kein Zynismus jetzt, ermahnte sie sich, die Stimmung ist einfach zu schön. Hing das damit zusammen, dass er so gut vorankam? Ich hoffe es jedenfalls, dachte Vera und steckte sich eine weitere Zigarette an.

»Ich könnte mich immer noch darüber kaputtlachen, dass sich die Einfaltspinsel hier über deine Raucherei aufregen«, sagte Marcus kopfschüttelnd, als er die Tassen füllte. »Selbst ein Eskimo am Ende des Eismeeres wäre weltoffener.«

»Eigentlich haben sie sich mein Leben lang aufgeregt – über *alles,* was ich gemacht habe.«

»Und trotzdem bist du immer wieder hierher zurückgekehrt. So dickköpfig kann nur eine Frau sein.«

»Ausgerechnet du redest von Dickköpfigkeit.«

»Friede«, beschwichtigte er leichthin.

Sie setzten sich, tranken den Kaffee, rauchten. Im Haus war es ruhig, wie immer, doch diesmal hatte die Stille wirklich etwas Entspannendes. Vor dem Fenster ballte sich die abendliche Dunkelheit.

»Schon verrückt, oder?«, bemerkte Marcus nach einer Weile.

»Was meinst du, Liebling?«

»Na, den Mord natürlich. Den Mord an der ...« Er zögerte.

»Sag es doch.«

»An der Hure. Oder war sie etwa keine?«

»Woher soll ich das wissen?«

Sie wechselten einen kurzen Blick.

»Ich habe jedenfalls auch keine Ahnung, was sie war.« Sein Lachen war spitzbübisch.

»Dafür, dass du eigentlich niemanden hier kennst und mit niemandem redest, weißt du ganz gut Bescheid.«

Erneut dieses Lachen. »Das gehört doch zu meinem Beruf. Ein Ohr für seine Mitmenschen zu haben, sozusagen. Oder etwa nicht? Die geschwätzige alte Tante, bei der ich die Blumen gekauft habe, hat mich ins Vertrauen gezogen – und mir die komplette Liste der Verdächtigen zugeraunzt, stell dir vor.«

»War ich auch darunter?«

»Ich bin mir nicht so sicher, ob ich dir derart geheime Informationen mitteilen darf.«

»Normalerweise trauen sie mir hier allerhand zu. Warum also nicht den Mord an einer Frau, mit der ich nie ein Wort gesprochen habe?«

Marcus zog an seiner Zigarette und erwiderte nichts.

»Nun sag schon, wer ist denn auf ihrer Liste der Verdächtigen?«

»Ha! Ertappt!« Erheitert zwinkerte er ihr zu. »Du bist also doch neugierig.«

Sie betrachtete ihn, sein gut geschnittenes Gesicht, das volle Haar, von dem immerzu eine Strähne in die Stirn hing, die dazu verführte, sie zurückzustreichen. Seine hübschen, unergründlichen blauen Augen, seine gepflegten Hände, die so zärtlich sein konnten. »Nun sag schon«, wiederholte sie mit einem Lächeln.

Marcus winkte ab. »Ach, die hat natürlich keine Namen genannt. Sie hat nur gemeint, dass es hier genügend Grobiane gibt, die rohe Sitten haben. Kerle, die ziemlich brutal sind.«

»Wie ist die Frau eigentlich gestorben?«

»Die Hure?«

»Wer sonst?«

»Erwürgt.« Er drückte die Zigarette in einem Zinnaschenbecher aus. »Sagt die Blumentante.«

Gleich darauf erhob Marcus sich. Er streckte die Arme, wirkte gleichmütig und entspannt. Vera verfolgte seine lässigen, geschmeidigen Bewegungen, als er die Tasse auf die Spüle stellte und ohne ein weiteres Wort den Raum verließ. Gedämpft ertönten seine Schritte auf den Stufen, die nach oben führten. Das leise Schließen seiner Zimmertür. Und damit befand er sich wieder in der Welt, die allein ihm gehörte.

Vera verspürte eine jähe Unruhe. Sie hätte wohl nicht von dem Kaffee trinken sollen, dessen starker Duft ihr immer noch um die Nase wehte. Ein wenig frische Luft würde ihr guttun, befand sie, etwas Bewegung, allein sein, ohne von Mauern umgeben zu sein. Das war das Wertvolle dieses Dorfes, dass es nicht einengte, dass man von allem Abstand gewinnen konnte. Wenn auch das einzige Wertvolle.

Sie schlüpfte in Schuhe und Mantel und legte sich ein großes seidiges Viereckstuch locker um Kopf und Schultern. So würde sie sich in Hannover niemals vor das Haus wagen, dachte sie, ein flüchtiges, verschmitztes Lächeln auf den Lippen.

Ohne sich von Marcus zu verabschieden, trat sie ins Freie, empfangen von einer beißenden Kälte und der üblichen, scheinbar durch nichts zu erschütternden Ruhe, die diese kleine, von nur wenigen, geradezu verlorenen Straßenlaternen kaum beleuchtete Ansammlung von Häusern fest im Griff hielt.

Lediglich ein paar Schritte war sie gegangen, als sie ein fürchterlicher Schreck durchzuckte. Schlagartig blieb sie stehen.

Ein Mann.

Halb verdeckt von kahlen Sträuchern, die in der Finsternis etwas Bizarres hatten.

Vera versuchte sich zu sammeln, ihre Gedanken rasten. Wer war das? Hatte er ihr Haus beobachtet? *Sie* beobachtet?

Der Mann löste sich von den Sträuchern, näherte sich ihr aber kaum.

Seine Umrisse wurden deutlicher. Unter einer Wollmütze schälte sich das blasse Gesicht aus dem dunklen Hintergrund. Jetzt erkannte sie ihn.

»Guten Abend«, sagte er. Höflich, nicht freundlich.

Es war Christian Falk. Und das unheimliche Bild, wie er die Tote getragen hatte, flammte kurz in Vera auf.

»Verzeihung«, fuhr er leise fort. »Es war nicht meine Absicht, Sie zu erschrecken.«

Was war überhaupt seine Absicht, wunderte sich Vera, aber noch war sie zu durcheinander, um etwas zu äußern.

Falls Christian Falk sich von ihr ertappt fühlte, vermochte er das jedenfalls gut zu verbergen. Seine Züge drückten eine unübersehbare Wachsamkeit aus. Mehr aber auch nicht.

»Verzeihung«, wiederholte er.

»Sie brauchen sich nicht zu entschuldigen.« Endlich fand sie die Stimme wieder, endlich fühlte sie ihre innere Kraft zurückkehren. »Nicht der Rede wert.«

»Eigentlich war ich auf dem Heimweg …«, meinte er, nur um sofort in Schweigen zu verfallen.

Vera fiel auf, dass sie nie zuvor ein Wort mit ihm gewechselt hatte. Und das, obwohl sie in dem Haus wohnte, in dem Christian Falk aufgewachsen war.

Konnte das der Grund sein, weshalb er hier herumgeisterte?, fragte sie sich. Hatte das etwas mit dem Haus zu tun?

»Ich habe Sie gesehen«, bemerkte sie und überraschte sich selbst damit, dass sie überhaupt noch einmal das Wort an ihn richtete.

»Gesehen? Ich verstehe nicht.« Jetzt kam er doch ein Stück auf sie zu. Zweige der Sträucher streiften seinen Rücken – ein kratzendes Geräusch in der Stille.

»Ja, als Sie die Frau …«, setzte Vera an. »Also, ich sah Sie, als Sie die Frau in den Armen hielten.« Warum kannst du nicht einfach mal deinen Mund halten?, schimpfte Vera in Gedanken mit sich selbst.

»Ach so. Das meinen Sie.« Er nickte.

»Mein Beileid.« Etwas hilflos, wie die beiden Wörter klangen. Aber Vera wusste nicht, was sie sagen sollte. Sie musterte ihn. Er war knapp zehn Jahre jünger als sie. Und ziemlich gut aussehend, was ihr nie aufgefallen war. Wohl etwas hagerer, als sie ihn in Erinnerung hatte. Sein Gesicht war gleichmäßig geformt, sein Blick klar, aufrecht stand er da. Es ging etwas Zurückhaltendes von ihm aus. Doch gerade das war es, was auf Vera nicht unangenehm wirkte – trotz der merkwürdigen Situation, trotz der geisterhaften Dunkelheit.

»Wie gesagt«, meinte Falk unschlüssig, »ich wollte Sie nicht ängstigen.«

»Es ist schon gut. Ich habe lange in Hannover gelebt – ich falle nicht in Ohnmacht, wenn mir unverhofft ein Mensch über den Weg läuft.«

Er lächelte. Vera fühlte es mehr, als dass sie es sehen konnte.

»Ich habe in Kanada gelebt«, sagte er, und es schien ihr, als wäre ihm die Äußerung ungewollt über die Lippen gerutscht.

»Davon habe ich gehört.«

»Und früher einmal«, er deutete auf Veras Haus, »habe ich hier gelebt.«

»Ich weiß.« Erneut musterte sie ihn. So eingehend, wie es die Nacht zuließ. »Und ich hoffe, Sie nehmen mir es nicht übel, dass ich das Haus gekauft habe.«

»Wie könnte ich?«

Sein Blick verklärte sich ein wenig, zumindest glaubte sie das wahrzunehmen, und auf einmal tat er ihr leid. »Sie haben das Gebäude gewiss seit Ihrer Kindheit nicht mehr betreten?«

Er schüttelte den Kopf.

Noch bevor sie sich selbst aufhalten konnte, stellte Vera die nächste Frage: »Möchten Sie hereinkommen? Einfach nur so?« Warum musste sie immerzu so impulsiv sein, so ... direkt, sie verstand es selbst nicht.

Falk wirkte verblüfft. Sehr verblüfft. »Hereinkommen? Also, ich weiß nicht. Es wäre doch etwas ungewöhnlich ...«

»Sicher. Ich dachte nur, es würde Ihnen womöglich eine Freude machen.«

Was würde Marcus davon halten? Doch das war wohl vollkommen egal, Falk würde ihren wunderlichen Vorschlag ohnehin kaum annehmen.

»Eine Freude? Ja, vielleicht.« Er zögerte, sah hinüber zum Haus. Und dann setzte er hinzu: »Warum eigentlich nicht?«

Etwa zehn Minuten später standen sie sich in der Küche gegenüber. Beide ein wenig unsicher, überrascht von dieser Situation, die über sie hereingebrochen war. Es roch noch nach Kaffee. Vera hatte Falk angeboten, sich zu setzen, doch er entschied sich dagegen. In Gedanken versunken war er den Flur entlanggegangen. Beinahe schüchtern hatte er einen Blick durch die offene Tür ins Wohnzimmer geworfen.

Von Marcus im oberen Stock war nichts zu hören – wahrscheinlich saß er am Schreibtisch, wie festgewachsen, ganz konzentriert auf seine Arbeit.

Falk schob die Hände in die Taschen der Winterjacke.

»Falls Sie noch mehr sehen möchten ...« Wie mochten die Erinnerungen über ihn kommen?, fragte sich Vera, all die Bilder aus längst vergangenen Jahren. Schlugen sie in seinem Kopf ein wie grelle Blitze? Oder waren sie verblichen wie uralte Fotos, die kaum noch etwas zu erkennen gaben? »Ich kann Sie gerne noch ein bisschen herumführen. Das Haus an sich ist praktisch unverändert seit damals. Allein die Möbel sind neu.«

»Nein, danke.« Er sah an Vera vorbei.

Bereute er es, auf ihren Vorschlag eingegangen zu sein? Allerdings machte er auch keinerlei Anstalten, wieder aufzubrechen.

»Kanada muss ein herrliches Land sein«, brachte Vera völlig unvermittelt hervor, als ihr das Schweigen allzu unangenehm wurde.

»Ja, das ist es«, erwiderte er.

»Ich habe viel darüber gelesen. Aber Beschreibungen und Fotografien können das Erlebnis niemals wettmachen, nicht wahr?«

Falk schien gar nicht richtig zugehört zu haben, doch plötzlich fing er an zu erzählen, berichtete von dichten, riesigen Wäldern und sich endlos windenden Flussläufen. Vom Geheul der Wölfe, von Elchen und Bären und der Luft, die morgens in die Häuser platzte, prall und gewaltig und frisch, als würde sie das ewige Leben in sich tragen. Er zog die Mütze aus und sprach immer weiter. Vera lauschte ihm, ebenso fasziniert wie erstaunt von seiner jähen Offenheit. Seine Stimme war leise und weich, in seinen Augen hatte sich ein Glanz gebildet.

Erst das abrupte Öffnen der Küchentür unterbrach Christian Falk.

Ein Moment knisternder Lautlosigkeit.

Marcus stand da und überspielte seine Verblüffung gekonnt mit spöttisch zuckenden Mundwinkeln. »Besuch?« Er sah von Falk zu Vera. »Da müssen wir wohl den guten Tropfen aus dem Keller holen, was?«

Wieder trat Stille ein.

Marcus grinste. »Na los, Vera, gegen einen edlen Roten ist doch nicht das Geringste einzuwenden.«

»Ich wollte gerade gehen«, sagte Christian Falk.

»Wie schade.« Erneut ein spöttischer Ausdruck in Marcus' Gesicht.

»Bleiben Sie doch noch ein wenig«, hörte sich Vera sagen.

»Es wird wirklich höchste Zeit für mich«, antwortete Falk.

7

Der breitschultrige, schwere Mann kam durch eine Seitengasse. Er bewegte sich widerwillig und zugleich zielgerichtet. Seine Augen hatten sich zu schmalen Schlitzen verengt.

Wabernde Schleier aus Nebel, überall um ihn herum. Sie gehörten zu dieser Gegend wie die Stille, die sich über alles legte, alles beherrschte, vom Dorf bis hin zu den Mais- und Weizenfeldern und der großen Einöde jenseits des Flusses. Kein Schneefall mehr, grau die Schwaden, schemenhaft die Silhouetten der Dächer, die Luft beißend kalt, der Himmel schwarz, nur weit am Horizont zerbrach die Dunkelheit, erste schwache Anzeichen eines neuen Morgens machten sich bemerkbar.

An einem Kastanienbaum blieb Tegger stehen, den Blick auf das Haus gerichtet. Schon wieder fand er keinen Schlaf, schon wieder war er hier, allein, versunken in seinem brütenden Schweigen.

Die Minuten zogen vorbei, der Nebel schien ihn unsichtbar zu machen. Er wollte wieder verschwinden, und dennoch blieb er. Die Finsternis löste sich immer mehr auf, ein dämmriges Zwielicht flackerte, und irgendwann öffnete sich die Tür des Hauses. Vera kam heraus, in einem Wintermantel, auf ihrem prächtigen Haar saß ein modisches Mützchen.

Tegger verfolgte jede ihrer Bewegungen, lächelte dabei grimmig in sich hinein. Sie musste immer die Erste sein – die erste Frau an der Universität, die erste Frau mit einem Automobil, die erste Frau, die eine derartig hohe berufliche Position innehatte. Wie ähnlich sie ihm doch war. Trotz allem.

Mit klammen, harten Fingern wischte er sich übers Gesicht. *Ach, diese verfluchten Gedanken.* Er sah zu, wie sie nieste, wie sie ihre Finger aneinanderrieb, die trotz der Handschuhe froren, wie sie mit irgendeinem Gegenstand die Eisschicht von der Windschutzscheibe kratzte und sich anschließend hinters Steuer setzte. Er verfolgte, wie sie immer und immer wieder versuchte, den Motor in Gang zu bringen, der allerdings bloß ein jämmerliches Röcheln von sich hören ließ.

Wo war nur dieser Fatzke?, dachte Tegger. Dieser Lump, dieser Taugenichts. Ließ sie hier einfach allein mit dem verdammten Auto, wahrscheinlich auch mit ihrer Arbeit – mit allem, was unbequem war. Nicht das Geringste war von dem Kerl zu sehen, nicht einmal am Fenster tauchte er auf, nicht einmal einen Blick nach draußen war sie ihm wert. Dem Bürschchen, sagte sich Tegger, würde ich es zeigen, wenn ich ...

Auf einmal sprang der Motor doch noch an, erst mit einem verhaltenen Knattern, dann lauter. Tegger nickte leicht vor sich hin. Sie war seine Tochter. Sie war stark, sie war hartnäckig, verdammt hartnäckig.

Er sah zu, wie sie ihren Wagen über das Geröll der Grundstückseinfahrt und durch ein paar Schneeflecken auf die Fahrbahn zwang und in Richtung Dorfausgang davonfuhr.

8

Seit dem Tod der Frau erklangen immer mehr Stimmen. Dieses unwirkliche, drängende Geflüster.

Inmitten der kahlen Grabsteine stand Abel da, bewegungslos im Zwielicht der verschwindenden Nacht. Sein Blick zuckte hierhin, zuckte dorthin, und es fiel ihm schwer, genau zu verstehen, was die Stimmen sagten. Oft verschwammen sie zu einem einzigen brodelnden Rauschen, und er musste sich die Ohren zuhalten. Als auch das nichts mehr half, machte er sich davon, geduckt, mit raschen Schritten, die Stimmen flogen ihm jedoch hinterher, quer durch den Wald, bis in seine Hütte – das hatten sie sonst nie getan.

In seinem pulsierenden Blut kündigte sich der nahende Vollmond an, und wenn Abel sich auf seiner schmalen Liege ausstreckte, die Augen ins Nichts gerichtet, war es, als wäre seine Hütte bis zum Bersten mit huschenden Körpern gefüllt, die einander jagten, ohne sich jemals einzuholen. Abel hatte keine Furcht. Er hätte nicht einmal sagen können, wie lange es her war, seit er zuletzt so etwas wie Angst verspürt hatte. Und dennoch war da dieses unheimliche Gefühl, dieses Erschauern, gegen das er noch immer nicht abgestumpft war.

Er hatte die Frau gezeichnet. Im flackernden Kerzenschein, am Abend zuvor, immer und immer wieder, wie unter Zwang. Der Mond, die Stimmen, seine Ahnungen, all das hatte ihn zu den Kohle- und Bleistiften greifen lassen. Wie von selbst waren die Striche und Linien entstanden, die Formen und Schattierungen, die seltsamen Gesichter und Fratzen und Gestalten. Und je öfter er die Züge der Toten nachzeichnete, desto klarer schälte sich eine Stimme aus dem Sammelsurium an Zischlauten und Drohungen und Beschwörungen heraus, und diese Stimme gehörte Christian Falks Vater. Eigenartig, der Mann war seit Langem tot.

Oder täuschte sich Abel? Gehörte die Stimme jemand anderem? Es war so schwer, sich festzulegen. Sicher war nur, dass die Stimmen da waren.

Ständig dachte Abel daran, wie er und Christian die Sachen der Toten in der Abenddämmerung unter die Erde gebracht hatten, an einer bestimmten Stelle im Wald, von der man den Fluss rauschen hörte. Auch dort hatten die Stimmen Abel eingefangen – sie schienen überhaupt keine Ruhe mehr zu finden. Aber natürlich hatte er sich nichts anmerken lassen. Und jetzt machte er sich auf seiner Liege lang, unter der der Mantel mit dem verwirrenden Duft verstaut war. Er hielt die Augen fast schon krampfhaft geschlossen, und die Stimmen gingen tatsächlich nach und nach in einem tiefen Nichts unter. In der Stille sah er von Neuem dieses bizarre, traurige Schauspiel vor sich, ohne zu wissen, warum es ihn nicht losließ.

Wieder hörte er sich sagen, als wäre wirklich ein Leichnam unter die Erde gebracht worden: »Asche zu Asche, Staub zu Staub.« Jener leere Satz, den er selbst so oft vernommen hatte, bei all den Beerdigungen, zu denen er gegangen war, um abseits und von den Trauernden unbemerkt die Zeremonie zu beobachten. Nach seinen leisen Worten war es still gewesen, beinahe ein paar Minuten lang. »Fällt dir sonst nichts ein?«, hatte Christian dann etwas hilflos gefragt.

»Gibt ja doch nix zu sagen, Junge.«

In dem Augenblick hatte es ihn geschmerzt, dass er Christian nichts davon zu erzählen vermochte – nichts davon, dass er sie gesehen hatte, entblößt, in ihre toten Augen gestarrt hatte, dass ihr Mantel nun unter seinem Bett lag und ein Aroma verströmte, das allein Abel wahrnehmen konnte.

Natürlich hatte er nichts erzählen können, das war sein Geheimnis. Schließlich war die ganze Welt voller Geheimnisse. Voller Schatten und Dämonen und Stimmen.

Dieses Bild. Es ließ ihn nicht los. Zwei Männer, schweigend nebeneinander, im Nichts des Waldes, vor dem frischen namenlosen Grabhügel ohne Leiche. Und diese Ruhe, die sie kalt umhüllte.

»Hast sie wohl geliebt, was?«, hatte Abel irgendwann gefragt.

»Sie hat sich an mir festgehalten und ich mich an ihr. Mehr war da nicht. Sie war nur ein Mädchen.« Christian hatte gezögert, sich offensichtlich bemüht, unbeteiligt zu klingen.

»Aber ich will nicht«, hatte Christian noch angefügt, »dass diese verdammte Welt sie einfach verschwinden lässt, als hätte sie gar nicht gelebt.«

»Die Polizei wird schon etwas herausfinden. Hab Geduld.«

»Sie war jemand, an den man hier nicht gerne erinnert wird. Für die Männer war sie nur ein Stück Fleisch, für die Frauen ein ständiges Ärgernis – eine Erinnerung daran, wie sie selbst nicht sein konnten. Irgendwann hauen die Polizisten einfach wieder ab. Irgendwann wird sie vergessen sein. Und dieser Gedanke macht mich rasend.«

9

Die Beamten in Barghude hatten ihn ziemlich von oben herab behandelt. Und obwohl das ein Gefühl war, das er durchaus kannte, war es schwer zu ertragen gewesen.

Davon hatte er Abel nichts berichtet, wozu auch?

Sie hatten ihn beschwichtigt, dabei war er gar nicht erregt gewesen, hatten ein paar Floskeln zu viel für ihn übrig gehabt: *Nur erfahrene Männer würden auf den Fall angesetzt ... bloß keine Sorgen machen, der Mord an der armen Kleinen würde ganz sicher bald aufgeklärt sein ... Spuren gebe es immer, diese müsse man nur herausarbeiten, mit Bedacht verfolgen und dann, ja klar, ganz gewiss ...*

Christian hatte noch die überheblichen Gesichter vor Augen, hörte die daherredenden Stimmen der Beamten, in deren Büro er vorgestern regungslos gestanden hatte. Am liebsten hätte er auf sie eingeschlagen, wieder und wieder und wieder, auf sie und auf all die Leute in diesem verdammten Dorf, in das er besser nie zurückgekommen wäre.

Außer Christian befand sich kein Gast im *Stolzen Hahn*. Er trank einen Schnaps, um sich aufzuwärmen, bestellte auch ein Bier und blieb noch bis zum frühen Abend in dem Gasthaus, so lange, bis dann doch weitere Gäste eintrafen, manche direkt aus den Ställen oder der Metallfabrik in Barghude.

Eine ganze Zeit lang hatte er nichts anderes getan, als immer denselben Fleck auf der Wand anzustarren und hin und wieder von seinem Glas zu nippen. Seit dem Moment, als er ihre Leiche gefunden hatte, war er anscheinend immun gegen die Wirkung von Alkohol. Doch langsam wurde ihm bewusst, dass er nicht nur an Choya dachte. Eine andere Frau beschäftigte ihn ebenfalls, und diese Tatsche irritierte ihn. Nie hatte er Gedanken an die schöne Vera verschwendet. Sie kamen aus demselben Dorf, aber doch war es, als wären sie auf verschiedenen Planeten zu Hause. Und das lag nicht allein an dem Altersunterschied.

Dieses Gespräch allerdings, das erste überhaupt zwischen ihnen, hallte in Christians Kopf nach. Einzelne Bemerkungen ertönten von Neuem, immer wieder kam ihm die Art in den Sinn, mit der ihn Vera angesehen hatte. Ein sonderbares Gefühl hatte ihn beschlichen. Als gäbe es da etwas, das bei dieser Unterhaltung unausgesprochen geblieben war.

Er riss sich los von der Erinnerung an Vera, indem er auf der Theke die Münzen abzählte, die Piet mit gewohnheitsmäßiger Geste einstrich. Auf dem Weg nach Hause sah Christian erneut Vera vor sich, auch die Polizisten. Als er Tsch-nee beschrieben, ihren Namen buchstabiert und über ihr gemeinsames Leben berichtet hatte, war den Männern ein Ausdruck blanker Verwunderung über die Gesichter gehuscht. Eine *Indianerin*? Aus *Kanada*? Aha. Aha.

Während er vor dem gemieteten Haus stand, hätte ihn plötzlich nichts auf der Welt mehr dazu bewegen können, hineinzugehen. Unschlüssig lief er eine Weile auf und ab, dann machte er sich schließlich auf den Weg zu dem einsamen, versteckt liegenden Grabhügel im Wald, diesem Grabhügel ohne Leiche. Es begann zu schneien, zusehends heftiger, und Christian ließ stoisch einen Schritt dem anderen folgen. *Ich habe sie umgebracht*, dachte er die ganze Zeit über. *Niemand anderer als ich hat sie auf dem Gewissen. Ich bin ihr Mörder. Mein armes Mädchen.*

Als er später, durchgefroren und müde, wieder zurück ins Dorf ging, sah er schon von Weitem die beiden Männer, die vor seiner Haustür warteten. Sie trugen lange Mäntel und Hüte.

Die Polizisten aus Barghude.

»Wir haben vorhin schon einmal geklingelt, aber es war niemand zu Hause«, erklärte einer der beiden.

»Haben Sie etwas herausgefunden?«

Sie schwiegen. Als hätte er nichts gefragt.

Christian zog den Hausschlüssel aus der Tasche. »Was ist? Haben Sie etwas herausgefunden oder nicht?«

»Wir möchten uns erst noch einmal mit Ihnen unterhalten.«

»Unterhalten?«, wiederholte er enttäuscht. »Aber ich habe Ihnen doch schon alles gesagt, was ich weiß.« Er öffnete die Tür, knipste das Licht im Flur an und machte eine einladende Geste.

»Sicher, sicher, das haben Sie. In einem solch ernsten Fall jedoch gibt es keine Frage, die man zu oft stellen kann.«

Nacheinander betraten die Männer aus Barghude das Haus.

10

Noch immer zuckte sie zusammen, wenn er ihren Namen rief. Noch immer erzitterte sie geradezu, wenn er sie berührte – obwohl sie sich gleichzeitig so stark nach seinen Händen sehnte.

Sie war der einzige Mensch, der seinen massigen Oberkörper nackt und schutzlos sah, der sein Stöhnen hörte, wenn seine morschen Knochen bei Wetterwechsel zu schmerzen begannen. Für alle anderen war er der Gleiche geblieben, kraftvoll und unbezwingbar.

Und dennoch – das Verhältnis zwischen ihm und ihr hatte sich mit den Jahren nicht geändert. Tegger behandelte sie mit unerschütterlicher Sturheit wie einen Gegenstand, und sie tat alles für ihn, um ihm zu beweisen, dass sie ein Mensch war.

Manchmal, wenn sie seinen Nacken, seine Schultern massierte und mit Kräutersalben einrieb, redete er, sagte er Dinge, die er vor niemandem sonst ausgesprochen hätte. Nur dann gab er etwas von sich preis, und sie musste sich eingestehen, dass sie solche Momente stolz machten, dass sie sich dann tatsächlich besser fühlte, als gebe es doch noch die Chance, dass sie irgendwann mehr für ihn sein würde als bloß sein Mädchen für alles.

»Margit!«

Wieder sein Ruf, diesmal lauter, fordernder, und sie rannte los, die Treppe hinunter. Er saß in seinem Sessel und sah müde aus. Sie wusste, dass er beim Tierarzt gewesen war, wegen der Kühe, die schon wieder irgendetwas hatten. Noch immer kümmerte er sich um alles, noch immer weigerte er sich, einen Verwalter einzustellen, obwohl er mit mehreren Anwärtern Gespräche geführt hatte. Darunter waren gute Männer gewesen, erfahren und fähig und ehrgeizig. Aber er hatte jedem von ihnen abgesagt. Sie konnte einfach nicht verstehen, warum er sich nicht mehr Ruhe gönnte.

Margit stieg über seine Beine und drehte ihm ihre Kehrseite zu. Sie begann, die derben Schuhe von seinen Füßen zu ziehen.

Als sie es endlich geschafft hatte, seufzte er entspannt auf. »Das tut gut«, meinte er und versetzte ihr einen Klaps auf den Hintern.

Sie drehte sich um und lächelte ihn an, aber er hielt seine Augen geschlossen. Seit Monaten war er nachts nicht mehr in ihre Kammer gekommen. Langsam trat sie hinter den Sessel. Sie ließ die Schuhe fallen und fing an, seine Schultern zu massieren.

»Jetzt nicht«, wehrte er schroff ab, und wieder war dieses Zucken in ihr. Rasch hob sie die Schuhe auf.

»Ich dachte, das mögen Sie«, sagte sie vorsichtig, doch er gab keine Antwort. Mit den Schuhen in den Händen ging sie zur Tür, wo sie sich noch einmal zu ihm umdrehte. »Ich mach gleich das Essen.«

Immer noch waren seine Augen zu, und erneut sagte er nichts.

»Möchten Sie ...«, setzte sie an, doch dieses Mal unterbrach er sie sofort.

»Halt den Mund und lass mich endlich allein, du dummes Ding.«

»Jawohl, Herr Tegger.« Sie beeilte sich, die Tür von außen zu schließen.

Auszug eines schriftlich festgehaltenen Gesprächs der Kriminalpolizei Barghude mit: Christian Falk, Arbeiter in der Metallfabrik »Steinbach & Söhne«

Frage: *Wer waren die Herren, die zu der Frau kamen, mit der Sie die Wohnung geteilt haben?*

Antwort: Ich weiß nicht.

Frage: *Kunden, so sagt man wohl. Stimmt's? So nennt man solche Herren, oder?*

Antwort: Schon möglich.

Frage: *Wie nannten Sie die Herren?*

Antwort: Ich weiß nicht.

Frage: *Sie wissen es nicht?*

Antwort: Ja, wahrscheinlich Kunden.

Frage: *Und wer waren diese Kunden? Die Namen?*

Antwort: Ich weiß es wirklich nicht.

Frage: *Das ist schwer zu glauben. Kann es sein …*

Antwort: Sie hat mir die Namen nicht genannt. Es waren zwei oder drei Männer.

Frage: *Zwei oder drei?*

Antwort: Ja.

Frage: *Und Sie wollen allen Ernstes behaupten, Ihnen sind die Namen nicht bekannt?*

Antwort: Mir ist klar, dass sich das komisch anhört. Aber es war eine Vereinbarung zwischen uns.

Frage: *In der Tat, das hört sich komisch an. Und höchst unglaubwürdig. Denken Sie bitte noch einmal nach. Wer waren die Männer?*

Antwort: Ich weiß es nicht.

Frage: *Dann wissen Sie auch nicht, welche Männer an dem Tag oder an dem Abend, als der Mord geschah, die Frau besucht haben?*

Antwort: Nein, leider nicht.

Frage: *Oder welcher Mann der letzte Kunde an diesem Abend gewesen ist?*

Antwort: Nein.

Frage: *Angenommen, es entspricht der Wahrheit, was Sie gerade sagten. Warum hat sie Ihnen denn nicht die Namen der Kunden genannt?*

Antwort: Es war eine Vereinbarung.

Frage: *Eine Vereinbarung?*

Antwort: Ja.

Frage: *Der Frau war es also lieber, dass Sie die Namen nicht kannten?*

Antwort: Äh, ja.

Frage: *Aus welchem Grund?*

Antwort: Wie gesagt, wir hatten das eben so vereinbart.

Frage: *Was empfanden Sie gegenüber den Männern?*

Antwort: Wie bitte?

Frage: *Was empfanden Sie gegenüber den Männern? Zorn?*

Antwort: Zorn?

Frage: *Nun ja, gegen das Geld der Männer hatten Sie anscheinend nichts einzuwenden. Aber gegen das, was die Frau dafür tun musste. Könnte es so sein? Waren Sie sehr zornig auf die Männer?*

Antwort: Ich war nicht zornig auf die Männer.

Frage: *Hat sie Ihnen die Namen genau deswegen nicht genannt? Weil sie befürchtet hat, Sie könnten wütend auf die Männer sein?*

Antwort: Nein.

Frage: *Kommen wir noch einmal auf den Tag zurück, an dem es passierte. War sie da irgendwie anders als sonst? Ist Ihnen etwas an ihr aufgefallen?*

Antwort: Nein.

Frage: Sicher?

Antwort: Ja, alles war wie immer.

Frage: Wann sahen Sie sie zuletzt? An ihrem Todestag?

Antwort: Ja, ich verabschiedete mich von ihr, als es Zeit wurde, zur Arbeit zu fahren.

Frage: Und sie war also wie immer? Sie verhielt sich nicht in irgendeiner Weise auffällig?

Antwort: Nein, überhaupt nicht.

11

Endlich wieder ein Abend, der sich lohnte. Die Theke voll, alle Tische besetzt, die Stimmung prächtig. Zuerst hatte sich Christian Falk verdrückt, der allein vor sich hin gebrütet hatte, wie es für ihn typisch war, und dann, nachdem später auch Tegger gegangen war, hatte Piet seine Chance erkannt und erst einmal eine Runde spendiert.

Irgendwie hatte sich die Spannung gelöst. Jedenfalls für den Moment. Sie konnten auf einmal wieder Witze machen, grölen, sich vor Lachen auf die Schenkel schlagen. Nachdem über den Mord, der sich sechs Abende zuvor ereignet hatte, tagelang nur mit angehaltenem Atem getuschelt worden war, kamen nun die Späße über die Frau leichter über die Lippen.

Trotz der Kriminalbeamten aus Barghude. Erst hatten sie den Fundort der Leiche untersucht, dann das Haus, in dem die Tote mit Falk gelebt hatte. Überall wurde seitdem getuschelt. Fingerabdrücke. War es nur ein Gerücht? Oder gab es tatsächlich *Fingerabdrücke*?

Viele im Dorf mussten sich erst einmal erklären lassen, was Fingerabdrücke überhaupt waren.

Nach der Untersuchung des Hauses waren die Polizisten durch die Straßen gelaufen. Sie hatten hier und da geklingelt und die Bewohner in Gespräche verwickelt. Hatten ganz gezielt Fragen gestellt, sich auch weniger gezielt umgehört, an so mancher Ecke herumgeschnüffelt, Pausen eingelegt und belegte Brote gegessen, dann wieder weitergemacht.

Was wussten sie inzwischen? Waren sie auf Spuren gestoßen? Oder war es so, dass sie rein gar nichts hatten und irgendwann sowieso aufgeben würden, wie zumindest einige Leute im Ort glaubten.

Dieses Dorf, wie Piet nur zu gut wusste, war eine Mauer, die kein Außenstehender durchdringen konnte; die Menschen hier gaben gegenüber Fremden nichts preis, schon allein aus sturer Gewohnheit.

Mehrmals waren die Beamten bei Christian Falk aufgetaucht, um mit ihm zu reden. Das war bekannt. Warum gleich so oft?, fragte sich Piet. Und gewiss stellte sich nicht nur er diese Frage.

Auch mit Piet hatten sie gesprochen, hier im Gasthaus, in einem Nebenzimmer, in dem Tischdecken und zusätzliches Geschirr aufbewahrt wurden. Zweimal. Keine angenehme Situation war das gewesen. Diese Blicke, diese Fragen. Der eine der Beamten übernahm das Reden, mal freundlich und jovial, dann urplötzlich eindringlicher, misstrauischer, fordernder. Und der andere war stumm wie ein Fisch, er tat nichts anderes, als die Befragungen in einem Notizbuch mitzuschreiben.

Einen Verdächtigen hatten sie bislang offenbar nicht zu ermitteln vermocht, und Piet überraschte das nicht einmal so sehr.

Oder entsprach das etwa gar nicht der Wahrheit? Wusste die Polizei in Wirklichkeit etwas, das das Dorf noch nicht wusste?

Jetzt müsste man sich schleunigst um eine Nachfolgerin für die Kleine kümmern, meinte gerade einer der Gäste, sonst könne jeder von ihnen wieder selbst Hand anlegen. Alle prusteten los.

Na klar, eine Nachfolgerin, aber die müsse genauso glänzende braune Haut haben, sonst brauche sie ihre Dienste gar nicht erst anzubieten ...

Paul Brockmann tat sich mit besonders derben Zoten hervor, und Piet ließ sich zu einer weiteren Runde überreden.

Dann sprachen sie über den »Kanadier«, wie sie Christian nannten, seit er ins Dorf zurückgekehrt war. Ob sie nicht bemerkt hätten, wie der sie alle der Reihe nach angeglotzt hätte, lachte Brockmann. »Ich sag euch, der schnappt über, der dreht jetzt durch. Hat langsam, aber sicher was Irres im Blick, der Spinner ...«

»Ist ja auch Vollmond«, meinte Gerald, einer der Motzka-Brüder.

»Passt doch bestens, dann kann er zusammen mit dem alten Abel den Mond anheulen. Im Chor sozusagen.«

Wieder grölten sie los. Einige imitierten Jaultöne und spuckten sich vor Lachen gegenseitig auf die Hemden.

»Der Junge hätte eben nie nach Kanada gehen sollen«, warf Piet ernsthaft in die Runde, während er nachschenkte.

»Oder besser nie zurückkommen«, meldete sich wieder Gerald Motzka zu Wort.

»Dann aber«, sagte Brockmann rasch und zwinkerte allen zu, »wären wir um das Vergnügen mit seiner Freundin gekommen.«

»Wie hast du dir die Kleine eigentlich leisten können, du alter Schnorrer?«, wollte Gerald wissen.

Brockmann winkte ab. »Was glaubt ihr denn? Bei mir hat sie's umsonst gemacht, die Süße. Angefleht hat sie mich, weil ich so 'n toller Hecht bin. Auf den Knien angefleht ... Na ja, und weil sie sowieso schon da unten war ...« Er vollendete den Satz nicht, deutete nur auf seinen Hosenschlitz und grölte los. Die anderen fielen ein, klatschten ihm auf die Schulter und bestellten weitere Getränke.

»Ich frage mich«, sagte Piet, »was er nun anfangen wird. Bei seinem Verdienst wird er das Geld, das sie eingenommen hat und das jetzt fehlt, ziemlich spüren.«

»Na ja«, antwortete Brockmann, »solange *er* nicht ihre Nachfolgerin werden will, soll's mir recht sein ...«

12

Ihr Blick folgte dem Blumenstrauß, der quer durchs Zimmer flog und gegen die Wand klatschte. Ein Schauer aus Blütenblättern und Grünzeug ergoss sich auf den kunstvoll gewebten Teppich, den noch ihr Mann gekauft hatte. *Wie konnte Marcus sich nur derart gehen lassen?*

Vera drehte sich ruckartig um, den Blick starr auf das Fenster gerichtet, hinter dem nichts als Nacht war.

Er redete weiter auf sie ein, schrie irgendetwas, das sie gar nicht mehr aufzunehmen imstande war. Plötzlich riss er sie herum, schrie weiter, immer weiter, und sie schloss die Augen. Er schüttelte sie, schubste sie, sodass sie ebenfalls an der Wand landete wie zuvor ihr Blumenstrauß, und sie hoffte bloß noch, dieser Sturm, der ihn gepackt hatte, möge endlich weiterziehen. Sie war unfähig, zu reagieren oder nachzudenken oder etwas zu sagen.

Wie erstarrt durch sein Gebrüll stand sie so lange da, mit dem Rücken zur Wand, bis er endlich die Sinnlosigkeit seines Ausbruchs wahrnahm, auf dem Absatz kehrtmachte, im Flur nach der Jacke grapschte und mit seinen langen Schritten nach draußen stürmte.

Vera hätte nicht einmal sagen können, wie es zu diesem Streit gekommen war, welches Wort den Ausschlag gegeben hatte und welche Worte darauf gefolgt waren. Alles war harmonisch gewesen. Sie hatten zusammen gegessen, Marcus hatte ihr erzählt, wie gut er weiterhin vorankomme, sie hatte vom Verlag berichtet ... Nein, sie wusste wirklich nicht, wie es so weit hatte kommen können.

Doch. Sie wusste es. Natürlich. Wie nebenbei war das Gespräch auf Christian Falk gekommen. Marcus hatte ihn erwähnt, aber nur kurz, nicht einmal mit allzu viel Spott. Sie hatte ihm erklärt, warum sie den Mann aufgefordert hatte, ins Haus zu kommen. Aber Marcus hörte nicht einmal richtig zu. Wie es schien, hatte er insgeheim nur auf einen Auslöser gelauert, um aggressiv werden zu können, wie so häufig schon.

Das Einvernehmen, die Ruhe, die Leichtigkeit der vergangenen Tage – wie mit einer einzigen raschen Handbewegung davongewischt, zunichtegemacht, ausgelöscht.

Sie trat ganz dicht ans Fenster und versuchte sich vorzustellen, wie Marcus jetzt im Dorf umherlief, mit seinen unbeherrschten und doch gewandten Bewegungsabläufen, dieser junge, gut aussehende Mann, dessen blaue Augen sie während eines Literaturabends in einem Restaurant ganz in der Nähe ihres Verlags eingefangen hatten.

Er selbst hatte nicht zu den Vortragenden gehört – allesamt Nachwuchsliteraten, die den Nachweis besonderen Talents zumindest an diesem Abend nicht zu erbringen vermochten. Marcus war unter den Zuhörern gewesen, genau wie Vera. Immer wieder hatten sie kurzen Blickkontakt gehabt, und dann, nach der Veranstaltung, als man noch plaudernd beisammenstand, erschien er plötzlich neben ihr, ein Glas Rotwein für sie bereits in der Hand.

Sie war fasziniert von ihm gewesen, von Anfang an, nicht nur von seinem Äußeren – Vera Novian war ganz sicher nicht der Typ, der sich allein durch Attraktivität in den Bann ziehen ließ. Nein, es war seine Ausstrahlung, sein Blick, seine Art, die Worte über die Lippen gleiten zu lassen, ruhig und betont, mit dieser angenehmen Stimme – eben so ganz anders als die Stimme von vorhin, als er, wieder einmal gefangen in einem unerklärlichen Wutanfall, nur noch herumgebrüllt hatte.

Noch an jenem Abend war es ihm gelungen, sie zu einem gemeinsamen Essen zu überreden, und Vera wusste genau, dass sie zuerst gar nicht hatte hingehen wollen, trotz ihrer Zusage.

Warum war sie dann doch dort aufgetaucht?

Jedenfalls wurde es ein herrlicher Abend. Sie sprachen über Literatur, und Marcus eröffnete ihr, dass er selbst bereits seit mehreren Jahren schreibe. Sie bat ihn, ihr etwas von ihm zu lesen zu geben, doch zunächst noch wollte er das nicht. Sie erinnerte sich, dass er fast verschämt gewirkt hatte. Sie tranken Wein, eine ganze Menge, redeten sich rasch mit *du* an.

Auf einmal sagte er ganz unvermittelt: »Ich habe gewusst, wer du bist.«

»Was meinst du damit?«

»Na ja, dass du Vera Novian bist und den Kranich-Verlag leitest.«

»Ja und?«

»Ich will nur nicht, dass du glaubst, dass ich ...«

»Dass du dich an mich herangemacht hast, bloß damit ich mir deine Manuskripte ansehe.«

Er lächelte, froh über ihre Offenheit. »Genau das meine ich.«

»Aber du willst mir ja ohnehin nichts von dem zeigen, was du geschrieben hast.«

»Nein, das will ich auch nicht. Aber wer weiß ...« Er ließ den Satz offen und prostete ihr mit dem langstieligen Weinglas zu.

Ab diesem Zeitpunkt trafen sie sich regelmäßig. Vera verdrängte den Gedanken an den Altersunterschied, genauso wie sie einfach über die neugierigen Blicke hinwegsah, die sie beide hin und wieder in Theatern oder Restaurants trafen. Sie kannten sich bestimmt schon ein halbes Jahr, als er ihr zum ersten Mal etwas von sich zu lesen gab, einige Prosaskizzen und Auszüge aus umfangreicheren Texten.

Vera gestand sich ein, dass sie mittlerweile eine gewisse Furcht davor entwickelt hatte. Der Gedanke, seine Zeilen könnten ähnlich ungelenk und stümperhaft wie leider so viele jener Manuskripte sein, mit denen der Kranich-Verlag Tag für Tag überschüttet wurde, war ihr unerträglich.

Es stellte sich jedoch heraus, dass eine solche Sorge unbegründet war, mehr als unbegründet. Das, was sie inzwischen in ihm sah – was immer es sein mochte –, fand auch in seinem Stil zu schreiben seinen Ausdruck. Er besaß das, was fast allen fehlte: eine ganz eigene Note, etwas Unverfälschtes, vielleicht sogar Geheimnisvolles.

Sie lobte ihn, wobei sie darauf achtete, auf keinen Fall zu überschwänglich zu sein, und Marcus nahm ihre Worte auf, als hätte sie überhaupt kein anderes Urteil fällen können.

»Natürlich bin ich gut«, erwiderte er mit seinem eigentümlichen, irgendwie entwaffnenden Lächeln. »Was hast du denn gedacht?«

Sie drängte ihn dazu, eine seiner offenkundig zahlreichen literarischen Ideen konzentriert durchzudenken – und dann selbstverständlich ebenso konzentriert niederzuschreiben. Sie gab ihm die Ratschläge, die sie von Autoren ihres Verlags kannte, gerade wenn es um die Einteilung eines Stoffes ging, doch davon wollte er nicht das Geringste hören.

»Ich habe längst mit einem Roman begonnen«, erklärte er. »Das andere war doch nur Spielerei. Aber mein Roman wird etwas Großes werden, etwas Gewaltiges, etwas ... Ich weiß gar nicht, wie ich es ausdrücken soll.«

»Ich verstehe dich genau, glaub mir«, antwortete Vera, fasziniert von dem Feuer, das in ihm loderte. »Wann kann ich etwas daraus lesen?«

»Noch nicht«, entgegnete er hastig. »Ich brauche einfach mehr Ruhe, muss völlig in mich gehen können, um alles so hinzukriegen, wie es in meinem Kopf herumspukt. Ach, was rede ich, es ist mehr als ein Spuk, ich sehe alles ganz klar vor mir, kenne gewissermaßen schon jede Stelle, jeden Satz auswendig, wenn du so willst.«

Er redete weiter, und sie hörte zu, bereits damals, an jenem Abend, als er den Roman zum ersten Mal erwähnte, in Gedanken mit einer Idee spielend, die bald darauf in die Tat umgesetzt werden sollte.

Als er sich einige Tage später wieder einmal über seine Dachbude am Rande der verrufenen Altstadt von Hannover beschwerte, schlug sie ihm vor, er solle zu ihr in die Wohnung ziehen. Zuerst lachte er – über das Dorf, über die Vorstellung an sich. Aber Vera blieb hartnäckig. Nirgendwo könne er besser und ungestörter an seinem Roman arbeiten, für einen Schriftsteller gebe es gar keinen besseren Ort, befand sie. Die Ruhe, die sie früher kaum ausgehalten hatte, machte sie ihm nun so schmackhaft, dass er gar nicht ablehnen konnte.

Sie sagte ihm nicht, wie sehr die Leute über sie schwatzen würden, sie dachte selbst kaum daran. Vera hatte es sich längst abgewöhnt, einen Gedanken daran zu verschwenden, dass die Leute wiederum so viele Gedanken an sie verschwendeten.

Auszug eines schriftlich festgehaltenen Gesprächs der Kriminalpolizei Barghude mit: Peter »Piet« Schmitters, Gastwirt

Frage: *Sie können sich also nicht vorstellen, wer es getan haben könnte?*

Antwort: Nein. Das habe ich Ihnen ja gesagt.

Frage: *Es ist nur so: Ihr Gasthaus ist eine wichtige Anlaufstelle für das Dorf. Kann man das so ausdrücken?*

Antwort: Wenn Sie meinen.

Frage: *Als Wirt kriegt man bestimmt so einiges mit, nicht wahr? Wenn die Abende länger werden und eine Runde nach der anderen bestellt wird.*

Antwort: Ja, da kriegt man so viel mit, dass man sich's gar nicht merken kann. Und das ist auch gut so. Das alles braucht man sowieso nicht für bare Münze nehmen.

Frage: *Sie meinen, das ist nur Gerede?*

Antwort: Ja, klar. Gerede, Getratsche.

Frage: *Und was ist mit Ihnen?*

Antwort: Wie? Was soll mit mir sein?

Frage: *Kannten Sie die Ermordete?*

Antwort: Äh, also ... *kennen* würde ich nicht sagen. Ich sah sie ein paar Mal, das ist alles.

Frage: *War sie Gast in Ihrem Lokal?*

Antwort: Nein, nie.

Frage: *Wann sahen Sie sie dann?*

Antwort: Ich weiß nicht. Vom Fenster aus, wenn sie die Hauptstraße entlangging. Zum Einkaufen in den Laden ... Ich weiß nicht.

Frage: *Und Sie? Waren Sie ein Kunde der Ermordeten?*

Antwort: Das ... äh ... verbitte ich mir!

Frage: *Wieso? Das ist doch eine ganz normale Frage. Waren Sie ein Kunde der Ermordeten? Ein Kunde der Prostituierten?*

Antwort: Nein. Das kann ich mir nicht leisten.

Frage: *Aber Ihr Gasthaus läuft doch recht gut, oder?*

Antwort: Ich meine nicht *finanziell*. Es ist einfach so, dass ein Wirt nur dann von seinen Gästen geschätzt wird, wenn sie ihn gut kennen. Also, wenn er ein offenes Buch für sie ist. Sozusagen. Wenn er ohne Geheimnisse ist. Wenn er anständig ist. Dann erst können sie sich ihm anvertrauen.

Frage: *Da haben wir es. Finden Sie nicht?*

Antwort: Was?

Frage: *Die Leute weihen Sie also doch in ihre Geheimnisse ein. Oder?*

Antwort: Aber doch nicht, wenn sie einen Mord begangen haben. *(flucht)* Entschuldigung, aber ... Also, vielleicht erzählt mir einer, wenn er einen anderen übers Ohr gehauen hat. Oder wenn er beim Saatgutankauf mit einem Trick einen guten Preis ... Aber ... also bitte!

Frage: *Noch einmal zurück zu der Ermordeten. Finden Sie, dass sie eine schöne Frau war?*

Antwort: Schön?

Frage: *Ja. Fanden Sie sie schön?*

Antwort: Ich weiß nicht ...

Frage: *Sie wissen nicht, ob sie Ihnen gefallen hat?*

Antwort: Also, äh, ich weiß nicht ...

13

Mühsam fanden seine Füße den Weg durch Schnee und Matsch. Hin und wieder geriet er leicht ins Torkeln, aber das störte ihn nicht. Genauso wenig wie die Flocken, von denen zusehends mehr aus dem wolkenverhangenen Himmel schneiten. Er pfiff vor sich hin, und der Schnaps in seinem Magen brachte ihn immer wieder zum Rülpsen.

Er war zufrieden – mit sich und seinen frechen Sprüchen im *Stolzen Hahn*, dem Grad seiner Betrunkenheit und vor allem damit, dass es ihm mal wieder gelungen war, Piet bei der Rechnung um ein paar Bier zu bescheißen. Ja, ein Abend, der so verlaufen war, wie alle Abende verlaufen sollten.

Er erreichte den Dorfrand, blieb stehen und begann gegen einen Kastanienbaum zu pinkeln. In ein paar Minuten würde er sich in seinen Bettdecken verkriechen und Sekunden darauf schon so laut schnarchen, dass die Wände des Hauses wackeln würden. Als er sich die Hose zuknöpfte, warf er einen kurzen unbestimmten Blick zurück über die Schulter ... Da war doch irgendetwas. Ein Huschen, eine rasche Bewegung. Wer mochte sich um diese Zeit noch draußen herumtreiben? Oder sah er bereits Gespenster?

Er vergrub die Hände in den Hosentaschen und nahm seinen Weg wieder auf. Nur noch ins Bett fallen, sich einwickeln und nichts als Schlaf ... Er erkannte schon die Silhouette des kleinen elterlichen Hofes, auf dem er wohnte und arbeitete, als er ein weiteres Mal zurückschaute. Nein, er sah keine Gespenster, da schlich doch tatsächlich jemand durch die Nacht. Sofort waren Müdigkeit und

Alkohol nicht mehr ganz so einlullend. Er änderte leicht seine Richtung, ging einfach am Haus vorbei.

Wer mochte das sein? Er dachte kurz an die tote Frau und ermahnte sich, nicht noch einmal so auffällig nach hinten zu blicken.

Nur ein paar Meter hinter der Rückfront der kleinen Scheune begann der Wald, und dankbar ließ er sich nun von den Bäumen verschlucken. Rasch suchte er hinter einem Stamm Zuflucht. Er spähte in die Dunkelheit. Nicht das Geringste zu entdecken. Keine Bewegung, keine Gestalt, nichts. Er wollte sicher sein, wartete ab, eine Minute, zwei Minuten. Nichts. Absolut nichts und niemand. Fängst schon an zu spinnen, sagte er sich ... oder einfach zu viel gesoffen.

Er verließ sein Versteck, tastete sich durch die Bäume und steuerte schließlich von Neuem auf den Hof zu, direkt auf das Haupthaus, in dem alles dunkel war – seine Eltern und Brüder waren demnach schon zu Bett gegangen. Jetzt aber wirklich bloß noch schlafen, schlafen, schlafen, sonst fängst du auch noch an, den Mond anzuheulen wie Abel, der alte Verrückte. Er hatte das Haus beinahe erreicht, als er aus den Augenwinkeln den Umriss eines Schattens wahrnahm.

Und im nächsten Moment spürte er einen fürchterlichen Schmerz im Rücken. Irgendetwas beförderte ihn geradewegs an die Hauswand. Mit voller Wucht stieß er sich den Kopf an und fiel in den Schnee. Es dauerte mehrere Sekunden, bis seine Benommenheit nachließ. Sein Schädel pochte, und in seinem Rücken schien jedes einzelne Stück Knochen irgendwie angebrochen zu sein. Als Erstes sah er die Schneeflocken, zunächst noch verschwommen, dann klarer. Ein Mann ...

Ja, ein Mann stand über ihm, eine Wollmütze auf dem Kopf, einen armdicken Knüppel in den Händen. Der Mann beugte sich ein wenig zu ihm herab, und er sah die Augen, die ihn hasserfüllt anstarrten. Jetzt erkannte er das Gesicht.

»Du?«, hörte er seine eigene Stimme. »Bist du verrückt geworden, oder was? Willst du mich umbringen?«

»Vielleicht«, antwortete Christian Falk.

»Mein Gott, du ...« Er wollte sich aufrichten, doch Falk schlug erneut zu. Mit dem Arm versuchte er sich noch zu schützen, aber der Knüppel brach ihm fast das Handgelenk. Vor Schmerz schrie er auf, dann kam nur noch ein Keuchen über seine Lippen.

»Wer hat sie umgebracht, Brockmann?«

Völlig entgeistert blickte Paul Brockmann nach oben. Er war plötzlich nüchtern, als hätte er keinen einzigen Tropfen getrunken. Rücken, Kopf und Unterarm taten ihm höllisch weh. »Wahnsinnig«, flüsterte er stöhnend. »Du bist wahnsinnig.«

»Wer hat es getan, Brockmann?« Falks Stimme war klar und kalt, vollkommen kalt.

»Woher soll ich das wissen?«

»Weißt doch sonst immer alles, Brockmann. Deine Nase steckt doch überall drin.«

»Keine Ahnung, wovon du redest. Lass mich jetzt in Frieden ...« Von Neuem machte er Anstalten, auf die Beine zu kommen, doch als Falk wieder den Knüppel hob, ließ er sich sofort zurück in den Schnee sacken. »Verdammt noch mal, Kanadier ...«

»Wer hat sie ermordet, Brockmann?«

Paul Brockmann glotzte nach oben. Er spürte den Schmerz, die nasse Kälte des Schnees unter sich, und jetzt wurde ihm zum ersten Mal bewusst, dass er wirklich in der Klemme steckte. Es war ein anderer Christian Falk, der hier vor ihm stand. Falks Blick war anders, seine Haltung war anders. Und dann dieses Glühen in den Augen.

»Du musst völlig verrückt geworden sein ...«, sagte Brockmann lahm, und Falk schlug erneut zu, traf diesmal Brockmanns Schulter.

»Hör auf, Mann!« Brockmann erschrak selbst über die Panik, die sich in seine Stimme gemischt hatte. Er fühlte Angst, nackte Angst, zum ersten Mal seit Jahren, zum ersten Mal überhaupt im Leben.

»Du bist doch zu ihr gegangen, oder!?« In Falks Stimme lag noch immer diese Kälte, die sich bis in Brockmanns Innerstes fraß.

»Mann, Kanadier.« Brockmann wand sich im Schnee wie ein Wurm. Inzwischen stand ihm Schweiß auf der Stirn. »Du weißt doch, dass ich mir kaum ein Bier bei Piet leisten kann. Wie sollte ich dann ...«

»Du warst bei ihr.«

»Jaaa, war ich. Verfluchter Mist. Aber ganz selten. Wenn ich gerade mal ein paar Scheine in der Tasche hatte. Was glaubst du denn? Dass ich im Gemüsegarten einen Schatz vergraben habe?«

»Wie oft?«

»Was weiß ich?« Brockmanns Stimme überschlug sich. »Ich war doch nicht der Einzige. Das musst du doch viel besser wissen, warst schließlich ihr ...« Er verstummte abrupt.

»Wer noch?« Christian Falk ratterte ein paar Namen herunter, offenbar wie sie ihm gerade einfielen. »Brandtner? Fechede? Linke? Lehmann? Motzka?« Er hielt den Atem an. »*Motzka?*«

»Hör auf damit.«

»Also auch Motzka. Welcher von den Motzkas? Gerald?«

Brockmann stierte zu Falk, als meinte er, sich in einem wirren Traum zu befinden. »Ich sag doch – das musst du viel besser als jeder andere wissen.«

»Sie hatte nur zwei oder drei Kunden.« Zum ersten Mal lag eine Spur Ungewissheit in Falks Tonfall.

Brockmann lachte auf, kurz und freudlos, nach wie vor ängstlich, eingeschüchtert, verwirrt.

Falk trat ihn mit der Schuhspitze, plötzlich wirkte er jedoch nicht mehr ganz so entschlossen. »Wer noch außer dir?«, wiederholte er rau.

Brockmann senkte den Blick, starrte in den Schnee. »Möglicherweise jeder, den du heute Abend bei Piet gesehen hast. Was weiß ich, verdammt noch mal?« Langsam, das Gesicht noch schmerzverzerrt, erhob er sich. Wie es auf einmal schien, hatte irgendetwas offenbar Christian Falks Zorn die Wucht genommen.

»Lass mich jetzt bloß in Ruhe, Kanadier.«

Den schmerzenden Unterarm dicht an den Körper gepresst, stiefelte Brockmann aufs Haus zu. Als er die Tür erreichte, drehte er sich noch einmal um. Falk stand nach wie vor an derselben Stelle, den Knüppel hatte er jedoch mittlerweile fallen gelassen.

»Irgendwann«, rief Brockmann, »besuch ich dich mal abends, mein Junge. Und dann zahl ich's dir heim, darauf kannst du dich verlassen.« Fluchend verschwand er im Haus. Als er dann aus dem Fenster nach draußen sah, stand Christian Falk noch immer da, reglos, Schnee auf der Wollmütze und den Schultern.

14

Manchmal, wenn seine Knochen schmerzten, fragte er sich, ob es wirklich so hatte kommen müssen. Er hatte dieses Gefühl hassen gelernt, das sich immer in seinem Magen breitmachte, wenn er ihr zufällig im Dorf über den Weg lief und sie beide starr durch den jeweils anderen hindurchsahen, als wären sie völlig Fremde. Albern kam es ihm vor, inzwischen, nach all den Jahren, richtig lächerlich.

Die Schwatzköpfe waren ihm egal; was sie dachten, kümmerte ihn nicht. Aber was *sie* dachte, denken mochte – das konnte er nicht einfach beiseiteschieben. Und noch immer schaffte sie es, ihn vor den Kopf zu stoßen, ihn zu verblüffen, wie vor Kurzem, als sie wieder einmal allein an einem Tisch im *Stolzen Hahn* gesessen und Bier getrunken hatte, als wäre sie irgendein Hofknecht. Er wusste, dass es vor allem er war, den sie mit ihren seltsamen Einfällen treffen wollte, reizen wollte, wie immer man es auch nennen mochte. Sie hatte den gleichen Dickkopf wie er. Nur sie konnte so stur sein wie er. Kein Wunder, sie war seine Tochter.

Veras Mutter war bei der Geburt gestorben. Er hatte nie mit Vera darüber gesprochen, wie es für sie war, ohne Mutter aufzuwachsen – weder als sie ein Mädchen noch eine junge Frau gewesen war. Über solche Sachen hatte Tegger nie gesprochen.

Er hatte sich einen Sohn gewünscht, natürlich, was sonst. Im Dorf hatte man sich überhaupt nicht vorstellen können, dass aus Tegger-Samen etwas anderes sprießen konnte als männliche Nachkommen. Damals wusste er nicht, was ihn schlimmer traf – der Verlust seiner Frau oder die Tatsache, dass sein lange ersehnter Sohn keiner war. Es lag an Vera, dass sich das bald legte. Sie wuchsen zusammen, auf eine seltsame Art, und es war das erste Mal in Teggers Leben, dass er sich wirklich auf jemand anderen einließ, dass er teilte und gab und nahm.

Ja, sie wuchsen zusammen, irgendwie. Immer dann ein Stück mehr, wenn sie sich sonntags das große Wohnzimmer teilten – er mit Zeitung, sie mit Puppen oder Bilderbüchern –, oder wenn sie am Grab seiner Frau und ihrer Mutter standen und Vera ihre kleinen Fingerchen in seine riesige, mit Schwielen übersäte Hand schob. In den ersten Jahren fragte sie noch oft nach ihrer Mutter, was für eine Frau sie gewesen war, doch solche Fragen wurden immer seltener, und er gestand sich ein, dass ihn das stolz machte. Sie waren zu zweit, bildeten einen engen Kreis, der für niemanden sonst Platz ließ, nicht einmal für eine Tote. Irgendwann war Veras Mutter nichts weiter als die Frau auf der immer bleicher werdenden Fotografie, die an der Wand neben Teggers uraltem Schreibtisch hing. Auf den Friedhof gingen er und Vera seltener als früher.

Es lief alles gut zwischen ihnen. Selbst als Vera sechzehn, siebzehn und noch dickköpfiger wurde. Sie prallten zwar wesentlich öfter hart gegeneinander als in den Jahren davor, führten hitzigere Diskussionen, kamen zu immer gegensätzlicheren Standpunkten, aber der Kreis hatte weiterhin Bestand.

Als sie etwa achtzehn war, wurde das Dorf ihr größtes Problem. Sie wollte weg, in eine große Stadt, nach Hannover, Berlin, München, wohin auch immer, sie wollte studieren, als Krankenschwester nach Afrika gehen, Schauspielerin, Schriftstellerin, Hochseilartistin werden – am liebsten alles innerhalb einer Woche. So war sie einfach, und das gefiel Tegger. Sein Mädchen hatte mehr Temperament als jeder Junge, er genoss ihre Fantastereien und Wunschträume. Auch dann noch, als sie sich immer häufiger über die Eintönigkeit des Dorfes, ihres Hofes beschwerte.

Zu gerne hätte er sie auf die Landwirtschaftsschule geschickt, aber er gab sich nicht der Illusion hin, dass er sie je im Leben dazu bringen konnte – obwohl er sicher war, dass sie imstande wäre, selbst einen so großen Hof wie seinen glänzend zu führen.

Insgeheim hoffte er, dass es Vera mit zunehmendem Alter weitaus weniger sehnsüchtig in die Ferne ziehen würde. Für die Zukunft malte er sich ein ganz bestimmtes Bild aus: Er zog sich immer mehr zurück, legte auch mal die Beine hoch, und Vera und ihr Mann kümmerten sich um den Hof. Dass er keinen Sohn hatte, war für Tegger längst kein Problem mehr. Er war sich sicher, dass der Mann, den Vera wählen würde, auf jeden Fall stark und selbstsicher genug wäre, um den Hof leiten zu können. Ein Schwächling hätte bei ihr keine Chance, das wusste Tegger.

Und dann gab es einen Knackpunkt. Davor hatte Vera ihren Vater zwar schon häufiger kritisiert, und ihm war klar, dass sie seine Art, mit den Leuten umzuspringen, nicht besonders mochte, doch es gab einen bestimmten Zeitpunkt, von dem an alles anders wurde. Der Kreis bekam einen Riss, und alles, was sie zuvor zusammengehalten hatte, begann sich aufzulösen. Und Tegger übersah diese Tatsache, nahm sie einfach nicht wahr. Jahre später war es ihm unbegreiflich, dass er es falsch eingeschätzt hatte. Damals hätte er anders reagieren sollen. Damals,

als jemand starb. Jemand, der eigentlich nichts mit ihnen beiden zu tun hatte. Zumindest nicht mit Vera. Er hätte mit ihr darüber reden, auf sie eingehen müssen.

Hinzu kam, dass Vera etwa zur gleichen Zeit zu studieren begann. Sie besuchte die Universität in Hannover – als erste Frau in der Geschichte des Dorfes. Unter der Woche übernachtete sie oft in der Stadt, in einem Wohnheim für junge Töchter aus gutem Hause. Doch eigentlich wohnte sie weiterhin bei Tegger, nicht nur an den Wochenenden. Sie gehörte zu ihm und seinem Hof. Amüsiert hörte er abends beim Essen ihren verschwommenen Theorien über Kunst und Politik zu, ohne zu verstehen, um welches Thema genau es ging, ohne den Wust all dieser obskuren Fremdwörter in seinem Kopf unterzubringen. Tegger wartete einfach darauf, dass sie zur Vernunft kommen würde. Für Vera brachte er all die Geduld auf, die er jedem anderen verweigerte. Und dann war sie weg.

Heute, nach all den Jahren, fühlte Tegger manchmal eine Bitterkeit, die ihm fremd war, die ihm vorkam wie eine seltene Krankheit. Eine Bitterkeit, die ihn in Staunen versetzte – nie hätte er es für möglich gehalten, einmal so empfinden zu können. Er war stark gewesen, immer schon, in sich ruhend, selbstgewiss, ohne Umwege einzuschlagen. Verbittert zu sein, das passte nicht zu ihm.

Womöglich hätte er *noch* geduldiger mit Vera sein müssen, geduldiger als jeder andere Vater dieser Welt. Er hätte sie ihre Träume weiterspinnen lassen müssen, immer in dem sicheren Zutrauen zu ihrem Verstand, der so gut war wie sein eigener. Und irgendwann wäre sie wieder zurückgekehrt ...

Nein.

Nein, das wohl nicht.

Aber dennoch – das Band zwischen ihnen hätte nicht reißen, der Kreis hätte nicht zerstört werden müssen. Und nun war es zu spät, viel zu spät. So lange war das alles her. Jemand war gestorben – das war der Knackpunkt gewesen, das hatte den Riss bedeutet.

Und auch jetzt war es zu einem Todesfall gekommen. All die anderen Toten, die es zwischenzeitlich im Dorf gegeben hatte, die hatten Tegger nicht berührt. Doch diesmal ... Bei dieser Toten würde es zwangsläufig anders sein, und das war ihm nur zu klar.

Die Kriminalbeamten hatten auch Tegger befragt. Schließlich wäre er doch, wie sie erfahren hätten, einer der angesehensten Bürger des Dorfes. Es sei ihnen überaus wichtig, mit ihm zu sprechen. Trotz dieses Geschwätzes hatten sie sich erdreistet, sich nach seinem Alibi zu erkundigen. Ziemlich einsilbige Antworten hatte er für sie übrig gehabt. »*Keine Ahnung.*« »*Nein.*« »*Niemals.*«

Im Dorf gab es ziemliches Gerede, dass die Beamten in Christian Falks Haus auf Fingerabdrücke gestoßen wären. Aber endgültige Gewissheit darüber herrschte nicht. Tegger machte sich seine eigenen Gedanken dazu. Und er hatte die Kriminalbeamten spüren lassen, dass sie ihm gleichgültig waren. Ohne einen Schritt weitergekommen zu sein, mussten sie sich verabschieden. Auf Nimmerwiedersehen, dachte er nur, als sie davonmarschierten. Das Dorf war eine Welt für sich. Man brauchte niemanden aus Barghude oder Hannover oder von sonst irgendwoher. Die Ermittlungen würden im Sande verlaufen, mutmaßte Tegger. Über kurz oder lang würden die Beamten kapitulieren. Selbst wenn sie ihn und andere noch einmal oder zweimal oder dreimal belästigen würden.

Hatten sie Vera ebenfalls befragt?, fragte er sich unvermittelt. Nein, gewiss nicht. Weshalb hätten sie das tun sollen? Unsinn.

15

Der Kerl kam selten in den *Stolzen Hahn*. Und offenbar auch nur dann, wenn er wusste, dass nicht viel los war, etwa am frühen Nachmittag. Piet ließ sich zwar nichts davon anmerken, dass er ihn nicht leiden konnte, war aber auch nicht besonders freundlich zu ihm. Ohne ihm in die Augen zu sehen, fragte er ihn, ob er noch ein Bier wolle. Der Schnösel beachtete ihn kaum, schüttelte nur leicht den Kopf.

Kleiner arroganter Pinsel, dachte Piet, während er zurück hinter seinen Tresen trottete.

Außer dem jungen Mann befand sich lediglich Abel im *Stolzen Hahn*. Abel saß dort, wo er immer saß, an dem kleinen Tisch am Fenster. Vorhin hatte der Jüngere versucht, ein Gespräch mit ihm anzufangen, und war auf Granit gestoßen. Abel hatte weiterhin dagehockt und nach draußen gestarrt, als existierte der andere überhaupt nicht. Piet wusste, wie es war, wenn Abel so war wie heute, unzugänglich, mit verschleiertem Blick – einfach seltsam eben, anscheinend tatsächlich so verrückt, wie Paul Brockmann und die anderen ihn immer hinstellten.

Dem jungen Mann wiederum gönnte Piet die Abfuhr. Allein schon wegen des höhnischen arroganten Untertons, mit dem er Abel angesprochen hatte. Nun warf er Abel immer noch den ein oder anderen spöttisch hingegrinsten Blick zu, als beobachte er irgendein Tier im Käfig, das sich besonders tollpatschig anstellte. Der Bursche hält uns alle für Neandertaler, dachte Piet, für Urmenschen, die sich nicht waschen und ihr Futter mit den Händen fressen. Dieser kleine arrogante Pinsel ...

Für Piet war es ein Rätsel, wie sich eine solche Frau ein derartiges Bübchen aussuchen konnte. Das war einfach unbegreiflich, so unglaublich wie Schnee im heißesten Hochsommer. Natürlich – Piet war nicht blind, der Junge sah vielleicht nicht schlecht aus, mit seinen blauen Augen und den gewellten Haaren. Er hatte gewiss etwas, das Frauen mochten, aber im Grunde wusste man doch bereits beim ersten Blick, dass er ein Weichling war, ein Faulpelz, ein Schnorrer, ein Wichtigtuer, ein ... kleiner arroganter Pinsel eben.

Die Minuten krochen, die Viertelstunden dämmerten dahin. Kein Wort fiel zwischen den drei Männern in der Gaststube.

Die Polizisten aus Barghude waren immer noch im Ort. Die Befragungen gingen weiter, doch kein Mensch war verhaftet worden. Nicht einmal Fingerabdrücke waren von jemandem genommen worden, sonst hätte sich das mit Sicherheit herumgesprochen.

Es gab niemanden ohne Alibi, es gab niemanden mit einem Motiv, es gab keine Spuren, aufgrund des fast gefrorenen Bodens nicht einmal einen Fußabdruck. Es gab keinen einzigen Zeugen, niemanden, der die Frau am Abend ihres Todes gesehen hatte. Es gab keinen Verdächtigen.

Wie lange lag der Mord jetzt zurück? Piet musste überlegen. Sieben Tage? Acht? Neun?

Es war noch nicht einmal fünf Uhr, als es bereits dunkel wurde. Schneefall, vermischt mit Regen, setzte ein. Der junge Mann erhob sich träge, streckte gähnend seine langen Arme aus. Langsam bewegte er sich zur Theke, und ebenso langsam zählte er seine Münzen ab. Ohne etwas zu äußern, verschwand er nach draußen, hinaus in die Dunkelheit.

Piet blickte ihm finster hinterher, strich das Geld ein und bemerkte dabei, dass der Mann reichlich Trinkgeld zurückgelassen hatte. Jetzt ärgerte sich Piet, dass er nicht augenblicklich nachgezählt hatte. Von dem hätte ich nichts angenommen, sagte er sich, nichts, gar nichts. Kann mir gestohlen bleiben. Ist sowieso *ihr* Geld, mit dem der Bursche so großzügig umgeht. Kleiner arroganter …

In diesem Moment betrat Paul Brockmann den *Stolzen Hahn*. Er sah aus wie immer: grimmig, falsch, unfreundlich. Durchnässt vom Schnee, mit rot angelaufenen Wangen, stapfte er nach vorn zur Theke.

»Los, Piet«, knurrte er, »gib mir was zu trinken.«

»Welche Laus ist denn heute über deine halbtote Leber gelaufen?«

»Heute keine.«

»Wann dann? Du warst die letzten Abende hier und hast …«

Piet verstummte und musterte ihn fragend, während er ein randvolles Schnapsglas vor ihn hinschob.

»Ich habe doch recht gehabt, verflucht noch mal«, brummte Brockmann.

»Nun mach's nicht so spannend.«

»Mann, Piet, der Kerl ist verrückt geworden. Völlig verrückt. Hat mich überfallen, stell dir vor. Wollte mich *umbringen*.«

»Herrgott noch mal: Wer?«

»Na, wer schon! Der Kanadier natürlich.«

Als wäre das ein Stichwort für ihn, stand plötzlich Abel von seinem Stuhl auf. Sein Blick, noch immer wie mit einem Schleier überzogen, wanderte durch den Raum, als wäre er zum ersten Mal in seinem Leben hier.

»Was ist denn, Alter?«, erkundigte sich Piet.

Aber Abel schien ihn überhaupt nicht wahrzunehmen. Er ging nach draußen, mit langsamen, schleppenden Schritten.

»Der wird immer wunderlicher«, meinte Piet kopfschüttelnd.

»Vergiss doch den alten Spinner«, brauste Brockmann erneut auf. »Der ist mir hundertmal lieber als der verdammte Kanadier.« Er hatte sein Glas bereits geleert, also griff Piet automatisch hinter sich zu der Literflasche.

»Was soll das heißen?«, wollte er wissen. »Umbringen?«

»Glaubst du, ich erzähl dir Märchen? Umbringen wollte mich das Schwein. Fertigmachen, abmurksen. Der gehört in den Knast.«

»Was genau ist denn passiert?«

»Dieser verfluchte Kanadier.«

Auszug eines schriftlich festgehaltenen Gesprächs der Kriminalpolizei Barghude mit: Karl Tegger, Landwirt

Frage: *Was meinen Sie, was könnte der Grund für den Mord gewesen sein?*

Antwort: Woher soll ich das wissen?

Frage: *Womöglich Wollust? Was glauben Sie?*

Antwort: Gar nichts glaube ich.

Frage: *Oder war es Wut? Eine unbändige Wut? Weil die Frau nicht auf gewisse Forderungen oder Wünsche eingegangen ist und ...*

Antwort: Keine Ahnung.

Frage: *Oder gibt es noch ein ganz anderes Motiv?*

Antwort: Finden Sie den Mörder und fragen Sie ihn. Vielleicht erzählt er's Ihnen.

Frage: *Wie es scheint, sind Sie nicht sonderlich neugierig, was diese Sache betrifft, oder?*

Antwort: Ich bin über siebzig Jahre alt. Da gibt es kaum noch etwas, worauf man neugierig ist.

Frage: *Ist es Ihnen etwa egal, wer es getan hat?*

Antwort: Es gibt nichts, was mir gleichgültiger sein könnte.

Frage: *Sie sind nicht sehr entgegenkommend. Haben Sie etwas zu verbergen?*

Antwort: Ich war noch nie sehr entgegenkommend. Und zu mir war auch noch nie jemand sehr entgegenkommend. Nein, ich habe nichts zu verbergen, ich kümmere mich einfach nur um meine eigenen Angelegenheiten.

Frage: *Waren Sie jemals im Haus der Ermordeten? Als Kunde der Ermordeten?*

Antwort: Nein.

Frage: Kennen Sie jemanden, der dort war? Als Kunde?

Antwort: Nein.

Frage: Nein?

Antwort: Ich kenne ein paar, die das behaupten. Aber ich war ja nicht *dabei*. Sonst noch was?

Frage: Wie haben Sie den Abend verbracht, als die Frau ermor...

Antwort: Ich war im *Stolzen Hahn*.

Frage: Gut. Dann müsste es ja genügend Zeugen geben.

Antwort: Sicher. Angefangen mit dem Wirt. Piet Schmitters.

Frage: Entschuldigen Sie, dass wir das fragen müssen. Aber wir müssen uns eben ein Bild von der Sache machen. Deshalb solche Fragen. Allein schon der Vollständigkeit halber. Sie selbst waren also nie bei der Frau?

Antwort: Nein.

Frage: Niemals?

Antwort: Niemals.

16

Christian Falk saß bewegungslos auf dem Stuhl und starrte in das langsam sterbende Feuer. Seit zehn Tagen tat er nichts anderes, als zu starren, wie es ihm erschien. Nach wie vor gab es keine Ergebnisse der Polizei. Keinen einzigen Verdächtigen. Sie hatten *nichts*. Sie waren offenbar völlig ratlos. Und deshalb fassten sie die Möglichkeit ins Auge, er selbst hätte Choya umgebracht. Als er nicht hatte sagen können, wer Choyas Kunden waren, hatte man ihn sofort als Verdächtigen in Betracht gezogen.

Es war lächerlich, es war absurd. Und noch immer hatte man ihm nicht mitgeteilt, was bei der Untersuchung seines Hauses herausgekommen war. Fingerabdrücke? Sonstige Spuren? Er wusste nichts, hing vollkommen in der Luft.

Um die Hütte hatte sich Dunkelheit gebildet, eine schwarze, undurchdringliche Finsternis, wie das Ende der Welt.

Auf der Liege zuckte Abel immer wieder auf in seinem unruhigen Schlaf, murmelnd, flüsternd, unter schwerem Keuchen. Christian beachtete ihn nicht. Sein Blick verlor sich in den immer schwächer züngelnden Flammen. Alles, was er wirklich sah, war der graugrüne Streifen, der sich damals am Horizont, nach dieser unendlich langen Fahrt, aufgetan hatte, umspült vom Meer, das in einem ähnlich trüben Farbton schimmerte. Nebelschwaden zogen über dieses immer noch ferne Land, verliehen dem Bild etwas Düsteres, Lebloses. Er stand an der Reling und konnte kaum glauben, dass das der Anblick war, dem er so sehr entgegengefiebert hatte. Es war kalt. Die Menschen um ihn herum froren, wickelten sich in ihre Mäntel und Schals, gaben Kommentare ab, die er gar nicht hörte.

Schließlich kam eine Stadt in Sicht, ein Hafen, Dockanlagen, Lagerhallen. Christian hielt den Atem an. Er war am Ziel. Doch seine Stimmung blieb verhalten.

Am Ziel und auch wieder nicht am Ziel. Er ließ sich treiben, folgte seiner Nase, folgte seinem Gespür – wem oder was auch immer. Eine ergebnislose Suche nach Arbeit, nach einer Anlaufstelle. Eine lange Fahrt mit der Eisenbahn, an deren Ende eine weitere Stadt auf ihn wartete, die größte, die er je gesehen hatte: Toronto. Seine Stimmung war seit der Ankunft allerdings nicht besser geworden. Mit ungewissen Schritten, sein Hab und Gut auf den Rücken geschnallt, ging er durch die Straßen, an deren Rändern schmutziger Schnee klebte.

Vermummte Gestalten hasteten an ihm vorüber, und das Deprimierende an ihnen war, dass sie wussten, wohin, dass sie einem Weg folgten. Einmal rammte ihn die Schulter eines Kutschpferdes, und aufgrund seines schweren Gepäcks konnte er das Gleichgewicht nicht mehr halten. Im Matsch liegend hörte er die wütende Stimme des Kutschers, der ihn in einer Sprache beschimpfte, die er noch nicht kannte. Irgendjemand lachte im Vorübergehen. Mühsam rappelte er sich wieder auf, klopfte dabei den Schmutz von seiner Kleidung.

Stundenlang war er mittlerweile herumgelaufen. Es wurde noch kälter. Von seinem Mut, seiner Zuversicht, von all seinen Hoffnungen, mit denen er der Heimat den Rücken gekehrt hatte, war nichts mehr übrig geblieben. Die Straße, die er entlangschritt, kam ihm bekannt vor – womöglich war er sie schon ein paarmal auf und ab gegangen. Jede Straße sah hier aus wie die andere, jedes Gebäude wie das andere.

Irgendwann landete er in einer Kneipe. Er stand an einem unglaublich langen Tresen, vor sich ein Glas Bier, und hörte den fremden Stimmen zu. An einem Tisch saßen drei Männer mit Zöpfen und bronzefarbener Haut – die ersten Indianer, die Christian Falk leibhaftig sah.

Draußen peitschte der Wind gegen die Fenster, ließ das verdreckte Glas heftig vibrieren. *Und jetzt?*, fragte er sich. *Und jetzt?* Es war, als stünde er an einem Abgrund.

Er war zu einem neuen Leben aufgebrochen – und nun? Was hatte er sich eigentlich dabei gedacht? Dass dieses unendlich große Land einzig und allein darauf gewartet hatte, ihn in die Arme zu schließen? *Was um Himmels willen hatte er sich bloß dabei gedacht?* Gar nichts, gab er sich selbst die stumme Antwort, überhaupt nichts, nicht das Geringste. Er war einfach losgerannt. Offensichtlich bevor er imstande war, auch nur einigermaßen richtig zu laufen.

Später hatten ihn die nackten Straßen wieder. Und wieder ging er Schritt für Schritt durch die Stadt, ohne eigentlich zu wissen, weshalb. Überwältigt von der Unmittelbarkeit der Situation war er zu keinem klaren Gedanken in der Lage, seine Planlosigkeit, seine Gedankenlosigkeit setzten ihm immer stärker zu. Zuweilen sah er das Gesicht Alfred Falks vor sich. Es war, als stünde sein Vater immer wieder von Neuem an Häuserecken, die Augen auf ihn gerichtet.

Und immer nur diese Stadt, ihre Gassen, ihre Fremdheit. Warum war er nicht fähig gewesen, sich eine Unterkunft – irgendein schäbiges Hotel, eine billige

Pension – zu suchen? Er wusste keine Antwort. Es hatte den Anschein, als wäre er dazu bestimmt, so lange durch Toronto zu laufen, bis er tot umfallen würde.

Irgendwann am Nachmittag fand er sich inmitten einer Schlange abgerissener Gestalten wieder, an deren Kopf ein Topf der Heilsarmee wartete. Gut schmeckte sie, diese Suppe, nach Kartoffeln und Rüben. Auf jeden Fall ließ Christian Falk seine Ration ebenso schnell im eingeschrumpften Magen verschwinden wie der Rest dieses Sammelsuriums junger, alter, gebrechlicher, alkoholisierter, kranker, hoffnungsloser Männer.

Und jetzt?, fragte er sich. *Und jetzt?* Warum war er in dieses Land gekommen? Was suchte er hier?

Nicht kriechend wie zu Hause, sondern dumpf und plötzlich kam die Nacht. Christian fühlte, wie sich innerlich alles in ihm zusammenkrampfte angesichts dieser erbärmlichen Ausweglosigkeit. Unvermutet sprach ihn ein Mann an, den er überhaupt nicht bemerkt hatte, der auf einmal einfach da war.

»Hotel«, sagte der Mann, immer wieder, mit einem ermunternden Lächeln im Gesicht, und Christian schloss aus dessen Gesten, er solle ihm folgen. Was Christian auch tat. Hoffentlich ist es nicht zu teuer, dachte er. Von seinem Geld hatte allein die Überfahrt den größten Teil geschluckt; es war fast nichts mehr übrig.

Der Mann führte ihn in eine schmale, unbeleuchtete Seitenstraße, die Christian schließlich als Sackgasse erkannte – allerdings zu spät. Der Fremde drehte sich um, und in seinem Gesicht lag nichts Freundliches mehr. Aus der Dunkelheit schälten sich weitere Gestalten, in Sekunden war Christian umringt.

Der Mann, der ihn hierhergelockt hatte, deutete auf

Christians Gepäck, doch Christian schüttelte hastig den Kopf. »Nein«, stieß er hervor. »Nein ...«

Der Mann grinste. Seine Kumpane traten noch näher an Christian heran.

»Nein«, sagte Christian erneut.

Die ersten zwei oder drei Schläge vermochte er noch abzuwehren, doch dann hatte er keine Chance mehr. Sie benutzten keine Messer, nicht einmal Schlagstöcke oder Knüppel, nur ihre Fäuste und Füße. Er lag da, im Schneematsch, hilflos den Tritten ausgeliefert. Wie sie ihm das Gepäck vom Rücken zerrten, bekam er kaum mit, ebenso die Schmerzen überall an seinem Körper und die Wärme des Blutes, das seine Wangen hinabströmte.

Als er wieder zu Bewusstsein kam, riss er sich reflexartig die Arme vors Gesicht, aber da war nichts mehr, was es abzuwehren galt. Die Männer waren fort, seine Kleidung zerfetzt, durchstöbert nach Wertsachen und Geld. Sogar seine Schuhe hatten sie ihm von den Füßen gezerrt. Er versuchte sich aufzurichten, rutschte allerdings aus, und so blieb er liegen, kraftlos, frierend und endgültig jeglicher Hoffnung beraubt. Irgendwann gelang es ihm, die Schuhe wieder über die eisigen Füße zu stülpen.

Und dann erst bemerkte er, dass er doch nicht allein war. Links von ihm, nicht mehr als ein vager Schatten in der Dunkelheit, stand jemand. Die Gestalt bewegte sich, zündete sich eine Zigarette an, und irgendwie schaffte sie es, dass die Flamme des Streichholzes nichts von ihrem Gesicht erhellte. Christian wollte etwas sagen, was auch immer, aber kein Ton kam über seine Lippen.

Die Gestalt machte einen Schritt auf ihn zu, und ihm fielen die Schuhe auf – rotes glattes Leder, hohe Absätze, ein seltsamer Anblick, hier, in dieser finsteren verdreckten Gasse.

Plötzlich war ein Würgen in Christians Kehle, und er erbrach die Suppe. Die Tränen kamen ihm, alles in seinem Innern schien wund zu sein. Dann fühlte er, wie jemand seinen Arm packte, ihn vorsichtig nach oben zog. Von den zierlichen Füßen wanderte sein Blick über den Mantel bis zu dem schwarzen, unter einem kleinen engen Topfhut hervorquellenden, knapp schulterlangen Haar und den dunklen Augen, die mit einer Art auf ihm ruhten, die er nicht einzuschätzen vermochte.

»Danke«, brachte er mühsam hervor. »Danke.«

Was die Frau tat und wie sie dabei aussah, standen in einem seltsamen Gegensatz. Sie half ihm, ja, ohne Zweifel, führte ihn aus dieser Gasse, legte dabei sogar einen Arm um seine Schultern, doch all das tat sie mit äußerst mürrischem Gesichtsausdruck, immer wieder irgendwelche Zischlaute ausstoßend, als verfluche sie ihr Verhalten schon jetzt. Oder verfluchte sie ihn?

Am Ende einer Straße blieb sie stehen und wühlte in ihrer Manteltasche nach einem Schlüssel. Es war ein düsteres Haus, das auf Christian einen geradezu baufälligen Eindruck machte. Im Inneren allerdings herrschte Leben – Stimmen von überall her, Gitarrengeschrammel, Musik von einem kratzenden Grammofon. Eine winzige Wohnung, dominiert von einem Bett und einem Kleiderschrank ohne Türen, gehörte der merkwürdigen Frau. Christian betrachtete sie zum ersten Mal eingehend, als sie eine Öllampe entzündete. Sie war jünger, als er zunächst angenommen hatte, vielleicht neunzehn oder zwanzig. Und sie war eine Indianerin – oder zumindest indianischer Abstammung.

Mit raschen Handgriffen verteilte sie nun drei oder vier zerschlissene Decken auf dem Boden in einer Zimmerecke. Ohne ein Wort zu sagen, bedeutete sie ihm, sich dort hinzulegen. Er gehorchte, ebenfalls wortlos, und ließ sich von ihr ein Glas mit einer bernsteinfarbenen Flüssigkeit reichen – der erste Schluck Whisky in Christians Leben. Nachdem sie eine Minute hinter einer abgewetzten spanischen Wand verschwunden war, trank die Frau, mittlerweile in eine Art Hauskleid gehüllt, ihrerseits von dem Whisky, um gleich darauf unter die Decke auf dem Bett zu schlüpfen. Einige Minuten lag sie einfach da, den Blick ins Nichts gerichtet, dann löschte sie die Lampe. Und plötzlich sagte sie etwas, ein einziges Wort: »Choya.« Als er nichts antwortete, wiederholte sie das Wort ein- oder zweimal, bis er endlich begriff.

»Ich heiße Christian Falk.«

Sie schien ihn nicht zu verstehen.

»Chris-tian Falk«, sagte er erneut.

»Chris-tian«, wiederholte sie zufrieden und war anscheinend im nächsten Augenblick eingeschlafen.

Die Wohnung in dem schäbigen Haus wurde seine erste Adresse in der Neuen Welt. Anfangs versteckte ihn Choya noch vor ihren Freundinnen, aber nach einer Weile kannten sie ihn. Wie naiv er auch sein mochte, so war ihm doch klar, wie diese jungen Indianerinnen ihr Geld verdienten, und der Hauch des Verruchten faszinierte ihn. Im Grunde faszinierte Christian alles an ihnen: ihre Stimmen, ihre Art, Zigaretten zu rauchen, ihre Kleider und Schuhe, die Gerüche, die sie verströmten. Nur vor einer einzigen Person musste sich Christian weiterhin versteckt halten, und zwar vor einem Mann mit großen Füßen – Christian lag immer unter dem Bett, wenn er kam – und einer tiefen Stimme, die keinem Indianer, sondern nur einem Weißen gehören konnte. Irgendwann wurde Christian klar, dass es sich bei dem Mann um den Zuhälter der Indianerinnen handelte.

Langsam erholte er sich von der Tracht Prügel. Schmerzhafter als die Prellungen war ohnehin die Tatsache, dass er nichts mehr besaß – abgebrannt, wahrhaftig und vollkommen abgebrannt, in einer riesigen Stadt in einem noch riesigeren Land, dessen Sprache er nicht beherrschte. Angewiesen auf das, was eine indianische Hure mit ihm teilte.

Im Morgengrauen, wenn Choya mit ihrer Arbeit aufgehört und den kurzen Weg von dem Stundenhotel zur Wohnung zurückgelegt hatte, setzten sie sich dicht nebeneinander aufs Bett, die Augen dem Fenster zugewandt, von wo sie jeden neuen Tag begrüßten. Sie redeten dabei nicht miteinander, verständigten sich lediglich durch Blicke, Gesten, Lächeln. Bis sie müde wurden und sich in ihre Decken rollten, Choya auf dem Bett, Christian in seiner Ecke.

Irgendwann brachte Choya ihm eine Tasche voller Männerkleidung mit – wo sie die sauberen Stücke herhatte, erfuhr er nie. Die Hosen waren etwas kurz, was Choya mit einem Schmunzeln zur Kenntnis nahm, aber er war nicht in der Lage, wählerisch sein zu dürfen.

Für Christian war es nahezu unmöglich, Choya wirklich einzuschätzen – sie war undurchdringlich, undurchschaubar, ein einziges Rätsel. Doch Wort für Wort tastete sich Christian zumindest näher an die fremde Sprache heran. Choya half ihm. Haus, Zimmer, Wand, Fenster waren die ersten Begriffe, die er lernte. Jedes Mal, wenn seine Aussprache schlecht war, lachte Choya belustigt auf, doch das ärgerte ihn nicht. Im Gegenteil, er lachte ebenfalls, genoss sogar jene seltenen Momente, in denen Choyas Unnahbarkeit brüchig wurde.

Gemeinsam nippten sie kalt gewordenen Kaffee oder sparsame Schlucke aus einer Whiskyflasche, und gemeinsam schwiegen sie. Nur bei gelegentlichen Besuchen von Choyas Freundinnen ging es lebhafter zu. Christian machte es Spaß, ihrem Kichern und ihrem verschwörerischen Geflüster zuzuhören, und ebenso ihrer merkwürdigen Sprechweise, wenn sie sich in ihrem indianischen Dialekt unterhielten.

Eines Abends, als der Frühling mit überfallartiger Heftigkeit über die Stadt hereinbrach, wies Choya Christian unvermittelt an, sich die Schuhe zu bürsten und mit ihr zu kommen. Es war das erste Mal seit vielen Wochen, dass er sich weiter von der Wohnung entfernte als nur bis zur nächsten Kreuzung. Choya führte ihn zu einer Bar. Dort redete sie mit dem Mann hinter dem Tresen, und zwar offensichtlich über ihn, Christian, und auf einmal wurde ihm bewusst, dass er eine Arbeitsstelle hatte.

Von diesem Abend an war Christian zweiter Barkeeper in der *Grady Bar*. Sein *Boss*, wie man es hier nannte, hieß Roy, ein reizbarer Kerl mit mächtigem Brustkorb und riesigen Fäusten, der unglaubliche Wutanfälle bekam, wenn Christian etwas falsch machte, was zu Beginn beinahe ständig passierte. Aber je mehr er dazu lernte, desto seltener musste er sich Roys Zornesarien anhören.

Der Sommer kam. Hitze waberte durch die Straßen, ballte sich in den Häusern. Die Arbeit in der *Grady Bar* trug erheblich dazu bei, dass Christian mit der neuen Sprache besser zurechtkam. Immer noch saßen sie zusammen im Morgengrauen vor dem Fenster, Choya und er, wenn auch nicht mehr frierend, sondern im eigenen Schweiß badend, da die Hitze nicht einmal nachts sonderlich nachließ. Choya behielt zwar ihre Scheu, ihre Vorsicht bei, doch trotzdem begann sie, etwas von sich preiszugeben. Sie erzählte ihm von ihrem Dorf, einer kleinen aussterbenden Ansammlung armseliger Holzbauten, zwischen denen Betrunkene herumtorkelten und in Fetzen gekleidete Kinder mit Blechdosen spielten.

Christian hörte begierig zu, zum einen fasziniert, zum anderen erschüttert. Er sah Choya nun in einem völlig anderen Licht, sie und ihre Freundinnen. Die Trostlosigkeit, der er entflohen war, erhielt durch den Vergleich mit Choyas Erlebnissen einen geradezu idyllischen Anstrich. Natürlich wollte sie, dass auch er von sich berichtete, aber – so seltsam es ihm auf einmal erschien – all das, was ihn all die Jahre so bedrückt hatte, wirkte in seiner neuen Umgebung irgendwie unerheblich, nichtig, als hätte er sich seine Situation im Dorf mehr oder weniger eingebildet: ohne Familie und Freunde zu sein, ohne richtigen Beruf, ohne Liebe. Als wäre das alles im Grunde zu ertragen gewesen, hätte er nur ein wenig mehr an sich gearbeitet – hätte er nur mehr Willen gezeigt.

So redete er mit Choya kaum über seine Gründe des Verschwindens, sondern eher über die des Kommens – dass ihn dieses gewaltige Land so unwahrscheinlich gefesselt hatte, seit sein Vater ihm zum ersten Mal irgendwelche Auswanderer- und Indianergeschichten vorgelesen hatte und er eines Tages auf ein Kanadabuch gestoßen war. Die großen Wälder, die großen Seen, das unentwirrbare Netz zahlloser Flüsse und Nebenflüsse, die Vielfalt an Pflanzen und Tieren. »Ich *musste* es einfach mit eigenen Augen sehen«, erklärte Christian. »Verstehst du? Mit den eigenen Augen sehen, mit der eigenen Nase riechen.«

»Und? Ist es so, wie du es erwartet hast?«

Christian wich ihrem Blick aus. »Das ist ja nicht das Ende, oder?«

»Früher«, sagte Choya, »habe ich genauso wie du davon geträumt, herauszukommen, nicht mehr die sehen zu müssen, die ich Tag für Tag sah. Ich wollte in dieses verdammte Toronto. Weil alle da hinwollten, weil alle von nichts anderem sprachen. Jetzt bin ich schon seit zwei Jahren hier. Und?« Die Ironie brach wieder durch. »Siehst du, wie glücklich ich bin? Wie überaus glücklich und zufrieden?«

»Das hier ist nicht das Ende«, wiederholte er. »Es wird bessere Zeiten geben, verlass dich darauf.«

»Das Einzige, worauf ich mich verlasse, ist der Tod.«

Den ganzen Sommer über arbeitete Christian in der *Grady Bar*. Der Herbst rückte näher, und nichts hatte sich geändert, er war immer noch dort, zweiter Barkeeper unter Roy.

Der kälteste Winter, den er jemals erlebt hatte, begann, aber sowohl Choya als auch Roy erklärten, dass es für ihre Verhältnisse sogar noch recht mild sei. An Weihnachten und Neujahr mussten sie beide arbeiten – die *Grady Bar* hielt ihre Pforten auch an Feiertagen für die Durstigsten der Durstigen offen, und in Choyas *Geschäft* war ohnehin so gut wie immer geöffnet.

Im Januar wurde es noch kälter, und manchmal, auf dem Weg zur lediglich ein paar Parallelstraßen entfernt liegenden *Grady Bar*, hatte Christian das Gefühl, innerhalb von Minuten erfrieren zu müssen. Besonders schlimm war es immer auf dem Rückweg nach Hause, zumeist gegen drei oder vier Uhr morgens, allein in einer scheinbar menschenleeren Stadt, bei eisiger Kälte und peitschenden Schneestürmen. Eines Nachts kam Falk früher als gewöhnlich zurück in die Wohnung; in der *Grady Bar* war wenig los gewesen. Er stieg die Treppe nach oben, den Gang entlang in Richtung Choyas Wohnung, doch kurz vor der Eingangstür hielt er inne. Stimmen.

Nein, nur eine Stimme, eine laute Männerstimme, und Falk wusste sofort, wem sie gehörte.

Er trat ganz nahe an die Tür heran und legte sein Ohr an das rissige Holz. Der Mann schrie jetzt. Von Choya war nicht das Geringste zu hören. Dann – Geräusche dumpfer Schläge und der kurze, nicht einmal überrascht oder irgendwie ängstlich wirkende Aufschrei einer Frauenstimme. Choyas Stimme.

Christian rannte förmlich die Türe ein und prallte im nächsten Sekundenbruchteil auf den breiten Rücken des Zuhälters. Der Mann wurde nach vorn geschleudert, konnte sich aber weiterhin auf den Beinen halten. Aus den Augenwinkeln erkannte Christian, dass Choya mit blutverschmiertem Gesicht in einer Ecke kauerte und ihn mit seltsam emotionslosem Blick ansah. Instinktiv griff er nach dem erstbesten Gegenstand in seiner Nähe – einer fast leeren Whiskyflasche, die Choya ihm Weihnachten geschenkt hatte.

Zum ersten Mal standen sich er und der Zuhälter von Angesicht zu Angesicht gegenüber. Christians plötzlicher Angriff schien den Mann nicht sonderlich beeindruckt zu haben. Kalt blickte er in Christians angespannte Miene.

»Wen haben wir denn da?«, brummte der Mann. Ein tückisches Grinsen umspielte seinen Mund.

Christian sah, dass er mit der rechten Hand in den Mantelaufschlag griff – und stürmte, die Whiskyflasche erhoben, auf ihn zu. Doch der andere war schnell, wich aus, Christian verlor das Gleichgewicht, landete auf dem Boden. Der Mann stand nun vor ihm, ein Messer spielerisch in der Hand haltend – und im nächsten Moment verdrehte er die Augen und sackte in sich zusammen. Choya hatte einen Stuhl über seinem Schädel zertrümmert.

Sie sahen sich an, mehrere Sekunden lang, Christian und Choya, dann betrachteten sie das blutüberströmte Gesicht des Mannes.

»Ist er tot?«, fragte Christian.

»Hat er das etwa nicht verdient?« Sie starrte hasserfüllt auf den Leichnam und zischte: »Verdammter Maurice.«

Zum ersten Mal überhaupt hörte Christian den Namen des Mannes; vorher war er immer nur *er* oder *ihn* gewesen.

»Was sollen wir jetzt tun, Choya?«

»Da gibt es nur eines.«

Auszug eines schriftlich festgehaltenen Gesprächs der Kriminalpolizei Barghude mit: Hermann Motzka, Landwirt

Frage: *Kommen wir noch einmal zu dem Tatabend. Was haben Sie an diesem Abend gemacht?*

Antwort: Da war ich zu Hause. Ich bin sehr früh schlafen gegangen. *(flucht)* Das habe ich Ihnen schon erklärt. *(flucht)*

Frage: *Wir sind nur hier, um ein paar Fragen zu stellen. Also, was ...*

Antwort: Und ich bin nur hier, um zu leben und zu arbeiten. Fassen Sie sich kurz, ich habe noch jede Menge zu tun.

Frage: *Es geht auch eher um Ihre Söhne. Genauer gesagt ...*

Antwort: Dann reden Sie mit denen.

Frage: *Genauer gesagt, um Ihren jüngsten Sohn. Gerald. Wie ...*

Antwort: Ich weiß, wie der heißt.

Frage: *Wie wir erfahren haben, ging er regelmäßig zu der Ermordeten. Und ...*

Antwort: Erfahren? Wo? Im *Stolzen Hahn*? *(flucht)* Da wird zu viel dummes Zeug gequatscht. Ich kann Ihnen versichern, dass meine Jungs nicht zu irgendwelchen Hurenweibern gehen.

Frage: *An dem besagten Abend: Wo war Gerald?*

Antwort: Zu Hause. Auf dem Hof.

Frage: *Aber Sie sagten, Sie wären sehr früh schlafen gegangen. Da wäre es möglich, dass Gerald den Hof noch einmal verlassen hat, nachdem Sie ...*

Antwort: Er war zu Hause. Auf dem Hof. *(flucht)*

Frage: *Den ganzen Abend?*

Antwort: Wenn Sie einen Beweis gegen ihn haben, dann schleifen Sie ihn vor Gericht. Ansonsten lassen Sie uns in Frieden. *(flucht)* Meine Jungs laufen nicht durch die Gegend und bringen Leute um.

17

Sie hatte das Gefühl, dass es etliche Jahre her war, seit sie zuletzt an einem Samstagnachmittag so viel Zeit für sich gehabt hatte. Schon kurz nach elf war sie aus dem Verlag herausgekommen und noch vor zwölf zu Hause eingetroffen. Während der Fahrt zurück ins Dorf, beim gewohnten Kampf mit den Tücken der schlechten Landstraße, hatte sie sich noch so gefreut – auf zu Hause, auf Marcus, einfach aufs Nichtstun.

Doch als sie dann endlich im Wohnzimmersessel saß, machte sich seltsamerweise ein vages Gefühl der Unzufriedenheit oder gar Verlorenheit in ihr breit. Marcus hatte sich in seinem Arbeitszimmer vergraben und wollte nicht gestört werden. Wofür sie Verständnis hatte. Vera Novian hatte in ihrem Leben genügend Künstler kennengelernt. Sie wusste um deren Launen und fragile Stimmungslagen, sie wunderte sich schon lange über gar nichts mehr, wenn sie es mit einem Künstler zu tun hatte. Nachdem sich dieses Gefühl der Verlorenheit noch vertieft hatte, kam sie auf die Idee, zu einem Spaziergang aufzubrechen. Sie verabschiedete sich nicht von Marcus, folgte einer Seitengasse, die aus dem Dorf hinausführte, und schlenderte vor sich hin. Sonst hatte sie immer so viel zu tun, jede Stunde war genau eingeteilt, dass es ihr jetzt fast schon ungehörig vorkam, Zeit zu haben. Wann war sie zuletzt so ungezwungen herumspaziert? Jahre, es mussten wirklich Jahre her sein. Unwillkürlich freundete sie sich mit dem Gedanken an, möglichst bald ein paar Tage lang freizumachen.

Vera lief am Waldrand entlang, erkannte Stellen wieder, an denen sie als Kind gespielt hatte. Gleich hinter dem Wald verlief der Fluss, der bei starken Regenfällen zu einem reißenden, lebensbedrohenden Gewässer werden konnte. Sie fröstelte, wühlte ihre Hände tiefer in die Manteltaschen. Einmal schreckte sie kurz auf – es kam ihr vor, als sei sie nicht allein, als sei da noch jemand, irgendwo hinter ihr. Allerdings entdeckte sie niemanden, es war eher eine vage Empfindung, vielleicht noch weniger als das.

Nebel schwebte über Baumwipfeln und herbstlich trostlosen Äckern. Ein kalter Wind strich in Wellen über das Land, das sich jenseits des Dorfes ausbreitete, leer und nichtssagend, dieses Land, das von der Welt nicht beachtet wurde, weit entfernt war von allem, was war und was sein würde. Weit weg von Hannover, noch weiter von Berlin, weit weg von dem turbulenten Durcheinander der damals rasch auseinandergefallenen Weimarer Republik. Ebenso weit weg von der neuen Partei mit ihrem Führer und den Braunhemden, die sich seit einigen Jahren unaufhaltsam auf dem Vormarsch befanden. Weit weg von nächtlichen Hehlermärkten in dunklen Straßen, weit weg von Nachtbars mit Tänzerinnen, die wild die nackten Beine schwangen. Weit weg von Theaterbühnen und Dichterlesungen, von Jahrmärkten und Kuriositätenkabinetten und Lichtspielhäusern.

Ja, da lag er vor Vera, jener farblose Landstrich, der eines Tages begonnen hatte, sie anzuöden, ihr die Kehle zuzuschnüren. Sie hatte einfach fortmüssen von hier, fort von der Einsamkeit.

Vera erreichte den Friedhof. Sie war beinahe unbewusst in diese Richtung gegangen, keine Menschenseele weit und breit, und jetzt, als die grauen Steine vor ihr aufragten, dachte sie zum ersten Mal seit Ewigkeiten an ihre Mutter. Sie war so lange nicht mehr hier gewesen, dass es etwas dauerte, bis sie das ungepflegte Grab wiederfand. Die Schrift auf dem Stein war nur noch schwer zu entziffern. Vera stand davor, horchte in sich hinein, ob sie irgendeine Regung verspürte, doch es war schwer, einen Menschen zu vermissen, an dem man sich nicht erinnern konnte.

Plötzlich durchzuckte sie ein Schrecken. Da war doch noch jemand. Genau hinter ihr. Höchstens ein paar Schritte – eine Gestalt stand einfach da, zwischen zwei Grabsteinen. Und starrte.

Es war der alte Abel.

Sekunden zuvor war er noch nicht dort gewesen, da war sie sich sicher.

Er war wie ein Geist, und er war ihr unheimlich. Jetzt erst bemerkte Vera, dass er sie überhaupt nicht wahrzunehmen schien. Er verharrte einfach an Ort und Stelle und stierte ins Nichts, seine Augen waren wie verschleiert.

Erst ganz allmählich löste sich in Vera die Spannung. Sie trat zurück vom Grab ihrer Mutter, beobachtete dabei aber weiterhin den alten Mann aus den Augenwinkeln. Abel hingegen reagierte nach wie vor nicht auf sie. Langsam entfernte sich Vera von den Gräbern, und als sie sich noch einmal umdrehte, stand Abel weiterhin auf genau demselben Flecken Erde wie zuvor.

Während sie weiterging, erinnerte sie sich daran, wie sie sich schon früher, als kleines Mädchen, vor Abel gefürchtet hatte. Sie war kein ängstlicher Typ, ganz gewiss nicht, genau wie Tegger, aber Abel strahlte manchmal etwas Bedrohliches, etwas Abartiges aus – sie hätte nicht gewusst, wie sie es ausdrücken sollte. Ihr fiel auf, dass

Abel sich eigentlich überhaupt nicht verändert hatte. Heute, auf dem Friedhof, hatte er ausgesehen wie vor zwanzig Jahren, keinen einzigen Tag älter. Es war sonderbar. Alles an Abel war irgendwie sonderbar.

Vera schlug den Rückweg zum Dorf ein. Die Gassen empfingen sie so leer, wie sie sie verlassen hatte. Sie bog in die Hauptstraße ein, lief am *Stolzen Hahn* vorbei und dachte amüsiert daran, wie Piet jedes Mal ganz befangen war, wenn sie sein Gasthaus betrat – was allerdings selten vorkam. Als Vera zur nächsten Straßenecke gelangte, stand sie auf einmal Margit gegenüber.

Sie musterten sich, beide völlig verdutzt über das unerwartete Aufeinandertreffen. Margit errötete, dann bekam ihr Ausdruck auf einmal etwas Trotziges. Sie zog den Knoten ihres Kopftuches fester zu, als ob ihn Veras Blick irgendwie hätte lösen können, und marschierte schließlich zielstrebig an ihr vorbei.

Vera sah der acht oder neun Jahre jüngeren Frau hinterher und hob unschlüssig die Schultern. Margit trat in eine tiefe Pfütze, beschmutzte dabei ihren Rock und lief weiter. Vera und Margit hatten noch nie ein Wort miteinander gewechselt. Immer schon hatte Vera das Gefühl gehabt, Margit sei wütend auf sie, auch wenn sie sich nicht erklären konnte, weshalb dem so war. Schließlich war Margit erst Jahre nach Veras Bruch mit Tegger auf den Hof gekommen.

Vera versuchte sich die Situation vorzustellen, wie es sein würde, wenn Margit jetzt zu Hause einträfe. Wie begrüßten sich die beiden?, fragte sich Vera. Wie gingen sie miteinander um, worüber unterhielten sie sich? Vera kannte Margit kaum, aber sie kannte Tegger, kannte ihn besser als sonst jemand. Wie mochte es für Margit sein, für diesen Mann zu arbeiten? Und da war sicher noch mehr zwischen ihnen. Das ganze Dorf wusste es, glaubte zumindest, es zu wissen.

Vera erschauerte leicht, als sie sich das Leben auf dem Hof ausmalte: diese Gleichförmigkeit, bleischwer, Teggers Art, die sich in jede Ritze der Mauern eingegraben hatte, die über alles hinwegwucherte, alles überdeckte. Was für eine Tristesse, dachte sie.

Ihre eigenen Gedanken behagten ihr nicht, sie versuchte sie abzuschütteln, an etwas anderes zu denken, aber das fiel ihr schwer. Eine Gestalt erregte ihre Aufmerksamkeit. Sie hielt kurz inne und beobachtete den Mann, der sie nicht bemerkt hatte. Der Abend schien ihn zu verfolgen, so bedrohlich umrahmte ihn die näher rückende Dunkelheit. Verloren wirkte er auf sie. Und sie merkte, dass sie seine Richtung einschlug, jetzt geradewegs auf ihn zuschlenderte.

»Guten Abend«, sagte sie, so wie er bei ihrer letzten Begegnung. Sein Kopf ruckte hoch, ein überraschter Blick traf sie. Er blieb stehen, und für einen Moment wusste sie nicht, ob es ihm lieber gewesen wäre, sie hätte ihn nicht angesprochen.

Dann jedoch zeigte er ein schmales, vorsichtiges Lächeln. »Sie brechen häufiger zu Spaziergängen auf, kann das sein?« Erneut war es diese zurückhaltende Art, die von ihm ausging.

Sie standen einander gegenüber.

»Eigentlich nicht, aber ich merke gerade, wie gut es tut, hin und wieder an die frische Luft zu kommen. Die meiste Zeit sitze ich in staubigen Büros. Und zu Hause bin ich ... nun ja, eben zu Hause.« Vera lächelte ebenfalls und wunderte sich darüber, dass sie schon wieder diesen Plauderton anschlug. »Es riecht nach Schnee, finden Sie nicht? Bestimmt schneit es noch heute Abend oder heute Nacht.«

Er nickte bestätigend. »Ja, das würde mich nicht wundern.« Sein Tonfall veränderte sich: »Ich habe mich ja noch gar nicht bei Ihnen bedankt.«

»Wofür?«

»Dafür, dass ich das Haus sehen durfte.«

»Aber ich bitte Sie.« Vera machte eine abwehrende Geste.

»Im ersten Moment schien das ein komischer Einfall zu sein – aber dann war es für mich tatsächlich ein schöner Moment der Erinnerung.«

Ihm fiel die Decke auf den Kopf, erkannte Vera. Jedenfalls meinte sie das seinen Zügen abzulesen. Wohl auch kein Wunder, dass er es nicht in den eigenen vier Wänden aushielt – die Frau, die er geliebt hatte, war gestorben. Und das auf grausame Weise. Hatte er sie überhaupt geliebt, fragte sich Vera dann ganz unvermittelt.

»Ich bin einfach nur herumgelaufen«, sagte Falk nun übergangslos, begleitet von einem flüchtigen Schulterzucken.

Nein, dachte Vera, das stimmte nicht. Hatte er etwa wieder das Haus beobachtet? Nicht nur der gewaltsame Tod der Frau, auch die Vergangenheit schien in ihm zu brodeln, ihn umherzutreiben.

Sie unterhielten sich noch weiter, im Dorf eine übliche Szene – doch nicht für diese beiden Menschen. Vera fragte ihn abermals nach Kanada, und erneut tauchte er ab in seine Erlebnisse in dem fremden Land, womöglich dankbar dafür.

Vera lauschte ihm interessiert und vergaß die Zeit, doch auf einmal verlor sich das Nachdenkliche in

Christian Falks Blick. Vera sah ihm an, dass er sich zu sammeln versuchte. Ein entschlossener Zug bildete sich um seinen Mund. Als wäre ihm klar geworden, dass er noch etwas zu erledigen hätte – dass da noch etwas besonders Wichtiges auf ihn wartete.

Nachdem ein jähes, vielleicht sogar verlegenes Schweigen eingetreten war, verabschiedete er sich von ihr. Vera blickte ihm nach, bis er sich in der Dunkelheit auflöste.

Endlich gestand sie sich ein, warum sie ihn in ihr Haus gebeten hatte und weshalb sie auch jetzt die Unterhaltung mit ihm gesucht hatte. Weil es da etwas gab, mit dem Vera seit Jahren lebte, ohne dass es ausgesprochen wurde. Seit damals, als sie Teggers Hof verlassen hatte, verdrängte sie es bereits. Etwas, das auch Christian Falk betraf.

18

Es schneite. Zum ersten Mal in diesem Jahr überaus heftig. Und wie es aussah, würde der Schnee jetzt liegen bleiben. Dicke Flocken klatschten an die Fensterscheiben, bildeten rasch einen tiefen Teppich auf den Straßen, durch die so spät am Abend kein einziges Automobil fuhr, kein einziges Fuhrwerk mehr rumpelte.

Er hörte noch die Stimmen aus dem *Stolzen Hahn*, das wüste Gelächter, das langsam hinter ihm verklang, und dann war da nur noch der Schnee.

Leicht nach vorn gebeugt, den Kopf zwischen den breiten Schulterblättern eingezogen, kämpfte er Schritt für Schritt gegen den Wind und die Kälte. Zum Hof der Motzkas würde er noch gut eine halbe Stunde laufen müssen, und angesichts eines solchen Wetters war das lange genug.

Das Dorf lag jetzt hinter ihm. Nichts als Nacht und Sturm und das Rasseln des eigenen Atems.

Und noch etwas.

Nein, noch jemand ...

Gerald Motzka spürte einen mächtigen Schlag auf seinem Rücken. Augenblicklich sank er in die Knie. Noch ein Schlag, wieder mit etwas Hartem. Sein Gesicht tauchte in den eiskalten Schnee. Jemand packte ihn am Kragen, riss ihn herum und schleifte ihn ein paar Meter weit, direkt unter einen Baum. Motzka blinzelte, starrte nach oben, und zwischen den dürren kahlen Ästen hindurch sah er die tanzenden Schneeflocken und den Mond.

Und dann erkannte er, wer da über ihm stand, einen Knüppel in der Hand, eine Wollmütze tief in die Stirn gezogen.

»Verflucht«, keuchte Gerald Motzka.

Er war Mitte zwanzig, bestens bekannt für seine Kraft. Bereits als Zwölfjähriger war er beinahe einen Meter achtzig groß gewesen, ein Albtraum für den Dorflehrer, schon damals jedoch eine unverzichtbare Hilfe auf dem väterlichen Hof. Als Junge kämpfte er so gut wie nie gegen Gleichaltrige, sie waren zu schwach für ihn. An das erste Mal, als er auf einen deutlich Älteren losging, konnte er sich gut erinnern. Seine Freunde hatten ihn so lange getriezt, er würde mit dem Kerl nicht fertigwerden, dass Gerald gar nicht mehr anders konnte. Er stellte sich dem anderen in den Weg und schlug ihn nieder. Das war kurz nach seinem dreizehnten Geburtstag gewesen. Überall lag Schnee, genau wie heute, und das saubere Weiß wurde mit Blut gesprenkelt. Er erinnerte sich an das Gesicht dieses anderen Jungen, der damals sechzehn oder siebzehn gewesen sein musste.

Er erinnerte sich in diesem Augenblick deshalb so gut an ihn, weil genau dieser andere Junge ihn auch jetzt anblickte, die Augen jedoch nicht wie damals, völlig verblüfft, sondern mit einer kalten, unermesslichen Wut.

Christian Falk hob erneut den Knüppel an, der Atem entwich in kleinen Wölkchen seinem Mund.

»Du weißt doch etwas, oder?«, zischte er.

Gerald Motzka schnaubte. »Was zum Henker ...?!«

»Du weißt doch etwas, verdammt noch mal. Ihr wisst doch alle etwas. Einer von euch hat sie umgebracht. Sag mir, *wer*! Los! Oder warst du es selbst, Motzka? Warst du es?«

Gerald Motzka schwieg.

»Na los, raus mit der Sprache!«, drängte Falk.

Motzka versuchte sich aufzurichten, und schon wieder traf ihn der Knüppel, diesmal an der Schulter.

»Lass mich bloß in Frieden, Kanadier ...«

Falk zischte erneut: »*Wer war es?*«

»Woher soll ich das wissen, Mann?«

»Ihr wisst alle irgendetwas. Ihr quatscht doch jeden Abend im *Hahn* darüber.«

»Keiner quatscht. Nur du, du Verrückter. Wieso lauerst du ausgerechnet mir auf?«

»Aber du bist doch zu ihr gegangen. Oder etwa nicht?«

Motzkas Schädel brummte. Er spürte ein starkes Trommeln, wie am Morgen nach einer durchzechten Nacht. »Mann, Kanadier. Klar bin ich zu ihr gegangen. Wie so viele in diesem gottverdammten Dorf auch. Was fragst du so dämlich? Weißt es doch am besten von allen, warst doch ihr lausiger Lude, verflucht noch mal.«

Irgendetwas in Falks Gesicht veränderte sich. Etwas in seinen Augen, seinem Blick. Er schluckte, seine Lippen bebten. Motzka nutzte das aus, kam endlich auf die stämmigen Beine, und als der Kanadier abermals den Knüppel benutzen wollte, reagierte er blitzschnell – trotz der Benommenheit in seinem Kopf. Er blockte den Angriff ab, schlug zu und traf ihn am Kinn, ungefähr an der Stelle, wo er ihn auch Jahre zuvor getroffen hatte. Und genau wie damals landete Christian Falk auf der Erde.

Sekunden verstrichen. Falk starrte ihn an, nicht mehr voller Zorn, eher so, als hätte man einen Eimer Wasser über seinem Kopf ausgeleert. Motzka trat ihm den Knüppel aus der Hand, aber es war offensichtlich, dass das nicht mehr notwendig gewesen wäre.

»Brockmann meint, du drehst langsam durch, und ich glaube, da hat er nicht unrecht«, meinte Motzka nach einem Schweigen. »Auf ihn hast du ja auch schon eingeprügelt.«

Falk rappelte sich auf und schüttelte den Schnee von seiner Kleidung. Nach wie vor schneite es stark.

»Wenn ich morgen einen Brummschädel habe, verpasse ich dir noch ein Ding, das garantiere ich dir«, knurrte Gerald Motzka, als Christian weiterhin schwieg. »Ich rate dir, vergiss die Kleine, Mann. Lass sie da, wo sie jetzt ist. Unter der Erde.« Motzka musterte ihn. »Das ist Sache der Polizei.«

»Die finden ja nichts heraus.«

»Abwarten.«

»Die fragen und fragen und fragen. Und wissen nichts«, entgegnete Falk mit brütendem Blick.

»Die haben mit allen möglichen Leuten im Dorf geredet.«

»Aber keiner sagt was.«

»Weil keiner was weiß.«

»*Einer* muss es wissen.«

»Abwarten«, wiederholte Motzka, jetzt gelassener. »Vielleicht gibt's schon einen Beweis, und wir ahnen's nur noch nicht.«

»Was sagen sie im *Stolzen Hahn*?«

»Ach, alle raten nur herum. Manche denken, die Polizisten haben Fingerabdrücke – und damit bald den Mörder. Andere meinen, sie haben gar nix und werden bald die Segel streichen. Und wieder verschwinden.«

»Genauso wird es kommen.«

»Lass die Polizei mal machen. Und lass deine Kleine unter der Erde.«

»Sie ist ja noch nicht mal unter der Erde.« Endlich schien sich wieder etwas in Christian Falks Gesicht zu regen. »Du weißt etwas, oder? Gib es zu. Was hast du gehört?«

Motzka winkte ab. »Ich weiß gar nichts, Mann.«

Falk sah ihn wieder eindringlicher an. »Was wird gequatscht?«

»Na ja«, schien Motzka nachzugeben, »ein paar glauben, dass ... Na ja, vielleicht gab's Streit mit einem ihrer Freier. Und da ist's passiert. Vielleicht war er besoffen, hatte sich nicht im Griff. Oder vielleicht hat sie versucht, einem den Geldbeutel zu klauen – und der hat's gemerkt und ist wütend geworden. Und handgreiflich.«

»*Du* warst doch auch einer ihrer Freier und ...« Christian verstummte abrupt.

»Du kannst nicht auf jeden losstürmen, der zu deiner Kleinen gegangen ist. Das ist Irrsinn.«

»Ihr redet darüber«, begann Falk von Neuem, rau, monoton. »Bei Piet. Unter euch. Erzähl mir nicht, dass da keine Verdächtigungen ausgesprochen werden.«

»Es war keiner von uns.«

»Es gibt nur *euch*«, antwortete Christian rasch.

»Nein.«

Ein Moment tiefer Stille.

»Wer war es, Motzka?«

»Nicht die geringste Ahnung.«

»Wer, *glaubst* du, war es?«

Gerald Motzka schwieg.

»Was glauben die anderen? Die, die bei Piet immer das große Wort schwingen.«

»Wie oft willst du mich noch fragen? Wieso spreche ich überhaupt mit dir?«

»Wen haben sie im Verdacht?«

»Keinen.«

Motzka zog geräuschvoll die Nase hoch und betonte erneut: »Es war keiner von uns.«

»Wer dann?« Erneut dieses Zischen in Falks Stimme.

»Überleg doch mal. So viele Fremde gibt es hier nicht.«

»Fremde?«

»Klar, Mann.«

»Nein, viele Fremde gibt es hier nicht.« Falks Augen glühten.

»Sag ich doch.«

»Mir fällt nur einer ein.«

Motzka antwortete mit einem vielsagenden Blick.

»War der Kerl ...« Falk musste neu ansetzen: »Ist der Kerl etwa auch zu ihr ...«

»Der hätte«, fiel Motzka ihm ins Wort, »jedenfalls genügend Zeit dafür, findest du nicht?«

»Das denkt ihr also?«

»Natürlich.«

Falk erwiderte nichts darauf. Er ging los, ganz plötzlich, als wäre alles gesagt, stapfte einfach Schritt für Schritt davon durch den Schnee in Richtung Dorf.

Gerald Motzka stand da und sah ihm hinterher.

19

»Und?«, fragte sie sanft. »Läuft es immer noch so gut?«

»Ja, wirklich. Ich komme voran.« Es mischte sich wieder diese Spur Selbstverliebtheit in seine Züge. »Stell dir vor, mein Papierkorb bleibt die ganze Zeit leer. Fast schon irgendwie erschreckend ...«, fügte er noch mit ironischem Zwinkern hinzu.

»Meine Spannung wächst.«

»Eine Weile wirst du dich wohl noch gedulden müssen.«

»Das hab ich jetzt aber schon sehr oft gehört.«

Sie beobachtete, wie er sich noch Rotwein nachgoss. Es war ziemlich spät, fast ein Uhr in der Nacht. Morgen – eigentlich bereits heute – würde sie wieder früh aufstehen müssen ... den Wagen vom Schnee befreien, die Fahrt bis nach Hannover, die Arbeit im Verlag. Ja, ein paar Tage ohne Arbeit wären wirklich eine Wohltat. Sie beneidete Marcus – alle Menschen, die künstlerisch tätig waren – um seinen Tagesablauf. Diese freie Art, an die Aufgaben herangehen zu können. Es musste großartig sein, so zu arbeiten.

Noch einmal wollte sie ihn auf den Roman ansprechen, ließ es dann aber sein. Schließlich weigerte er sich nach wie vor, in die Tiefe zu gehen, wenn sie sein Werk erwähnte. Offensichtlich genoss er es geradezu, die Sache spannend zu machen.

Anfangs hatte sie gedacht, Marcus würde sie viel mehr teilhaben lassen. Sie war nun wahrlich keine schlechte Ratgeberin, und das wusste er auch. Seine Geheimniskrämerei ärgerte sie nicht unbedingt, sie hätte sich schlicht und einfach gefreut, wenn er ihr zumindest größeres Vertrauen geschenkt hätte. Oder reagierte sie in Gedanken ein wenig übertrieben auf sein Verhalten? Hatte das Ganze überhaupt etwas mit Vertrauen zu tun? Sie kannte doch Schriftsteller – und vor allem deren Marotten. Sie wollte Marcus keineswegs drängen und ihre Nase in das stecken, was er wohl, wenigstens in diesem Stadium, allein als *sein* Reich betrachtete. Nein, sie wollte auf keinen Fall, dass er sie für kurzsichtig, vielleicht sogar vorwitzig hielt, sondern für gelassen, umsichtig und professionell – schließlich war sie das ja auch.

Marcus schenkte sich erneut nach. Der Rotwein war beinahe leer. »Ach, übrigens«, bemerkte er, ganz beiläufig, »heute Morgen, als du in Hannover warst, da hatte ich Besuch.«

»Besuch?«

»Die Polizei.«

»Was?« Völlig verwundert hob sie die Augenbrauen.

»Zwei Figuren aus Barghude.« Achselzuckend sah er an ihr vorbei.

»Was wollten die denn von dir? Ausgerechnet von dir? Das muss ein Missverständnis sein.«

»Mach dir keine Gedanken.« Marcus winkte ab. »Die haben nichts in der Hand, das ist für mich sonnenklar, und deshalb klappern sie jetzt die Haustüren einzeln ab. Jedes männliche Wesen in diesem Nest muss Rede und Antwort stehen. Hilflos, das sind sie. Diese beiden großen Spürnasen werden den Mörder ganz bestimmt nicht finden. Fantasielose Trottel. Na ja, uns werden die nicht mehr behelligen.«

»Was wollten sie denn wissen?«, meinte Vera, nach wie vor irritiert.

»Ob ich die Tote kannte.« Wieder sein Abwinken. »Trottel, glaub's mir. Ich habe ihnen unmissverständlich erklärt, dass wir beide jeden Abend gemeinsam zu Hause verbringen und sie mich in Frieden lassen sollen.«

»Einfach absurd«, entgegnete sie mit verständnislosem Kopfschütteln. »Da gibt es im Ort doch sicherlich genügend andere Männer, denen die mal auf den Zahn fühlen sollten.«

»Weißt du, wen ich heute Abend gesehen habe?«, fragte Marcus auf einmal mit einem schwer zu deutenden Ausdruck.

»Sollen wir noch eine Flasche Wein aufmachen?« Vera hatte einen Moment lang gar nicht auf den Sinn seiner Worte geachtet. Jetzt erst merkte sie, wie müde sie wirklich war.

»Wein? Da sage ich nicht Nein, Vera.«

Sie erhob sich, und er fing noch einmal von vorne an: »Also, vorhin, da bist du doch weggegangen, nicht wahr?«

»Nur ein kurzer Spaziergang.«

Er musterte sie, irgendwie anders als eben noch. »Wie auch immer. Jedenfalls sehe ich plötzlich diesen Kerl, du weißt schon. Da warst du bereits weg.«

»Welchen Kerl?« Sie reichte ihm Flasche und Korkenzieher.

»Na, diesen Zuhälter. Diesen Falk, den du unbedingt mit hierherbringen musstest.«

Nun horchte Vera doch auf.

»Er stand da draußen herum, bei den Sträuchern. Und ich versichere dir, er hat die ganze Zeit über zum Haus gestarrt.«

»Christian Falk?«

»Sag ich doch, Vera. Er stand einfach da.« Marcus holte tief Luft. »Ich habe gerade eine kleine Pause eingelegt und in der Küche ein paar Kekse geholt. Ohne Licht zu machen, es war stockdunkel. Ich warf einen Blick aus dem Fenster – und da entdeckte ich ihn.«

»Seltsam.«

»Mehr als *seltsam*, würde ich sagen. Der ist wohl verrückt. Wahrscheinlich hat er sein Pferdchen am Ende selbst abgemurkst.« Mit einem Ruck zog Marcus den Korken aus dem Flaschenhals.

»Ist dir sonst etwas aufgefallen?«

»Wieso steht der Zuhälter dort herum, Vera? Weißt du das?«

»Weshalb sollte ich?«

»Du warst ja überaus nett zu ihm.«

Sie ging nicht auf die Bemerkung ein »Wie ein Zuhälter, wie du sagst, kommt er mir nicht vor. Ich glaube eher, er war einfach ihr Freund, ihr Partner.«

»Ach was.« Marcus schenkte für sie beide ein und gönnte sich einen großen Schluck aus seinem Glas. »Was will der Kerl, Vera?«

Sie hörte bereits das Bedrohliche in seiner Stimme, das jedes Mal ganz leise anfing, wie ein Sturm, der sich zusammenbraute.

»Er ist hier in diesem Haus aufgewachsen«, antwortete sie lapidar. »Das habe ich dir doch erklärt.«

»Ja, das hast du.« Und spitz setzte er hinzu: »Nach seinem *Besuch* kürzlich. Oder wie man das nennen soll.«

»Deshalb bat ich ihn doch überhaupt erst hinein. Ich dachte, es wäre schön für ihn, noch einmal das Haus von innen zu sehen, in dem ...«

»Unsinn«, schnitt er ihr das Wort ab. »Einen sonderlich nostalgischen Eindruck hat er nicht auf mich gemacht.«

»Da bin ich mir gar nicht so sicher«, gab Vera grüblerisch zurück.

»Scheinst dir ja reichlich Gedanken über ihn zu machen. Diesen Zuhälter.« Er betonte das Wort etwas zu nachdrücklich.

»Früher war er«, meinte sie, ohne sich von seiner Art reizen zu lassen, »nicht viel mehr als ein Name. Ich wusste von ihm, wusste, wie er aussah. Und das war's auch schon.«

»Und jetzt? Was ist er jetzt für dich?«

»Ach, Marcus«, wehrte sie ab. »Jetzt gehört zu diesem Namen ein Mensch. Ein Gesicht. Es ist anders, wenn man mal ein paar Worte mit jemandem gewechselt hat. Das ist alles.« Nein, widersprach sie sich im Stillen selbst. Das war *nicht* alles. Schon seit jenem Moment, als Falk sie bei den Sträuchern erschreckt und sie erstmals in seine Augen gesehen hatte, war sie sich im Klaren. Die Vergangenheit ruhte nicht, sie war lebhaft, sie begehrte auf. Und Vera würde noch einmal mit diesem Christian Falk reden müssen. Über das, was vor etlichen Jahren geschehen war.

»Also, wie war das mit seinem alten Herrn?«, drängte sich Marcus' Stimme zurück in den Vordergrund.

Vera musste sich erst wieder sammeln. »Wie war was?«

»Na, das mit Falks Vater. Was hast du da erzählt? Ihm hat das Haus gehört? Wie war das?«

»Ja, das Haus hat Alfred Falk gehört. Er hat hier mit seinem Sohn gelebt, bis er gestorben ist. Christian war damals noch ein Junge. Wahrscheinlich fühlt er sich nach dem Tod der Frau einsam – und die Erinnerungen an früher sind jetzt wohl besonders eindringlich.

Deshalb betrachtet er das Haus von Zeit zu Zeit. Vielleicht ist es der einzige Ort, an dem er sich je heimisch gefühlt hat.« Instinktiv spürte sie in dem Moment, als sie es aussprach, dass sie mit dieser Vermutung nicht falschlag. Dann schaute sie auf. »Wieso fragst du überhaupt? Findest du irgendetwas, das mit diesem Dorf zusammenhängt, auf einmal so bemerkenswert?«

Marcus hob abfällig die Schultern. »Natürlich nicht, aber ...« Seine schlanken Finger spielten mit dem Weinglas, strichen sanft den dünnen Rand entlang. »Was ist denn mit seinem Vater passiert?«

»Ein Unfall«, antwortete Vera knapp. »Na ja, und von da an«, fügte sie nach einer Pause hinzu, »hat er jahrelang hier in der Gegend gearbeitet. Im Dorf, in den anderen Dörfern der Umgebung. Als Tagelöhner, Hilfsarbeiter, was weiß ich. Und dann war er irgendwann weg.«

»Wie dramatisch«, kommentierte Marcus in dieser ironischen Art, die man einfach nicht immer vertragen konnte. Schließlich hatte *er* ja nachgefragt.

»Jedenfalls«, fuhr sie fort, als hätte er überhaupt nichts geäußert, »hat es sich dann herumgesprochen, dass er nach Kanada gegangen war.«

»Neue Länder erobern«, sagte er gähnend, und jetzt ärgerte sie sich wirklich über ihn.

Als sie nichts erwiderte, meinte Marcus: »Und schließlich war er wieder da, von einem Tag auf den anderen, nehme ich an.«

Sie nickte schweigend und betrachtete ihr Glas – der Wein widerte sie plötzlich an.

»Allerdings nicht allein. Sondern mit einem braunen Pferdchen.«

Erneut sagte sie nichts.

»War bestimmt die Sensation in diesem Nest.«

Vera stand auf und trat ans Fenster, fast als erwartete sie, Christian Falk könnte noch einmal dort draußen aufgetaucht sein. Aber – nichts als die Dunkelheit und der unverändert stark fallende Schnee. Mehr im Unterbewusstsein hörte sie ein neuerliches lang gezogenes Gähnen in ihrem Rücken. Und sie hörte auch wieder Falks Stimme, irgendwo in ihrem Kopf erklangen seine Worte. Vera sah das Träumerische, das sie in seinem Blick wahrgenommen zu haben glaubte. In Gedanken nahm sein Vater vor ihr Gestalt an, dieser ruhige, kluge, stets bedacht wirkende Mann. Mehr als ein höfliches »Guten Tag« hatte sie nie zu Alfred Falk gesagt. Solange er gelebt hatte, war er nicht von Bedeutung für sie gewesen. Nach seinem Tod hatte sich das geändert.

Ja, die Vergangenheit begehrte auf. Schon wieder bedrängte sie Vera. Jene Tage, als sie Tegger verlassen hatte. Sie hatte ihre Sachen gepackt und im Dorf den Bierlieferanten des *Stolzen Hahns* abgepasst, der sie auf seinem Fuhrwerk bis zu dem kleinen Bahnhof im nächsten Dorf mitnahm. Zuvor, noch zu Hause, hatte sie damit begonnen, einen Abschiedsbrief aufzusetzen. Zu Beginn über vier Seiten lang – ein Labyrinth wirrer, unausgegorener Sätze und Halbsätze, mit Korrekturen und Durchstreichungen am Rand. Dann zerriss sie die Blätter, fing von Neuem an, nur dass sie sich jetzt kürzerfasste. Eine einzige Seite. Erneut zerrissen. Eine halbe Seite. Ebenfalls zerrissen. Bis nicht mehr als zwei kurze Sätze übrig waren: *Ich muss weg von hier. Ich gehe.*

Vera erinnerte sich später oft daran, wie lange sie auf diese sieben dürren Worte gestarrt hatte, bevor auch sie letztlich im Papierkorb gelandet waren. Und dann war Vera gegangen. Einfach gegangen.

Sie war sich so stark vorgekommen, damals, in Hannover. Erwachsen, unabhängig, leidenschaftlich. Wie eine Figur in einem Roman. Sie erzählte ihren Kommilitonen und Bekannten von ihrem Auszug, erklärte geradeheraus, dass sie jetzt allein auf sich gestellt sei und keinen einzigen Groschen mehr von ihrem Vater annehmen würde. Die Einwände, ob sie denn auf diesem Wege überhaupt ihr Studium würde beenden können, interessierten Vera nicht. Als einer der Studenten meinte, sie würde bald auf der Straße sitzen und auf Händen und Knien zu ihrem alten Herrn zurückrutschen, lachte sie. »Niemals werde ich das tun«, sagte Vera, im Grunde mehr zu sich selbst als zu den anderen. »Das werde ich nie im Leben tun.«

Die Universität war aufregend, alles war aufregend. Der Große Krieg war seit einigen Jahren vorbei, der Duft einer neuen Zeit schwebte verheißungsvoll in der Luft. Die ganze Stadt pulsierte. Neben dem Studium arbeitete Vera. Als Serviererin, als Wäscherin, als Kindermädchen. Abends las sie zweimal in der Woche einer alten vermögenden Dame namens Lenauer vor, die seit Jahren erblindet war. Und Tegger war einfach nicht mehr da. Es war, als hätte Vera ihn aus ihrem Leben radiert wie ein paar Bleistiftkritzeleien. Sie dachte nicht an ihn, Tegger war für sie genauso tot, wie es ihre Mutter für sie beide gewesen war.

Die Zeit verging, und Vera empfand Stolz, wenn sie über das nachdachte, was sie tat, wie sie lebte. Dann war schlagartig alles ganz anders. Sie bekam kaum noch Arbeit. *Niemand* schien noch Arbeit zu bekommen. Überall in Hannover standen lange Schlangen Wartender, die die Hände in die Jackentaschen wühlten und nicht wussten, wie sie sich und ihre Familien in den nächsten Wochen und Monaten halbwegs über Wasser halten sollten. Vera verlor nach und nach alle Anstellungen. Nur zu der alten blinden Dame ging sie noch, bepackt mit einem Armvoll schwülstiger Romane.

Sie stieß an eine Grenze, und sie wusste es. Zum ersten Mal kam ihr der Gedanke, sie könnte scheitern, alles wäre umsonst gewesen. Was sollte aus ihr werden, ihr Leben würde ... ja, was?

Dass sie noch nicht am Ende war, hatte sie allein Frau Lenauer zu verdanken. Die alte Dame gab ihr mehr Geld, wartete auf sie mit Wurst- und Käseplatten, bei deren Anblick es Vera vor Hunger den Magen zusammenzog. Jedes Mal, wenn sie den Umschlag mit dem Geld von Frau Lenauer oder deren Haushälterin entgegennahm, versetzte es ihr einen Stich. Sie wagte kaum, die Scheine nachzuzählen. Ihr Stolz, den sie sich so zielstrebig aufgebaut hatte, schrumpfte sichtlich zusammen.

Weiterhin besuchte sie die Vorlesungen, die Gedanken fest auf ihren Abschluss gerichtet. Noch immer war sie eine exotische Erscheinung auf der Universität, auch wenn es inzwischen ein paar Studentinnen mehr gab.

Dann war da auf einmal noch etwas anderes, das ihr zu schaffen machte – besser gesagt jemand anderer. Toni Nachtweih, ein Mitstudent.

Bis zu diesem Zeitpunkt war Vera zwar gelegentlich mit dem einen oder anderen Studenten ausgegangen – zum Abendessen in eines der kleinen und billigen Lokale, ins Theater oder in einen Film –, doch dabei, oder eher danach, war es nie zu mehr gekommen als zu meistens reichlich unbeholfenen Umarmungen und Küssereien. Hin und wieder hatte sie zwar gedacht, jetzt *müsse* sie sich doch endlich verlieben, endlich den *einen* treffen, andernfalls könne irgendetwas mit ihr einfach nicht *richtig* sein – aber diese sogenannte erste große Liebe überfiel sie nicht.

Toni Nachtweih war ein stiller junger Mann. Es war offensichtlich, dass ihm sein Studium egal oder jedenfalls nicht gerade ungeheuer wichtig war. Vera beachtete ihn nicht, zog höchstens verständnislos die Augenbrauen nach oben, wenn er wieder einmal völlig unvorbereitet an den Pflichtarbeitsgruppen teilnahm. Dann allerdings bemerkte sie, dass sie sich über ihn zu ärgern begann. Über seine Gleichgültigkeit, seine Unbestimmtheit, seinen fehlenden Elan, und genau das – ihr Ärger – erstaunte sie ein wenig. Immerhin war dieser Kerl ja vollkommen ohne Belang für sie.

Als sie beide durch Zufall in die gleiche Arbeitsgruppe eingeteilt wurden und er nicht das Geringste zu den sich ergebenden Diskussionen beisteuerte, fuhr sie ihn unvermittelt und ziemlich scharf an. Seine einzige Reaktion, wenn man es überhaupt so nennen konnte, war ein irgendwie mildes Lächeln. Und das rief in Vera noch mehr Zorn hervor als seine Faulheit.

Wenn es ihr auch noch nicht bewusst war, fing sie langsam an, Ausschau nach Toni zu halten. Während sie Frau Lenauer vorlas, sah sie insgeheim immer häufiger sein Gesicht vor sich. Saß sie in der Bibliothek – immer öfter sein Gesicht. Und dann war Toni Nachtweih verschwunden. Er erschien einfach nicht mehr an der Universität, von einem Tag auf den anderen, wie vom Erdboden verschluckt.

Vera hätte ihn vielleicht völlig vergessen, wäre er Monate nach seinem Verschwinden nicht plötzlich vor ihr aufgetaucht, mitten in der Nacht, auf einer dürftig beleuchteten Straße mit Kopfsteinpflaster. Zufall, ihr Wiedersehen war nichts anderes als ein Zufall.

Toni Nachtweih schien sich nicht an sie zu erinnern – und er war betrunken. Schwankend stand er vor ihr. Vera drückte sich an ihm vorbei und lief mit langen Schritten die Straße hinab. In ihrem Rücken hörte sie, dass er auf dem Pflaster hinfiel. Etwas in ihr brachte sie dazu anzuhalten. Sie atmete tief durch.

Warum sie letztlich umkehrte, ihm aufhalf und mit unter ihr Dach nahm, war ihr wirklich vollkommen schleierhaft. Er schnarchte die ganze Nacht lang auf einem durchgesessenen Sofa. Als er aufwachte, wollte er sofort verschwinden. Doch Toni Nachtweih blieb. Mehr als zwei Jahre.

Er war der Erste in einer langen Reihe von Künstlern, die Vera in ihrem Leben kennenlernen sollte, und er gab ihr einen schillernden Vorgeschmack auf das, was sie damit erwartete. Er war so anders als sie. »Ich pfeif drauf«, sagte er immer. Toni pfiff auf alles – auf Studium und Karriere, auf Familie, auf ein auch nur einigermaßen geregeltes Leben. Er pfiff auf alles – nur nicht auf sein Schreiben.

Toni war Dichter, jedenfalls bezeichnete er sich selbst so. Sie war überrascht von der Vehemenz, die ihn jedes Mal mit einer kaum nachvollziehbaren Plötzlichkeit ergriff, wenn er von seinen Gedichten, Kurzgeschichten und Stücken sprach. Die Gleichgültigkeit, die sie aus den Vorlesungen von ihm kannte, war dann wie weggeblasen. Toni nahm sie mit ins Theater und zu Kabarettabenden, in stickige, heillos überfüllte Künstlerkneipen, in Etablissements, in denen Mädchen auf einer Bühne hüpften, und zu den damals noch viel selteneren Autorenlesungen.

Vera spürte, dass da etwas in Toni Nachtweihs Welt war, das sie anzog, faszinierte, begeisterte. Sie meinte, eine eigenwillige Art von Freiheit wahrzunehmen, die neu und unbekannt für sie war. Und gleichzeitig war etwas um ihn, das sie eher abstieß: das Unregelmäßige, das *Ungewisse* seines Lebens, die Mengen an Alkohol, die Toni und seine zahlreichen merkwürdigen Bekannten in sich hineinschütteten.

Sie war erstaunt, dass es Toni immer wieder gelang, seine Gedichte und Kurzgeschichten zu Geld zu machen, denn sie fand sie nicht besonders gut – was sie allerdings Toni gegenüber nicht zugab. Ihrer Meinung nach kannte sie sich selbst nicht gut genug mit Literatur aus. Sie wollte sich erst ein umfangreicheres Bild machen. Was wurde gegenwärtig veröffentlicht, was wirbelte Staub auf, was war ansprechend, und was war es eher nicht? Die Weimarer Jahre brachten so viel Neues – neue Arten von Theater, von Romanen, von Lyrik. Und erst wenn Vera in der Lage wäre, wirklich mitzureden, könnte sie sich über Tonis Leistungen ein Urteil erlauben.

Eine ganze Nacht lang – Toni war, wie gewöhnlich, irgendwo im Kneipen- und Theaterviertel mit seinem Gefolge unterwegs – versuchte sie sich sogar selbst an Gedichten. Sie ließ ihren Gedanken, ihren Gefühlen freien Lauf, schrieb die Wörter auf, wie sie kamen, geriet in einen wahren innerlichen Rausch. Zutiefst befriedigt, erschöpft, aufgewühlt, glücklich – alles in einem – ging sie schließlich zu Bett.

Als sie aufwachte, hielt diese Zufriedenheit immer noch in ihr vor. Sie konnte es kaum erwarten, die Gedichte, die sie geschrieben hatte, aus der Schublade hervorzuholen. Lesen, überarbeiten, weitermachen – und wenn es wieder eine ganze Nacht werden würde.

Den Schock, der auf sie wartete, sollte sie nie vergessen. Sie konnte kaum glauben, dass diese Gedichte ihr gestern noch so viel Befriedigung verschafft hatten, ja, sie konnte kaum glauben, dass wirklich sie diejenige sein sollte, die einen derartigen Unsinn zusammengeschrieben hatte.

Sie sollte noch oft an jenen Moment an ihrem Schreibtisch zurückdenken, während unzähliger Gespräche mit Künstlern, schöpferischen und weniger schöpferischen. Es war eine Erfahrung, die ihr ein erstes Gefühl dafür vermittelte, wie schwer es war, Worte lebendig und Empfindungen fassbar werden zu lassen. Seltsam daran war vielleicht nur, dass sie trotz ihres eigenen Scheiterns Tonis schriftstellerischen Ergüssen nicht mehr Respekt entgegenbrachte. Und genau wie bei ihren unmöglichen Gedichten verließ sie sich auch bei Tonis Talent auf etwas, an dem sie in ihrem ganzen Leben nie zweifeln sollte: ihre eigene Urteilskraft.

Vera nahm den Bleistift nicht mehr zur Hand. Sie ging zu Frau Lenauer, auch zur Universität – und begleitete Toni kaum noch bei seinen nächtlichen Streifzügen.

Und dann war Toni verschwunden. Zum zweiten Mal, seit sie ihn kannte. In den Wochen davor hatte er immer mehr getrunken, immer länger geschlafen, sich immer öfter herumgetrieben. Nachdem er drei Tage lang nichts von sich hatte sehen lassen, machte sich Vera auf die Suche nach ihm. Jeder Künstlertreff, jedes kleine Theater, jede schauerliche Kellerkneipe, in die er je einen Fuß mit ihr gesetzt hatte, besuchte sie – jedoch ohne Erfolg. Zwei weitere Tage vergingen, nichts, keine Spur von Toni, weder auf Polizeirevieren noch in Krankenhäusern.

Von Neuem durchstreifte Vera die Kaschemmen. Dabei kam sie mit einem Mann ins Gespräch, den Toni einmal als einen seiner Verlagslektoren bezeichnet hatte, aber auch der hatte nichts von Toni gehört. Als Vera im Lauf des Gesprächs einen Satz begann mit »Sie, als sein Lektor …«, spuckte der Kerl fast vor Lachen auf den Tisch. »Sag mal, Kleines«, meinte er dann, »glaubst du immer noch den ganzen Quark, den Toni dir auftischt?«

So fand Vera heraus, dass Toni Nachtweih niemals in seinem Leben auch nur eine Zeile veröffentlicht hatte. Er hatte das Schreiben längst aufgegeben. Sein Geld bekam er von seinem Vater – und das, obwohl er die Familie verlassen und das Studium abgebrochen hatte.

»Mach dir keine Illusionen, Kleines, Toni ist am Ende«, erklärte der Mann. »Und das ist er schon lange. Vergiss ihn, such dir einen Burschen, auf den Verlass ist. Nimm mich.« Und wieder lachte er. »Aber Humor hat er, unser Toni. Ich und Lektor, wirklich nicht schlecht.«

»Und seine Freunde, all die Schriftsteller?«

»All die Schriftsteller«, wiederholte er spöttisch. »Toni hat keine echten Freunde. Und wenn du diese sogenannten Künstler meinst, um die er herumscharwenzelt, das sind die gleichen Versager wie er selbst. Alle nur Möchtegerne. Die schreiben zwei Gedichtzeilen und saufen danach vor Glück eine Flasche Schnaps.«

Vera sagte nichts, starrte einfach an ihm vorbei.

»Glaub mir, Kleines, ich arbeite in einem Verlag. Mach da den Hausmeister – deshalb wahrscheinlich das

Späßchen mit dem Lektor. Ich nagle denen ihre Regale zusammen, repariere hier und da was. Da bin ich schon einigen Schriftstellern begegnet, glaub mir, aber wie Toni hat von denen keiner ausgesehen.«

Sie sagte noch immer kein Wort.

»Nimm's nicht tragisch, Kleines. Komm, ich geb dir 'n Schnaps aus.«

Sie trank den Fusel auf einen Zug, und er lachte erneut.

»Was hast'n jetzt vor, Kleines?«

Endlich hatte sie sich wieder etwas gefangen. Ja, was hatte sie vor?

»Alles ändern«, entgegnete sie. »Zunächst einmal brauche ich Arbeit.«

»Wie sieht's aus, trinkst du noch einen mit mir?«

»Nein«, sagte sie knapp und knöpfte bereits ihren Mantel zu.

»Ja, ja, ich weiß schon, auf Arbeitssuche.«

Sie drehte sich um, bewegte sich auf den Ausgang zu.

»Übrigens, Kleines«, rief er ihr nach, »in dem Verlag, wo ich arbeite, da suchen die ab und zu jemanden. Probier's doch da mal.«

Vera hielt inne. »Wie heißt denn der Verlag?«

»Kranich-Verlag«, hörte sie den Mann antworten, während sich ihre Hand auf den Türknauf legte.

20

Sie erwachte, schreckte förmlich hoch.

Weshalb nur? Ein Geräusch?

Im Schlaf hatte sie mit den Beinen die Decken weggestrampelt, sodass sie jetzt schutzlos in ihrem Nachthemd dalag. Es war kalt in der Kammer, sehr kalt. Sie ordnete die Decken, wickelte sich wieder sorgfältig in den derben Wollstoff ein. Danach starrte sie ins Dunkel. Sie drehte sich auf die andere Seite, und in diesem Moment hörte sie etwas. Also doch ... Das Knarren einer Tür und gleich darauf ein schmerzhaftes Aufstöhnen.

Was war nur los mit ihm?, wunderte sie sich. In der letzten Zeit hatte er nicht gerade gesund ausgesehen. Natürlich würde er es niemals zugeben, wenn es ihm nicht gut ginge.

Hätte er doch nur ein wenig mehr Vertrauen zu mir ...

Wieder das Knarren, dann seine schweren Schritte, vorbei an ihrer Kammer. Er ging jedoch nicht zurück in sein Schlafzimmer, sondern die Treppen hinab – offenbar in die Wohnküche. Sie blieb liegen, lauschte, wie er unten auf und ab ging, seinen Schritten, deren dumpfer Hall ganz leise bis zu ihr in die Kammer drang.

Wenn er doch nur mit mir reden würde ...

Nun endgültig hellwach, lag sie da, mal auf dem Rücken, mal auf der Seite. Eine Viertelstunde verstrich, eine zweite, eine dritte. Und immer noch geisterte er da unten umher. Sie wusste nicht, was sie tun sollte. Aufstehen und zu ihm ...? Wie würde er reagieren? Er war so merkwürdig, noch schroffer und verschlossener als sonst.

Sie blieb noch eine Weile liegen, doch dann hielt sie es einfach nicht mehr aus. Ohne sich etwas überzuziehen und auf nackten Füßen schlich sie hinunter ins Erdgeschoss. Sie lauschte noch minutenlang an der Tür, das Ohr am rauen Holz, wie ein kleines Mädchen. Teggers Atem ging heftig, rasselte in seiner Brust – sie hörte es durch die Tür, als stehe sie unmittelbar neben ihm.

Ganz langsam drückte sie schließlich die Klinke nach unten, um ebenso zögerlich in die Küche zu schlüpfen. Er bemerkte sie zuerst nicht, zeigte seine fleischigen Waden und seinen Rücken, der in dem Baumwollnachthemd noch breiter wirkte. Er hatte den Kopf leicht eingezogen, was an der niedrigen Decke lag. Als er sich umdrehte, wirkte sein Blick noch einen Sekundenbruchteil irgendwie abwesend, doch sofort war da wieder dieses Funkeln, das ihr das Gefühl gab, sie müsse augenblicklich zusammenschrumpfen.

»Ich wollte nicht … ich …« Ihre Stimme verlor sich in dem großen Raum.

Er starrte sie nur an, umgeben von dieser fast schon unwirklichen Stille.

Margit räusperte sich, suchte nach irgendeinem Wort, das sie sagen konnte.

»*Was* wolltest du nicht?«

Meine Güte, dieser Tonfall, durchzuckte es sie, was ist nur los mit ihm?

Seine Augenbrauen vereinigten sich zu einer einzigen dicken, buschigen Linie. »Also, Mädchen?«

Jetzt erst wurde ihr bewusst, dass sie fror. Ihre Finger waren klamm, ihre nackten Füße eiskalt, sie verspürte Gänsehaut unter dem Nachthemd. »Ich wollte Sie nicht … tja. Stören.«

Einen verschwindend kurzen Moment befürchtete sie, einer seiner berüchtigten Wutanfälle würde über sie hereinbrechen wie ein Gewitter. Doch – Tegger wandte sich bloß ab. Er drehte ihr einfach wieder den Rücken zu.

»Soll ich gehen?«

Sie wartete gar nicht auf eine Antwort, wollte schon zurück in ihre Kammer, da sagte er plötzlich: »Du kannst ruhig bleiben.«

Sie hielt inne.

Langsam trat sie hinter ihn. Sie legte ihre Hände auf seinen Nacken und begann ihn zu massieren. Das mochte er. Jedenfalls hatte er es sonst immer gemocht.

Tegger seufzte, schien sich tatsächlich unter ihren Händen zu entspannen.

Mittlerweile waren ihre Füße noch kälter, so kalt, dass sie fast schon schmerzten, doch Margit verdrängte das.

»Ihnen geht es nicht gut, oder?«

»Nein, mir geht es nicht gut.«

»Setzen Sie sich doch.«

Er tat, was sie sagte, und sofort durchzog sie dieses angenehme Gefühl, das sie so sehr vermisst hatte. Als er saß, stellte sie sich hinter seinen Sessel und fuhr fort, seinen Nacken zu massieren, strich dabei unter sein Nachthemd.

»Das tut gut«, meinte er leise.

Sie strengte sich noch mehr an, fühlte die Hitze unter ihren Handflächen, auf seiner Haut.

»Wenn Sie sich nicht wohlfühlen«, sagte sie, nun doch etwas ermutigt, »sollten Sie zum Arzt gehen.«

»Mal sehen.«

Sie wusste, dass er doch nicht gehen würde. Aber im Moment war ihr das beinahe egal. Sie kostete es aus, ihn endlich mal wieder zu spüren, ihm nahe zu sein.

»Hast du meine Stiefel weggebracht?«

»Nein, sie sind nicht mehr kaputt. Ich hab's allein geschafft, sie zu reparieren. War gar nicht so schwer.«

»Gutes Mädchen.«

»Ich bin dann aber doch noch rasch ins Dorf«, sprudelte es jetzt beinahe aus ihr hervor. »Musste noch so viel erledigen. Dieser widerliche Brockmann hat mich wieder angequatscht. Wirklich, ein widerlicher ...«

»Er ist ein Insekt, mehr nicht«, unterbrach er sie.

»Bei Gott, das ist er«, beeilte sie sich, ihm zuzustimmen.

»Das tut gut«, wiederholte er nach ein paar Sekunden der Stille.

»Ja, und dann ist mir Ihre Tochter über den Weg gelaufen ...«

Verflucht!, schalt sie sich in Gedanken selbst. Wie konnte sie manchmal nur so unachtsam, so dumm sein? Alles war so gut gegangen ... Er mochte es nicht, über Vera zu sprechen, sie wusste das, es war ihr in Fleisch und Blut übergegangen, wie alles, was ihn betraf, und trotzdem ... Zu spät. Hatte er sich innerlich wieder verkrampft? Hatte sie damit alles verdorben?

Aber Tegger sagte nichts. Er wirkte unverändert.

»Und mit dem alten Motzka habe ich auch noch ein paar Worte gewechselt. Ihm ist schon wieder eine Ziege krepiert.« Oh, wie sie sich bemühte, über irgendetwas anderes zu reden, die Bemerkung von gerade eben beiseitezuschieben, vergessen zu machen. »Motzka hat gesagt, Sie könnten sich mal seine Ziegen ansehen, falls Sie Zeit hätten. Sie wüssten doch immer Rat.«

»Kann ich machen.«

Margit atmete innerlich auf. Offensichtlich hatte sie die Stimmung doch nicht zerstört. Tegger schien nicht verärgert zu sein.

Ihr taten schon die Hände weh vom vielen Kneten, als er sich endlich erhob. Er legte seinen riesigen Arm um ihre Schultern, und ein Gefühl durchströmte sie, das ganz nah an das herankam, was sie mit tiefem Glück verband.

Nebeneinander, verbunden durch seinen Arm, verließen sie die Küche. Längst waren Margits Füße zu wahren Eisklumpen geworden, aber das war ihr egal, völlig egal, alles, was sie spürte, war das Gewicht dieses schweren Arms. Stufe für Stufe gingen sie nach oben, und als sein Arm auf ihr blieb, obwohl sie Margits Tür erreichten, fühlte sie sich noch glücklicher. Er ging einfach weiter, ohne sie loszulassen, und Margit ging mit.

Als sie in seinem Schlafzimmer standen, sagte er nur: »Zieh dich aus.« Doch sie war ohnehin schon dabei, sich das Nachthemd über den Kopf zu streifen. Er betrachtete ihren Körper, endlich wieder einmal mit vergnügten Augen, und nahm sie von Neuem in den Arm.

Nun spürte sie wirklich überhaupt nichts mehr von der Kälte, sie war ganz warm, tief in ihrem Innern war alles warm, so angenehm warm. Sie legten sich hin, und sie kam sich so klein vor neben ihm. Jetzt erst fiel ihr auf, dass sie vorhin beiläufig vom *alten Motzka* gesprochen hatte, einem Mann, der gerade erst Anfang sechzig war. Tegger hätte sie nie als *alt* bezeichnet, nicht einmal in ihren flüchtigsten Gedanken. Und doch wusste sie, dass sie sich damit etwas vormachte. Tegger *war* alt. Er war es einfach.

Seine großen Hände, sein Geruch, seine bloße Berührung verscheuchten diese Gedanken, sie schloss die Lider, wollte einfach nur noch genießen, endlich wieder, nach so vielen Wochen, die sie gewissermaßen allein verbracht hatte, als lebten sie beide auf verschiedenen Kontinenten und nicht in ein und demselben Haus.

Margit seufzte, stöhnte erschauernd auf. Das war es, was sie wollte, ja, nichts anderes wollte sie.

»Hat sie irgendetwas gesagt?«

Was? Wer?

Margit verstand nicht, wusste überhaupt nicht, wen er eigentlich meinte.

»Ich weiß gar nicht ...«, begann sie, doch rasch kam Tegger ihr zuvor: »Ich meine Vera. Hat sie irgendwas gesagt?«

Es war die Art, wie er ihren Namen sagte – dass er *überhaupt* ihren Namen sagte. Wenn es sonst einmal vorgekommen war – ohnehin selten genug –, dass er sie erwähnen musste, dann war es bei einem knappen *meine Tochter* geblieben. Dieses gepresste *Vera* verunsicherte Margit.

»Nein«, antwortete sie, nachdem sie sich von ihrer Überraschung etwas erholt hatte. »Ihre Tochter hat kein einziges Wort zu mir gesagt.«

»Schon gut«, meinte er.

»Sie wissen doch, dass ich mich noch nie mit ihr unterhalten habe. Wir sind uns nie vorgestellt worden, na ja, sie ist ja auch um einiges älter als ich, und daher ...«

»Schon gut«, wiederholte er – mit Nachdruck.

»'tschuldigung«, flüsterte Margit in Richtung seines zerfurchten Gesichts, das mit einem Mal nachdenklich wirkte. »Geht es Ihnen wieder besser?« Vorsichtig schmiegte sie sich fester an ihn.

»Ja, wieder besser.«

Ihre Lippen berührten sein stoppliges Kinn, und ein weiterer dieser wohligen Schauer durchströmte sie, als seine Hand über ihre Wirbelsäule bis zu ihrem fleischigen Hinterteil hinabstrich.

»Ich könnte noch mal Ihren Nacken massieren. Und Ihren Rücken.«

»Später«, sagte er.

21

Trotz der Dunkelheit und des dichten Schneefalls hatte er alles gesehen. Wie der »Kanadier« mit dem Knüppel auf Gerald Motzka eingeschlagen hatte. Wie die beiden gegeneinander gekämpft und anschließend miteinander geredet hatten. Ihre Äußerungen hatte er nicht genau verstanden, aber das spielte keine Rolle. Er wusste auch so, was gesagt worden war, wie er manchmal einfach alles zu wissen oder zu riechen oder zu spüren schien.

Es schneite noch immer, als er den Wald durchquert hatte und in der Nähe des Friedhofs der schwarzen Wand aus wogenden Bäumen wieder entschlüpfte, über ihm nichts als die Aufgewühltheit des Himmels. Der Wind peitschte die Schneeflocken in sein Gesicht, doch deren frostige Stiche nahm er kaum wahr. Eigentlich mochte er es gerne, wenn das Wetter derart verrücktspielte, sich richtig austobte, als hätte es nie wieder Gelegenheit dazu.

Am Rand der Steine blieb Abel stehen. Er ließ den Blick über die zugeschneiten Gräber wandern, und die Stimmen wurden zu ihm getragen, umschwirrten ihn plötzlich so sehr, dass ihm zugleich heiß und kalt wurde. Es war, als würde jede einzelne Silbe dieses Gewirrs wie Watte seinen Rücken hinabstreichen. Er schloss die Augen, um mehr von ihnen aufnehmen, um sie besser unterscheiden zu können. Doch es war sehr schwierig. Abel stand da, unbeweglich, beinahe, als wäre er selbst aus Stein.

Eine Stimme hörte er besonders häufig heraus: den eigenartig rauen, fremden, anziehenden Tonfall der jungen Frau. Er sah sie vor sich, wie sie den Männern die Tür geöffnet, wie sie einen nach dem anderen hereingelassen hatte, mit diesem seltsam abwesenden Ausdruck. Und er sah natürlich auch die Männer, diese Gesichter, von denen jedes für sich die immer gleiche Situation auf ganz eigene Art und Weise widerspiegelte. Der eine verlegen, der andere mit frechem Grinsen, der Nächste konzentriert wie bei einem heiklen Auftrag, wieder ein anderer irgendwie geschäftsmäßig, als wäre er gerade unterwegs beim wöchentlichen Einkauf. Abel musste unwillkürlich grinsen.

All diese Männer ... Bei einigen von ihnen verwunderte es sogar Abel, dass sie zu der Frau gegangen waren. Und Christian Falk ahnte offenbar nicht einmal, wie groß ihre Anzahl war.

Ja, das Bronzemädchen, die Frau mit der Bronzehaut.

Jetzt kam keiner mehr zu ihr. Abgesehen von Abel. Fast immer, wenn er zum Friedhof ging, machte er den kleinen Umweg durch den Wald, um zu der Stelle zu gelangen, wo die Habseligkeiten der Toten vergraben waren. Christian war noch kein einziges Mal hier gewesen, seit sie die Kleidung und den anderen Kram unter die Erde gebracht hatten. Abel wusste das. Nicht, weil er Christian gefragt hätte – er wusste es, einfach so.

Die Frau hatte etwas Außergewöhnliches an sich gehabt. Oder meinte er das nur, weil sie so fremd, so anders gewesen war? Hatte sie ihr Ende vorhergesehen, irgendwie erahnt? Was hatte sie wohl geglaubt zu finden, hier, an diesem vergessenen Zipfel der Welt?

Eine weitere Windböe peitschte auf Abel ein, der langsam, die Augen nach wie vor geschlossen, seine Arme ausbreitete, als wolle er sogleich etwas verkünden. Doch sein Mund öffnete sich nicht, blieb dieser harte Strich, umgeben von struppigen Bartstoppeln. Der Wind, der

Schnee, die Kälte, die Stimmen, alles verschmolz zu einem einzigen Großen. Und Abel spürte, dass er ein Teil davon war. Er war eins mit der Nacht, mit der Welt. In seiner Brust schwoll etwas an, eine Kraft, einnehmend und gewaltig, die sich in einem durchdringenden, geradezu unmenschlichen Heulton entlud.

Teil II

Die Stille
und die Stimmen

22

Hatte er so dumm sein können?

Hatte er wirklich so dumm sein können?

Seine Winterjacke war schwer und nass vom Schnee, als er die Tür zu Abels Hütte aufstieß. Der Alte war nicht da, aber das war ihm im Moment sowieso lieber. In seinem gemieteten Haus hätte er es nicht ausgehalten, deshalb hatte er den Weg hierher auf sich genommen.

Auf seiner Stirn stand Schweiß. Er zog sich die Mütze vom Kopf, warf sie auf den Tisch und setzte sich einmal mehr auf den Hocker. Fast hätte er vergessen, die Tür zu schließen. Es war kalt, verdammt kalt, doch das war ihm kaum bewusst. Er entzündete eine Kerze.

In seiner dicken Jacke saß Christian Falk da, die Hände vors Gesicht geschlagen. Der Schneefall hörte auf, die Wolken wurden vom Wind zerrissen.

Ja, wie hatte er nur so dumm sein können?

Auf das Gefasel Paul Brockmanns hatte er nicht viel gegeben. Wenn auch schon da ein erster Moment des Zweifels in ihm aufgeflackert war. Als dann aber Gerald Motzka das Gleiche gesagt hatte ... Plötzlich hatte er klar gesehen, alles durchschaut. Endlich.

Wie hatte er nur so töricht, so naiv sein können?

Choya hatte ihn belogen. Und er hatte nicht einmal eine Sekunde lang Verdacht geschöpft – derselbe dumme Junge, als der er damals in Kanada angekommen war. Sosehr er sich auch anstrengte, eine glimmende Wut auf sie vermochte er nicht zu unterdrücken.

Es war doch alles ganz anders geplant gewesen. *Er* hatte doch alles ganz anders geplant.

Sie sollte nicht mehr ihren Körper verkaufen. Erst

recht nicht hier, nicht in diesem Dorf, überhaupt nirgendwo. Wozu fuhr er denn jeden Morgen auf dem alten rostenden Fahrrad dreißig Kilometer weit zu der verdammten Metallfabrik nach Barghude? Nein, er hätte sich niemals überreden lassen, niemals klein beigeben dürfen.

»Du tust etwas, weil es gut für uns ist. Du arbeitest in der Fabrik.« Ihre Stimme hing ihm noch so deutlich, so lebendig im Ohr. »Aber warum darf ich dann nicht etwas tun, das auch gut für uns ist?«

»Weil es eben nicht gut ist. Deswegen.«

»Sonst war es auch gut für uns.«

»Am Anfang vielleicht. Aber dann nicht mehr.«

»Du lügst. Es war immer wieder gut für uns. Immer, wenn wir mal wieder in Not waren.«

»Jetzt sind wir nicht in Not.«

Sie schnalzte kurz mit der Zunge – ihre Art, ihm ihren Missmut zu zeigen. »Sind wir nicht? Sag mir, wie viel du in der Fabrik verdienst.«

»Das weißt du doch.«

»Sag es mir trotzdem. Ich höre die Zahl so gern.« Wenn sie so war, konnte er sie nicht ausstehen. Zumindest beinahe.

»Du weißt auch, dass ich gerade erst dort angefangen habe. In einem Vierteljahr oder spätestens in einem halben Jahr kriege ich bestimmt mehr.«

»In einem Vierteljahr«, wiederholte sie. »In einem halben Jahr.«

»Choya ...«

»Nein, nein, nicht *Choya*. Du tust etwas für uns, und ich tue etwas für uns.«

Sie erklärte ihm, dass sie es nicht wieder so anfangen würde wie vorher – wie auf der anderen Seite des Großen

Wassers. Manchmal drückte sie sich tatsächlich so drollig aus wie ein Indianerkrieger in einer Wildwestgeschichte.

»Nicht den ganzen Tag und nicht mit allen, die wollen«, erklärte sie seelenruhig. »Ich bin nicht dumm. Ich weiß, was ich mache. Nur zwei oder drei Kunden. Immer die gleichen. Die, denen der Preis nicht so wichtig ist.«

»Nur zwei oder drei.« Diesmal war er es, der wiederholte – dumpf und unbehaglich.

»Ja. Ich weiß auch schon, welche.«

»Was?« Er fuhr auf. »*Wer?*« Seine Stimme überschlug sich.

»Das sage ich dir nicht. Verlass dich einfach auf mich.«

»Choya!«

»Ich bin nicht dumm.«

»Choya. Nicht hier, nicht in meinem Dorf. Deshalb bin ich doch nicht mit dir hierher zurückgekehrt.«

»Weshalb dann?«

»Um ...« Er zögerte. »Um mit dir glücklich zu sein.«

»Wir werden glücklich sein. Aber vorher müssen wir manchmal etwas essen.«

»Nein, Choya, nicht hier, lass es sein.«

»Warum nicht hier? Entweder du schämst dich für mich, oder du schämst dich nicht für mich. Das hat mit dem Ort nichts zu tun.«

»Choya ...«

»Du tust, was du tust, und ich tue, was ich tue.«

Warum hatte er sich nur überreden lassen? Zwei oder drei Kunden. Christian saß da und biss die Zähne aufeinander. Zwei oder drei. Dabei waren es mehr gewesen. Viel mehr. Warum hatte sie das getan? Warum hatte sie nicht offen mit ihm gesprochen?

Wie viele genau mochte sie empfangen haben? Das halbe Dorf? Das ganze Dorf? In der einen Woche vormittags, wenn Christian Frühschicht hatte. In der nächsten Woche abends, nachdem er zur Nachtschicht aufgebrochen war. Stets in einer kleinen Kammer neben dem Eingang, die gewissermaßen nur aus einem Bett bestand – Christian betrat diesen Raum niemals.

Und anschließend, wenn keiner mehr kam, dann ging sie gelegentlich spazieren, das wusste Christian. Um Luft an ihr Gesicht zu lassen, wie sie sich ausgedrückt hatte. An einem dieser Abende war sie ihrem Mörder begegnet. Und dann? Ein Streit? Worüber? Wollte der Kerl, und sie wollte nicht? Handgreiflichkeiten. Hände, die nach ihr grapschten. Sie riss sich los, rannte davon mit ihren hochhackigen Schuhen, die zu ihr gehörten wie ihr rabenschwarzes Haar, wie ihre schönen Augen, der Mörder hinter ihr her, sie verlor einen Schuh, der Mörder erwischte sie, zerrte an ihrem Kleid, zerstörte ihre Unterwäsche, drückte ihr die Kehle zu, unnachgiebig, kraftvoll, gnadenlos ... bis ihre Augen hervorquollen, bis sie keine Luft mehr ...

Nein, Christian durfte nicht mehr daran denken. Dann lieber die Gedanken wieder ganz weit zurücktreiben lassen, zu Momenten, die er mit Choya geteilt hatte. Schönen Momenten, auch weniger schönen. Wie damals, als sie Hals über Kopf aus Toronto geflohen waren. Noch in derselben Nacht, in derselben Stunde, in der sie den Zuhälter erschlagen hatte. Die ganze Zeit über regte sich nichts in Choyas Miene; sehr konzentriert und mit Bedacht tat sie, was ihrer Ansicht nach das einzig Richtige war. Zielstrebig führte sie Christian auf Abkürzungen durch die Stadt zum Bahnhof.

»Bist du sicher, dass wir wirklich abhauen müssen? Es gibt doch bestimmt noch andere Möglichkeiten. Wo sollen wir hin, Choya? Ich meine, es war doch immerhin Notwehr. Vielleicht handeln wir zu überstürzt ...«

Sie achtete nicht auf sein Gerede, und eigentlich wirkte nichts an ihr irgendwie überstürzt.

Choya verließ Toronto so, wie sie Jahre zuvor hergekommen war: als blinder Passagier eines ratternden Zuges. Sie und Christian kauerten in einem überfüllten Viehwaggon, und Christian hatte das jämmerliche Gefühl, der Ziegengestank würde noch bis zu ihrem Tod an ihnen haften. Die Ziegen traten sie, wirbelten Staub und Dreck in ihre Gesichter, glotzten sie dämlich an.

»Bist du immer noch sicher, dass ...«

»Falk«, unterbrach ihn Choya entschieden. »Ich bin eine Indianerhure. Was redest du von Notwehr? Was redest du von überstürzt? Ich bin eine Indianerhure. Was glaubst du, welche Chance ich habe, wenn ich in ein Verbrechen verwickelt bin? Ganz egal, wie. Was glaubst du?«

»Schon gut, schon gut.«

Die Schilderungen über Choyas Dorf waren für Christian traurig genug gewesen, aber es mit eigenen Augen zu sehen war wie ein Schlag in die Magengrube. Zwischen schiefen Hütten und miefenden Abfallhaufen schlichen Menschen ohne Hoffnung umher. Alle musterten ihn wortlos, voller Argwohn, ohne ein Anzeichen von Neugier. Er sah überhaupt keine Menschen in Choyas Alter – nur verschmutzte Kinder und müde, ausgehöhlte Alte.

Sie blieben nicht länger als ein paar Tage. Choyas Mutter wirkte beim Abschied nicht traurig, zumindest nicht mehr als sonst. Vom Vater fehlte jede Spur. Später erfuhr Christian, dass er im Gefängnis saß.

»Und jetzt? Wo sollen wir hin, Choya?«

»Du fragst immer nur. Fragst, fragst, fragst. Wo und wann und wie.«

»Du weißt genau, dass ich fremd hier bin. Alles ist neu für mich.«

»Du brauchst keine Entschuldigungen zu suchen. Du bist ein Mann. Alle Männer sind gleich. Müssen sie wirklich einmal Entscheidungen treffen, fragen sie ihre Frauen.«

Darauf lachte sie. Er wusste schon damals, dass er dieses Bild nie aus seinem Gedächtnis verlieren würde. Sie beide am Rande einer geraden, menschenleeren, unendlich lang gezogenen Straße, zwei Ameisen, winzig klein in diesem endlosen Land, drauf und dran, davon verschluckt zu werden.

Auf seltsame Weise wirkten sie beide in diesem Moment unwirklich auf ihn, als würde er zwei ihm völlig unbekannte Menschen beobachten. Und trotzdem war gleichzeitig alles so *wirklich*, so erdrückend. Das Unmittelbare ihrer Situation ließ seinen Magen zusammenkrampfen, und er wunderte sich, wie Choya derart unbeeindruckt von allem bleiben konnte. Was würde er nur ohne sie tun, wo wäre er ohne sie?, fragte er sich.

»Falk! Du hörst mir nicht zu«, hatte sich damals ihre Stimme in sein Bewusstsein gebohrt. »Ich sagte, jetzt kommen schwere Zeiten auf dich zu.«

»Auf mich? Schwere Zeiten?«

Sie lächelte ein wenig. »Hast du Angst?«

»Wovor?«

»Du musst hart sein. Ein harter Mann.«

»Choya, was meinst du damit?«

Das Auftauchen eines Kutschwagens beendete ihre Unterhaltung abrupt. Ein Farmer bot ihnen an, sie ein Stück weit mitzunehmen. Christian musste unentwegt an Choyas Bemerkung denken. Was hatte es damit auf sich?

Ähnlich resolut wie damals, als sie ihn in der *Grady Bar* untergebracht hatte, verschaffte ihm Choya einen Posten in einem Holzfällerlager. »Für die nächste Zeit musst du allein für uns aufkommen, Falk. Hier draußen, in den Wäldern, gibt es nichts für mich zu tun. Vielleicht nehmen sie mich ja hin und wieder als Küchenhilfe, aber da wird nicht viel rausspringen. Dafür sind wir wenigstens sicher. Hier werden keine Mörder gesucht.«

Choya arbeitete dann tatsächlich in der Küche. Und Christian musste so hart schuften wie nie zuvor in seinem Leben. Er gehörte nicht zu denjenigen, die die Bäume fällten, dazu war er zu unerfahren – ein Frischling, wie sie ihn nannten. Holzfäller gab es ohnehin nur wenige in dem Lager, fünf oder sechs, und sie waren sich ihrer besonderen Stellung bewusst. Für Christian und einige andere Anfänger blieb die Tellerwäscherarbeit. Sie nannten es wirklich so, und für einen kurzen Moment dachte Christian an die *Grady Bar*, wo ein einäugiger, fortwährend Unsinn brabbelnder Halbindianer immer die Gläser gespült hatte. Die Aufgabe der vielen Tellerwäscher hier war es, im Wald für Ordnung zu sorgen. Nachdem in einem bestimmten Areal die besten Bäume gefällt waren, mussten sie von den Ästen befreit und zu einer Lichtung befördert werden. Dafür benutzten sie Stahlseile, die mit einem Ende an einer seltsam aussehenden, kastenförmigen Maschine aus Stahl befestigt waren. Während es für Christian anfangs noch so ausgesehen hatte, als würde die Maschine, der die anderen den Namen Kitty verpasst hatten, den größten Teil der Arbeit verrichten, so zeigte ihm schon die erste Stunde im Busch, dass er sich gründlich getäuscht hatte. Es war die Hölle. Er würde diesen ersten Tag nie vergessen. Damals dachte er, er würde ihn nicht einmal überleben.

Wenn auch alles ganz harmlos begonnen hatte. Kurz nach dem Aufstehen, die Sonne war gerade aufgegangen, erhielt er feste Schnürstiefel mit kleinen Nägeln an den Sohlen. Dann gab es Frühstück: Rührei, Bratkartoffeln, Schinken, Brot, Pfannkuchen, Marmelade, Butter, Ahornsirup, Waffeln und natürlich Kaffee, alles in riesigen Mengen. Christian verschlug es fast den Atem – und den Appetit. Er brachte kaum einen Bissen herunter, während überall um ihn herum an dem langen Tisch beherzt zugegriffen und geschmatzt wurde. Gleich nach dem Essen ging es hinaus in den Busch. Es war bereits ziemlich heiß.

Gegen acht oder neun Uhr kamen die Stechmücken, riesige Schwärme kleiner Teufel, die versuchten, in Mund, Nase und Ohren einzudringen. Genau wie die anderen Männer schmierte sich Christian Lehm ins Gesicht, doch das nützte nicht viel gegen die unermüdlichen Angriffe. Und der Schweiß schwemmte den Lehm sowieso bald wieder weg.

Christian rannte, hetzte, setzte in großen Sprüngen zwischen den Bäumen und Sträuchern umher, pausenlos, balancierte auf den mächtigen gefällten Bäumen – dafür waren die Nägel an den Schuhsohlen –, blieb an Wurzelsträngen hängen, machte Fehler, wurde angebrüllt, wie einst von Roy in der *Grady Bar*, mit Anweisungen und Ratschlägen überhäuft.

Er hatte auch früher schon arbeiten müssen, sehr hart, aber – das hier war mit nichts zu vergleichen. Zum ersten Mal spürte er wirklich seinen Körper. Jede einzelne Faser. Sein Herz pochte, schien Amok zu laufen, und seine Lungen drohten zu zerplatzen. Wie romantisch er sich das Leben eines Holzfällers auch immer vorgestellt haben mochte – die Wirklichkeit war dabei, solche Bilder mit aller Kraft aus ihm herauszuprügeln.

Während er sich abplagte und immer schwächer wurde, konnte er kaum noch einen klaren Gedanken fassen. Er dachte nicht daran, dass er sich hier für den gesamten Sommer verpflichtet hatte – eine ganze Woche in dieser Hölle war unvorstellbar. Der Abend war sein Ziel, nichts anderes, durchhalten bis zum Abend. Morgen? Übermorgen? Alles egal, vollkommen egal.

Er überlebte – wenn er auch am ersehnten Feierabend kaum noch die Augen offen halten konnte. Als Anerkennung für seinen ersten Tag im Busch erhielt er von Henderson, seinem Boss, einen ordentlichen Schluck Whisky. Anschließend schleppte er sich zur Unterkunft der drei Küchengehilfinnen, bei denen Choya untergekommen war.

Als sie ihn in der Türe stehen sah, lächelte sie, wie nur sie das konnte. »Mein armer Mann«, sagte sie. »Es geht bergab mit ihm. Vom zweiten Barkeeper in der *Grady Bar* zum Tellerwäscher im großen Wald.«

Christian war völlig erledigt. »Choya, wir müssen hier verschwinden. Einen zweiten Tag halte ich das nicht aus.«

»Sooo schlimm?«

»Schlimm?! Sieh dir doch die anderen Kerle an. Die sind selbst wie Bäume. Aber ich ... Choya, ich schaff das nicht. Morgen breche ich tot zusammen, glaub's mir.«

»Also müssen wir uns was anderes suchen?«

»Natürlich, Choya. Was immer du willst.« Er breitete die Arme aus, eine Geste, die mehr Verzweiflung ausdrückte als jedes Wort.

Und Choya – lachte. Lachte einfach ihr Lachen. »Hast du vergessen, was ich gesagt habe? Du musst ein harter Mann sein.«

Morgen bin ich tot, dachte er.

Glücklicherweise irrte sich Christian. Denn er überstand auch den nächsten Tag. Und den danach und den danach. Das Seltsamste war, dass ihm lange Zeit überhaupt nicht bewusst wurde, wie sich sein Körper allmählich an die Schinderei gewöhnte. Er wurde stärker, ausdauernder. Die Sehnen an seinen Armen traten hervor, seine Handrücken waren auf einmal breiter, seine Finger kräftiger. Er verfluchte den Busch, den endlosen Wald, das Land, nach dem er jahrelang Sehnsucht verspürt hatte. Und dabei entging ihm, dass er sich immer besser zurechtfand.

Choya beobachtete ihn aufmerksam – und auch das entging ihm. Bis sie ihm eines Sonntags ins Ohr flüsterte: »Weißt du was, Falk, ich bin stolz auf dich. Sehr, sehr stolz.«

Sie hatten sich an diesem Sonntagnachmittag allein in den Wald davongestohlen, sie hatten sich geliebt, während die Menschen im Lager, vielleicht sogar die Vögel und die Bäume, die Wolken darüber und das ganze unbezwingbare Land selbst, in einen tiefen Nachmittagsschlaf gesunken waren. Er blickte Choya an, ihre Augen waren so klar, mit einem tiefen aufrichtigen Schimmer darin, dass sich die Härchen in seinem Nacken aufstellten.

»Choya ...«, flüsterte er, wie so oft vergeblich nach den richtigen Worten suchend.

Sie strich ihm sanft durchs Haar. »Du musst nichts sagen, Falk. Ich bin stolz auf dich.« Sie küsste ihn. »Und ich liebe dich.«

Zum ersten Mal roch der Wald, roch Kanada so, wie Christian Falk es sich erträumt hatte, zum ersten Mal, in genau dieser Sekunde. Er presste Choya an sich und atmete tief durch. Ich lebe, dachte er, ich lebe, ich lebe, ich lebe.

Der Morgen danach war der erste Morgen, an dem er sich dem Busch gewachsen fühlte. Er spürte nicht mehr die Schmerzen am ganzen Körper, sondern nur noch das Schlagen seines Herzens.

Abends, bevor die Dämmerung kühl hereinbrach, saßen er und Choya oft an einem kleinen Waldsee in der Nähe des Lagers. Manchmal dachte Christian dann an seinen Vater. Es war schön, sich vorzustellen, Alfred Falk könnte ihn jetzt, in diesen Momenten, sehen. Alfred Falk war ein geduldiger, gelassener Mann gewesen. Doch je mehr Christian, ein kleines, spindeldürres Kerlchen mit schüchternen Augen, sich bemühte, ihm zu gefallen, desto weniger glückte es. Er sah sich selbst als Versager, bereits als Fünfjähriger, und es fiel ihm schwer, sich gegen die anderen Jungen durchzusetzen.

Christian hatte die eigene Mutter nie kennengelernt. Sie war an Tuberkulose gestorben, noch bevor er seine ersten Wörter gelernt hatte. Er war auf seinen Vater angewiesen, von Anfang an, allein auf ihn. Und dann kam der Tag, als der Unfall geschah – der Tag, an dem auch

Alfred Falk starb. Von da an gab es nichts mehr in Christians Leben. Allein gelassen, ein menschliches Bündel voller Furcht. Ohne Dach über dem Kopf, denn das Haus des Vaters, das noch nicht abbezahlt gewesen war, ging aufgrund der fehlenden Restzahlungen an die Bank in Barghude über.

Die Welt schien nicht zu wissen, was sie mit ihm anfangen sollte. Er kam zu einer Bauernfamilie in Pflege, musste mit den Knechten auf den Feldern arbeiten und im Stall schlafen. Er durfte nicht einmal zur Schule gehen – seine Pflegeeltern erlaubten es nicht, sie brauchten ihn als Arbeitskraft. Einmal war er so erschöpft, dass er mitten auf dem Feld umfiel. Als sein Pflegevater ihn da liegen sah, zog er den Gürtel aus den Schlaufen und prügelte ihn windelweich.

Er blieb etwa zwei Jahre dort. Dann kam er zu einer weiteren Bauernfamilie mit einem kleinen Hof ein Stück vom Dorf entfernt. Dort ging es nicht ganz so hart zu. Er konnte wieder die Schule besuchen, doch weil er so viel versäumt hatte, teilte man ihn den Kindern der jüngsten Gruppe zu – die lachten ihn aus, weil er bei ihnen war, während die Älteren ihn auslachten, weil er wiederum *nicht* bei *ihnen* war. Es war zum Verzweifeln, ein einziges Grauen.

Auch in der neuen Familie fragte niemand, wie es ihm gehe, was er sich wünsche, was er denke. Überhaupt wurde nicht viel geredet. Ein dauerhaftes Schweigen lastete auf diesem Hof, eine Freudlosigkeit, die Christian noch bedrückter werden ließ. Seine neuen Pflegeeltern, seine neuen Geschwister, er selbst – alle schliefen nachts in nur einem einzigen Raum. Der Wind fegte durch die Türritzen, der Geruch dieser fremden, plötzlich so nahen Menschen fraß Christian beinahe auf.

Manchmal, nach der Schule, ging er bei dem Haus vorbei, in dem er mit seinem Vater gewohnt hatte. Er verharrte dann davor, die Augen feucht, und hätte am liebsten die Wochen, Monate und Jahre zurückgedreht. Das Haus stand noch immer leer, und er wusste nicht, ob es ihm leichter gefallen wäre, die Wirklichkeit zu akzeptieren, wenn hier inzwischen andere Leute wohnen würden.

Eine Pflegefamilie folgte der anderen, ein Hof dem anderen. Das Ende der Schulzeit kam. Er arbeitete auf verschiedenen Höfen. Das Leben schien eine Angelegenheit zu sein, mit der er nicht fertigwurde. Ohne Freunde, ohne Abwechslung ließ er sich von einem Tag in den nächsten schieben.

An seinem achtzehnten Geburtstag hatte er seinen ersten Vollrausch. Er saß, den Rücken an die hintere Seite einer Scheune gelehnt, auf dem Boden, und dank einer geklauten Literflasche Kartoffelschnaps hatte er plötzlich das Gefühl, schwerelos zu sein, fliegen zu können. Er stolperte los, schwankend, die Flasche mit einem letzten Rest in der Hand.

Das Nächste, was er wahrnahm, war ein seltsamer Schmerz. Sein Hals schien auf die doppelte Größe angeschwollen zu sein, er bekam keine Luft. Sein Mund, seine Kehle, vollgestopft, er sah nichts, hörte nichts, war nicht fähig, sich zu rühren. Er röchelte, und einen unendlichen Moment lang sah er den Tod, ein dunkles schemenhaftes Irgendwas.

Plötzlich spürte er noch etwas: Hände, die ihn packten. Er wurde umgedreht, er spuckte, in seinem Hals löste sich etwas, und dann – Luft, er bekam Luft, und jetzt endlich wurde ihm klar, dass er kotzte, dass er sich geradezu die Seele aus dem Leib kotzte.

Schließlich zog ihn jemand nach oben, auf die Beine. Er konnte kaum stehen und starrte direkt in Abels unergründliche Augen.

Das war der Tag, an dem Christian zum ersten Mal Abels Hütte betrat – zum ersten Mal den seltsamen Geruch roch, zum ersten Mal viele von den Skizzen und Zeichnungen sah.

»Du wärst beinahe erstickt, Junge«, erklärte Abel, als er auf einen Hocker wies und gleich darauf zwei Tassen mit Wasser aus einem Tonkrug füllte.

Christian trank und verschluckte sich dabei. Er hustete.

»Zieh dein Hemd aus, Junge. Mal sehen, ob wir es ein wenig sauberer kriegen.«

Christian tat, was verlangt worden war. Er hatte diesen Abel schon häufig im Dorf gesehen, aber nie aus so unmittelbarer Nähe. Und vor allem hatte er vieles über ihn gehört. Abel würde heulen wie ein Wolf, Pflanzen fressen, sich niemals waschen, er würde nie richtig arbeiten, er würde mit Tieren sprechen, ihr Blut trinken, aus ihren Innereien die Zukunft herauslesen, er würde nachts auf dem Friedhof umherirren, er würde ... Es war zu viel, um sich alles zu merken.

Voller Scheu beobachtete Christian, wie der Mann versuchte, das Hemd in einem Holzkübel auszuwaschen.

»Trink noch etwas«, sagte Abel. »Das Wasser tut dir gut. Wenn du willst, kann ich dir auch einen Kräutersud machen. Ich habe jede Menge getrocknete Kräuter.«

Noch immer unsicher, tastete Christians Blick die Gegenstände in der Hütte ab, blieb hier und da hängen, abgestoßen und fasziniert zugleich, etwa von dem Tierfell, das gespannt über dem Bett an die Wand genagelt war, von den fremdartigen, mit roter Farbe an die niedrige Decke gemalten Zeichen – als gehörten sie zu einer jahrtausendealten Schrift. Oder dem staubigen Einmachglas, das bleiche Knochen enthielt. Was für Knochen mochten das nur sein?, fragte sich Christian, und über seinen Rücken rieselte ein Schauer.

Von da an leistete Christian dem Alten des Öfteren Gesellschaft in der Hütte. Er war der Einzige, der diesen eigenwilligen Mann nicht für komplett verrückt hielt. Obwohl er merkte, dass sich sein Misstrauen ihm gegenüber nicht völlig auflöste.

Hin und wieder schleppte Abel ganze Säcke mit irgendwelchem Kram an. Christian wusste nur, dass er manchmal tagelang in den umliegenden Dörfern umherzog; vielleicht bettelte er, vielleicht stahl er, jedenfalls sprach er nicht darüber. Aus seinen Errungenschaften versuchte er Skulpturen herzustellen. Stundenlang konnte sich Abel damit beschäftigen, mit Drähten, Konservenbüchsen, kaputtem Holzspielzeug, Nägeln und Leim an einer zwei Meter großen Figur herumzubasteln, nur um dann von einem Moment auf den anderen alles aufzugeben und seine unvollendete Schöpfung hinter der Hütte zu vergraben. Christian vermutete, dass das gesamte Erdreich dort mit solchen *Kunstwerken* vollgestopft sein musste.

Ein Jahr verging, ein weiteres, noch eines. Alles war wie vorher, nichts änderte sich. Als Christian einundzwanzig wurde, durfte er seine Erbschaft antreten. Es gab ein Konto, das für ihn von seinem Vater angelegt und das nicht bei dessen Tod von der Bank geschluckt worden war. Und nun war es ihm erlaubt, frei darüber zu verfügen. Auf einmal hatte er Geld, jedenfalls mehr als zuvor. Allerdings keinen Plan, was er damit anfangen sollte. Er sprach mit Abel, doch das half ihm nicht – Geld war etwas, mit dem Abel nichts anzufangen wusste.

Etwa zu dieser Zeit brachte Abel von seinen Ausflügen einen Haufen alter Bücher unterschiedlicher Größe, unterschiedlichen Inhaltes mit. Er fuhr mit seinen Fingerkuppen vorsichtig über den Einband, blätterte die vergilbten Seiten durch.

Christian saß dabei und rauchte eine Zigarette.

»Willst du ein paar davon?«, fragte Abel, auf die Bücher deutend.

»Ich?« Christian lächelte unschlüssig.

»Du kannst alle nehmen, die du willst. Und die, die du nicht willst, werfe ich ins Feuer.«

»Bücher«, wiederholte Christian noch einmal. Seit seinem letzten Schultag war er nicht mehr auch nur in die Nähe eines Buches gekommen. Dennoch griff er nach dem einen, das Abel ihm wahllos entgegenhielt. Es war ein Bildband. Christian las den Titel: *Faszinierendes Kanada.*

Es war unglaublich, wie deutlich ihm dieser Moment in Erinnerung war. Selbst Tausende von Kilometern und viele Jahre entfernt sah er, wie er das Buch entgegennahm, ohne damals ahnen zu können, was es auslösen würde. Im Grunde war es dieses Buch, das ihn bis hierher geführt, zumindest den Anstoß dazu gegeben hatte – bis hierher, in diesen Wald, in die Arme Choyas, die sich an ihn schmiegte. Das Buch – und die Erbschaft seines Vaters, denn die nutzte er für die Schifffahrkarte.

Ja, dieser gewaltige Moment. Er starrte auf die Bilder, las die Texte, die danebenstanden, erinnerte sich an die Indianergeschichten, die ihm früher sein Vater vorgelesen hatte, und es entstand ein Bild in seinem Inneren. Und zum ersten Mal überhaupt fühlte er die Sehnsüchte, die in ihm steckten, fühlte, dass es mehr gab als die Eintönigkeit, mehr als dieses Dorf und die Wiesen und Felder, die es einkreisten. Er bewahrte das Kanadabuch in Abels Hütte auf und blätterte es so oft durch, dass die einzelnen Seiten sich lösten.

»Falk, woran denkst du?« Choyas Stimme hatte ihn aus diesen Erinnerungen gerissen. Er sah es auch heute noch vor sich, sie beide, Choyas belustigten Ausdruck.

»Oh«, sagte er ausweichend. »Ich dachte, du wärst eingeschlafen.«

»Worüber hast du eben nachgedacht?«, forschte sie weiter.

»Schwer zu sagen.«

»Na los, raus mit der Sprache.«

»Choya, glaubst du an das Schicksal? Ich meine, glaubst du, dass alles in deinem Leben irgendwie vorherbestimmt ist?«

»Mein Volk glaubt nicht an Vorherbestimmung. Mein Volk glaubt, dass der Große Geist dich lenkt. Er führt dich zu bestimmten Punkten, an denen du vor die Wahl gestellt wirst – entweder du handelst gut, oder du handelst schlecht.«

»Ja, aber was denkst *du*, Choya?«

»Ich glaube weder an den Großen Geist noch an Schicksal. Ich bin eine Hure. Huren glauben nicht an so etwas.«

»Ach, hör doch auf, so zu reden.«

»Sag mir, woran du glaubst, Falk.«

»Also, ich kann einfach nicht glauben, dass es Zufall ist.«

»Dass *was* Zufall ist?«

»Na ja, zum Beispiel das mit uns. Denkst du wirklich, es war einfach nur ein Zufall, dass wir uns begegnet sind? In einem Land wie diesem, in einer Stadt mit – weiß der Himmel – wie vielen Einwohnern. Dass genau wir beide uns getroffen haben. Jeder von uns muss doch ein Schicksal haben.«

»Darüber hast du also nachgedacht – du bist komisch, Falk. Du bist anders als die Männer meines Volkes.«

»Aha.«

Er wusste nicht, ob er sich über ihre Erkenntnis nun freuen sollte oder nicht.

In der Luft lag bereits ein Hauch des kanadischen Herbstes, der nicht mehr lange auf sich warten lassen würde.

»Was werden wir im Winter anfangen?«, fragte Christian. »Wo werden wir hingehen, wenn das Lager dichtgemacht wird?«

»Mein Falk fängt schon wieder an, Fragen zu stellen.« Sie lächelte. Ihre Augen glänzten in der Dunkelheit.

»Aber das muss dich doch genauso beschäftigen wie mich.«

»Muss es das?«

Jetzt lächelte auch er. »Du bist einmalig, Choya. Weißt du das? Du bist wirklich einmalig.«

»Aber das ist doch jeder, Falk.«

»Wir gehören zusammen, Tsch-nee, nicht wahr?«

Sie kicherte. »Warum fragst du das, Falk? Du weißt es doch.«

»Ich wollte es von dir hören.«

Wieder kicherte sie. »Wir gehören zusammen. Falk und Choya, Choya und Falk.« Sie stand auf, trat hinter ihn, ihre Finger spielten mit seinem Haar.

»Du musst keine Angst haben vor dem Winter«, sagte sie leise. »Uns wird schon etwas einfallen.«

»Angst habe ich auch nicht. Nicht mehr.«

Auch jetzt war Christian ohne Angst. Seit er die Tote berührt, sie angestarrt hatte – ohne Angst, ohne sonst irgendetwas, einfach nur leer. Wie innerlich eingefroren. Und trotz der Leere völlig erfüllt von einer Wut, einer lautlosen, kalten, metallischen Wut, die jede seiner Bewegungen, jeden seiner Atemzüge begleitete. Dieser Zorn, der in seiner Hand pulsierte, der in den Knüppel übergegangen war. Brockmanns Worte.

Und vor allem – Motzkas Worte.

Unmöglich, sie *nicht* zu hören. Unmöglich, sich ihrer zu erwehren. Ob zu Hause oder hier in Abels Hütte. Geleitet von seiner Wut sprang er vom Hocker auf. Er starrte auf die Schrotflinte. Die Waffe ruhte auf zwei starken, in die Wand getriebenen Nägeln. Einen Moment lang war er versucht, den kalten Stahl zu berühren. Dann jedoch öffnete er stattdessen die Truhe, die in einer Ecke stand. Hier hatte sich immer Abels großes Messer befunden.

Auch jetzt war es da. Er nahm es an sich, verließ die Hütte und stapfte durch die Dunkelheit, vom ersten Schritt an in Gedanken bei dem Haus, in dem er die ersten Jahre seines Lebens verbracht hatte. Und das jetzt Vera Novian gehörte. Er dachte daran, wie er, gefesselt von den Erinnerungen an die einzigen unbeschwerten Jahre seines Lebens, die Jahre mit seinem Vater, zuletzt immer wieder das Haus betrachtet hatte. Als wären diese Erinnerungen, zu denen er im Geiste zurückschwimmen konnte, eine rettende Insel, als würden sie ihn vom Jetzt und Heute abschirmen.

Die Finsternis umschlang ihn bei jedem Schritt, und er ertappte sich dabei, wie er sich Vera vorstellte, ihr Gesicht, ihre Blicke. Erneut kam er zu dem Schluss, dass irgendetwas nicht ausgesprochen worden war. Es war nur so ein Gefühl, aber eines, das sich nicht unterdrücken ließ.

Und dann dachte er nur noch an einen anderen Menschen. Wie es hieß, war dieser junge Mann, den er inzwischen selbst kennengelernt hatte, den ganzen Tag über zu Hause. Allein. Wie oft mochte er zu Choya gegangen sein, wie oft? Unablässig sah Christian Falk jetzt das Gesicht des Mannes vor sich.

Er spürte das Messer, spürte das Gewicht der Waffe, die er sich hinter den Gürtel geschoben hatte, unnatürlich stark, als wöge sie einen Zentner. Auch wenn es mitten in der Nacht sein mochte, er würde eben warten, würde Geduld haben, es käme der Moment, an dem er zuschlagen, an dem er Licht ins Dunkel bringen konnte, selbst wenn es erst am nächsten Morgen so weit wäre.

Und Motzkas Worte kreisten weiter und weiter in seinem Kopf, auch jetzt noch, zischten, raunten, brüllten, alles auf einmal. Motzkas Worte. *Keiner von uns.* Das hatte Gerald Motzka gesagt. *Keiner von uns.*

23

Erstaunlich hell war es. Das Licht des Mondes fiel in bizarren Streifen herab, vermischte sich mit dem weichen Glanz des Schnees. Alles war wie mit Resten von Milch überzogen. Der Wind hatte Wolken und Nebel für den Moment vertrieben – da war nur diese unwirkliche Klarheit der Nacht.

Wie lange saß er eigentlich schon so da, auf der Bettkante, den Blick durchs Fenster in dieses Nichts gerichtet? Eine halbe Stunde, eine ganze? Er brauchte immer weniger Schlaf, schlief fast keine einzige Nacht mehr durch. Dafür legte er sich inzwischen hin und wieder nachmittags für einige Zeit ins Bett – jedes Mal darauf bedacht, dass sie es nicht mitbekam. Es war ihm peinlich.

Er hörte ihre regelmäßigen Atemzüge nicht einmal im Unterbewusstsein, nahm sie überhaupt nicht wahr, schien gar nichts wahrzunehmen, nicht einmal die Schmerzen in seinem Rücken, oder wo auch immer sich seine Knochen gerade meldeten. Seine nackten Füße ruhten auf dem kalten Holzboden, waren blau angelaufen, aber auch das bemerkte er nicht.

Er *wurde* nicht alt, er *war* alt. Eigenartig, dass ihn diese Erkenntnis jetzt überfiel, als wäre das Alter etwas Überraschendes, völlig Unerwartetes. Als wäre es geradezu unnatürlich. Und wie fade und zugleich bitter diese Erkenntnis war, wie ernüchternd. All die Jahre, in denen er sich gegen das Alter gestemmt, so getan hatte, als wäre er der einzige Mensch auf der Welt, dem die Zeit nichts anhaben konnte, kamen ihm auf einmal lächerlich vor.

Er stand auf und warf dabei einen Blick über seine Schulter auf das Bett. Sie lag flach auf dem Rücken und hatte im Schlaf die Lippen leicht geöffnet. Ihm war, als hätte er sich eben erst daran erinnert, dass sie überhaupt existierte.

Hatte sie es also endlich geschafft, hier reinzukommen, sich richtig einzunisten, dachte er, endgültig, nicht mehr nur für ein paar Stunden in der Nacht wie früher. Nein, in der Art, wie sie hier so vor sich hin schlummerte, lag in der Tat etwas Endgültiges. Nur ein paar Schritte von ihrer Kammer bis in sein Schlafzimmer, aber was für ein langer, mühsamer Weg es doch für sie gewesen war.

Er streifte mit einem Ruck die Decke von ihrem Körper, betrachtete ihre Brüste, ihre runden Hüften, die sich deutlich gegen den Stoff des Nachthemdes pressten, und wandte rasch den Blick wieder ab. Hör auf, dir etwas vorzumachen, sagte er sich im Stillen, während er begann, sich langsam anzuziehen. Egal, wie oft du sie noch zum Stöhnen bringen wirst, du bist ein alter Mann, du brauchst niemandem mehr etwas zu beweisen. Nicht einmal dir selbst. Und ihr schon gar nicht. Sie würde auch dann noch stöhnen, wenn du überhaupt nichts mehr zustande bringen könntest, für sie wirst du immer der Mann sein, der du irgendwann einmal warst.

Plötzlich schlug er mit aller Kraft seine Faust gegen die Wand.

Gottverfluchte Gedanken, was ist nur los mit mir ...

Margit war hochgeschreckt.

»Was ... was?«, stammelte sie schlaftrunken und verwirrt.

Er sah sie an, sah vielmehr geradewegs durch sie hindurch, als wäre sie ein Gegenstand, ein Bild an der Wand. Dann ging er ohne ein Wort aus dem Zimmer, hinaus auf den Flur.

Als er sich in seine Jacke hüllte, die Mütze aufsetzte und nach draußen stapfte, war er immer noch wütend – wütend auf sich, wütend auf die ganze Welt.

Eine ganze Weile blieb er einfach vor dem Wohngebäude seines Hofes stehen, ebenso regungslos, wie er zuvor auf seinem Bett gesessen hatte. Einer seiner Hunde kam aus dem Stall auf ihn zugetrottet, schmiegte sich an sein Bein, und Tegger fuhr dem Tier mit der Hand kurz über den struppigen Kopf. Der Hund legte sich auf den Rücken, wollte weiter gestreichelt werden, aber Tegger kümmerte sich schon nicht mehr um ihn.

Nach wie vor stand er im Bann der eigenen Gedanken, die unkontrolliert von hier nach da sprangen, ihn in die Vergangenheit zerrten. Es widerte ihn an, wenn er so grüblerisch war, wenn seine Rationalität einfach nicht gegen das andere ankam – dieses andere, das er gar nicht benennen konnte.

Früher war er nie so gewesen. Wurde er auf seine letzten Tage zum Melancholiker? Tegger, der große Grübler? Der Eigenspott tat ihm gut, wenn auch nur für ein paar Augenblicke. Wann hatte dieses *Nachdenken* überhaupt angefangen? Mit dem Tod der kleinen Hure? Wer weiß, wahrscheinlich sogar schon früher, nur dass es ihm gar nicht richtig bewusst geworden war. Es spielte ja auch keine Rolle, wann, spielte nicht die geringste Rolle.

Sein Blick glitt über den Hof und dessen verschneite Zufahrt, über das mit Schnee bedeckte Land – *sein* Land.

Er kramte in den Taschen nach der Pfeife, fand sie aber nicht. Offenbar hatte er sie im Haus liegen gelassen. Und auf einmal war er schon wieder ganz woanders, weit entfernt. Er hörte die Schritte, die Geräusche dieser

Schritte, wie sie damals im tiefen Matsch erklungen waren, jene schlüpfrig nassen Laute, er sah vor sich, wie der Schmutz an den Sohlen kleben blieb, sah das Einsinken der Schuhe bis in Höhe der Fußknöchel. Und er hörte den Regen, hörte das monotone Prasseln auf der Krempe seines Hutes. Es war schon ziemlich dunkel, damals, an jenem Abend, er hatte den Blick fast unablässig auf die Hacken des Mannes gerichtet, der vor ihm herging. Einmal meinte er, etwas Seltsames gehört zu haben, als hätte jemand geschrien oder eher gejault. Er machte eine spöttische Bemerkung, die mit Abel zusammenhing, aber der Mann vor ihm konnte ihn wegen des Regens gar nicht hören.

Tegger hatte den anderen so lange zu diesem Gespräch gedrängt, dass sie schließlich vom *Stolzen Hahn* aufgebrochen waren, trotz des Unwetters, trotz der vorgerückten Stunde. Nicht gemeinsam, sondern nacheinander, weil Tegger es so lieber gewesen war. In diesem Dorf, in dem jeder von jedem so gut wie alles wusste, war es besser, unauffällig und vorsichtig zu sein, wenn man über Geschäftliches redete. Vor allem wenn es ein unangenehmes Gespräch sein würde – und das war es. Zumindest für Tegger. Es war ihm zuwider, jemanden um etwas bitten zu müssen; es kam so gut wie niemals vor. Und diesen Mann würde er bereits zum zweiten Mal um einen Gefallen ersuchen.

Sie erreichten den Waldrand. Die kahlen Bäume boten ihnen kaum Schutz vor dem Regen. Das Gelände stieg leicht an, sie stemmten die Beine fest in den Matsch, um nicht der Länge nach hinzufallen.

Der Sommer war verschwindend kurz gewesen, und seither regnete es nahezu ohne Unterlass. Die Erde war aufgeweicht, stellenweise wie in einem Sumpfgebiet. Zum ersten Mal seit Langem führte der Fluss Hochwasser. Im Dorf hörte man derzeit nichts anderes als die zusehends größeren Befürchtungen, wie verheerend sich der viel zu häufige Regen auf die kommende Ernte auswirken würde.

Als sie endlich an den Fluss gelangten, waren sie endgültig durchnässt. Hier fiel das Gelände wieder steil ab, das Wasser, nur noch zwei Fuß unter ihnen, toste heftig. Innerhalb weniger Tage war der Strom breiter geworden, breiter und tiefer, er war viel wilder, reißender, lauter, als sie ihn kannten, hatte sich in ein regelrechtes Ungetüm verwandelt. Jenseits des gegenüberliegenden Ufers erstreckte sich lang gezogenes Brachland.

»Wenn es so weitergeht«, bemerkte Tegger, »wird der Fluss das Land überschwemmen.«

Er bekam keine Antwort.

»Ich weiß, dass es Zeit wird«, sagte Tegger nach einem Schweigen, widerwillig, gepresst.

»Gibt es Probleme bei dir?«

»Ich brauche einfach noch ein wenig Zeit.«

»Das ist nicht gut.« Überraschung klang auf. »Ich habe mich darauf verlassen, dass du rechtzeitig …«

»Etwas mehr Zeit«, schnitt Tegger ihm das Wort ab. »Das ist alles, was ich will.«

»Das war nicht abgemacht. Ich habe es dir doch erklärt.« Der Mann sah Tegger eindringlich in die Augen. »Dir ist doch klar, dass jetzt meine restlichen Zahlungen für das Haus fällig werden.«

»Ja, ich weiß.«

»Das war meine Bedingung. Ich brauche es rechtzeitig zurück. Ich brauche es für das Haus. Sonst hätte ich dir erst gar nicht ...« Die übrigen Worte wurden vom unverändert stark hämmernden Regen verschluckt.

Tegger nickte nur grimmig vor sich hin.

»Ich habe viel vor mit dem Haus«, fuhr der andere fort. »Wenn es erst mal abgezahlt ist. Das Dachgeschoss ausbauen, einen Anbau anfügen. Mein Sohn soll einmal ein großes Heim haben, in dem er eine Familie gründen und mit ihr leben kann.«

Darauf erwiderte Tegger nichts.

Unerbittlich, dieser Regen. Es war eine Nacht, in der die Welt hätte untergehen können.

Sie liefen am Uferrand entlang, vorsichtig bei jedem Schritt, da der Boden überall rutschig war. Die Unterhaltung, auf die Tegger so erpicht war, kam nicht voran. Erneut ging der andere Mann voran, erneut hörte Tegger trotz des Gusses die schmatzenden Geräusche, die ihre Schuhe im Matsch auslösten.

Selbst jetzt, nach all den Jahren, hörte er noch diese Schritte, sah er noch das Gesicht des anderen Mannes, so klar und deutlich und scharf, wie auf einer perfekt gelungenen Fotografie. Und das immer und immer wieder, nachdem die Geschehnisse jener Nacht doch lange Zeit vergraben gewesen waren, irgendwo in seinem Schädel, fast schon vergessen. Mittlerweile schienen sie ihn allerdings bei jeder Bewegung zu begleiten, auch jetzt, während er losmarschierte, fort von seinem Hof, um ihn herum die Dunkelheit. Eben noch war die Sicht gut gewesen, doch auf einmal bildete sich neuerlicher Nebel, tränkte alles mit diesem toten Grau.

Wenn man alt war und zurückblickte, hatte Tegger immer gedacht, sollte nichts offen sein. Nun kam es ihm vor, als wäre *alles* offen – zumindest alles, was wirklich zählte.

Er hielt inne, ließ den Blick über die ersten Häuser des Dorfes wandern, die sich nur noch fünfzig oder sechzig Meter von ihm entfernt aus der Nacht schälten. Er ging weiter auf das Dorf zu, folgte einmal mehr einer Seitengasse, angezogen von einem bestimmten Haus. Sosehr er sich auch innerlich wehren mochte, diese Anziehung war einfach zu stark. Er blieb wieder neben dem Kastanienbaum stehen, über ihm die mit Schnee bedeckten Äste.

Tegger sah sie vor sich, als sie ein junges Mädchen gewesen war – ihr kastanienbraunes Haar, ihr offener Blick. Wie sehr er sich nach jener Zeit zurücksehnte, als sie beide noch zusammengehört, einen Kreis gebildet hatten, der für alle Übrigen verschlossen blieb. Nie hatte er sich diese Sehnsucht eingestanden – er hatte sie weggepackt, an einem leeren Ort in seinem Inneren versteckt. Genau wie jene Unwetternacht damals am Fluss.

Eine Bewegung riss ihn jäh aus den Gedanken.

Unwillkürlich drückte er sich dichter an den kalten Baumstamm. So verrückt es auch sein mochte – Tegger war nicht allein hier.

Nicht weit entfernt, wo kahles Gestrüpp und Sträucher an der Rückfront einer alten Scheune dem Winter trotzten, hielt sich jemand versteckt. Er erkannte die Umrisse eines Mannes.

Auszug eines schriftlich festgehaltenen Gesprächs der Kriminalpolizei Barghude mit: Hildegard Ballwanz, Ladenbesitzerin

Frage: *Ihnen gehört ein schöner Laden mit reichhaltigem Warenangebot. Und gewiss ...*

Antwort: Oh, vielen Dank.

Frage: *Und gewiss stellt der Laden für den ganzen Ort eine wichtige Anlaufstelle dar, nicht wahr?*

Antwort: Und ob! Alle kommen zu mir, alle. Glauben Sie mir, da erfährt man so manches. *(lacht)* Sogar das, was man lieber nicht wüsste. Ja, ja, ich kenne die Menschen hier, kenne sie sehr gut. Und ich sage Ihnen, ich kenne auch ihre dunkle Seite.

Frage: *Ihre dunkle Seite? Es scheint, Sie haben jemand Bestimmtes im Sinn?*

Antwort: Ha! *(lacht)* Ich weiß doch, weswegen Sie hier sind. Und wie gesagt, ich kenne die Menschen. Ich weiß, wie es ist, wenn der Jähzorn durchkommt, wenn die Wut die Oberhand gewinnt.

Frage: *Sie haben jemand Bestimmtes im Kopf, nicht wahr?*

Antwort: Tja, ich weiß nicht recht ...

Frage: *Um wen handelt es sich?*

Antwort: Also, nicht dass Sie denken, ich würde böse Gerüchte in die Welt setzen.

Frage: *Selbstverständlich nicht. Auf einen solchen Gedanken würde ich niemals kommen. Aber Sie sprachen gerade von Jähzorn. Wer ist Ihnen als jähzornig aufgefallen?*

Antwort: Wie gesagt, ich bin die Letzte, die etwas Böses über andere Leute verbreiten würde.

Frage: *Sagen Sie bitte trotzdem, an wen Sie gerade denken.*

Antwort: Nun, man kann alles hören. Kein Wunder, wenn so laut gestritten wird.

Frage: *Wer streitet so laut?*

Antwort: Es ist ja nicht sehr weit entfernt, das Haus. Und abends und nachts ist es hier bei uns sehr ruhig, müssen Sie wissen. Man kann alles hören. Alles. Also, vor allem ihn kann man hören.

Frage: *Ihn? Wen?*

Antwort: Den jungen Mann, der dort drüben bei der Dame wohnt. Er ist nicht ihr Ehemann, möchte ich betonen. Und er ist um einiges jünger als sie. Andererseits hat dieser Mann tadellose Manieren, das muss man ihm auch lassen. Sehr kultiviert, das ist er. Da könnte sich so mancher hier im Ort eine Scheibe davon abschneiden.

Frage: *Wird oft gestritten?*

Antwort: Nun ja, selten jedenfalls nicht.

Frage: *Und der Mann ist also jähzornig. Auch gewalttätig?*

Antwort: Also, das kann ich wirklich nicht sagen.

24

An Schlaf war nicht zu denken. Wie auch? Er hatte ja schließlich bis in den frühen Nachmittag im Bett gelegen, angenehm schlummernd, dann eher dumpf vor sich hin dämmernd, schließlich hellwach.

Hellwach und unglaublich gelangweilt.

Gelangweilt von diesem Abend, gelangweilt von allem. Irgendwann ein kurzes Abendessen, ein paar Gläser Wein. Und jetzt, schätzte er, musste es fast Mitternacht sein. Hellwach war er immer noch. Die Bettdecke zog er fester um sich, einmal mehr warf er sich von einer Seite auf die andere.

Sollte er noch einmal aufstehen, zurück in die Küche, zu seinem Wein und seinen Zigaretten? Seit Wochen ging es schon so, ein großes müdes Nichts, tote langweilige Tage und Nächte, in denen er sich hin und her wälzte. Wenn er Vera neben sich liegen fühlte, ihren ruhigen Atem, ihren Schlaf hörte, dann stieg neuerdings Ärger in ihm auf, eine Wut, die die ganze Welt, vor allem aber die Frau neben ihm, mit einschloss.

In diesem Moment dachte er allerdings an eine andere Frau. An deren straffe Haut, an das schwarze, volle Haar, schimmernd wie Öl, das aus der Erde an die Oberfläche quillt, an die Brüste mit den dunklen Warzen.

Während er im Dunkeln lag und dem Wind zuhörte, versuchte er abzuschätzen, wie oft er zu ihr gegangen war. Diese Pute, dachte er, hochnäsige kleine Pute. Auch an die Polizisten dachte er, an das Gespräch, das sie mit ihm geführt hatten.

Plötzlich wurde leise die Tür geöffnet, erst einen Spalt, dann ganz.

Ein Flüstern: »Schläfst du?«

Marcus drehte sich rasch um, grummelte etwas Unverständliches, als befände er sich im Tiefschlaf. Die Augen zugepresst, die Lippen geschlossen, hörte er, wie sie ihre Sachen auszog und das Nachthemd über ihren Körper gleiten ließ. Sie schlüpfte unter die Decken und drückte sich an ihn. Als sie nach höchstens zwei oder drei Minuten eingeschlafen war und in diese regelmäßigen Atemgeräusche verfiel, die er einfach nicht mehr hören konnte, drängte er sie wieder weg von sich, hin zu ihrer Seite des Bettes.

Irgendwann stand er schließlich doch auf, noch schlechter gelaunt als zuvor, noch unruhiger. Er blickte auf sie herab, auf ihren eingerollten Körper, den dunklen Haarschopf. Dann ergriff er ihre Kleidung und presste sie an seine Nase. Er roch Zigaretten und Zigarren, gebratenes Fleisch und süße Nachspeisen, Alkohol, er roch servile Ober, beschwingte Streicherklänge, er roch Schreiberlinge, die ohne Unterlass schwafelten und sich wichtigmachten, sich und ihre grauenhaften Werke.

Vera hatte vorgeschlagen, er solle sie doch begleiten, es sei ein nettes kleines geschäftliches Abendessen, zwei erfolgreiche Autoren des Kranich-Verlags, dazu ein sehr fähiger Lektor und noch ein paar andere interessante Gäste. Lieber würde er sich erschießen, war alles, was er geantwortet hatte. Herr im Himmel, all diese Langweiler, diese albernen durchschnittlichen Käuze, wie sehr gingen sie ihm doch auf die Nerven.

Achtlos ließ er die Kleidungsstücke zu Boden sinken. Er verschwand aus dem Schlafzimmer und ging in die Küche. In seinem Pyjama war ihm kalt. Mit klammen Fingern machte er eine fast abgebrannte Kerze an und trat ans Fenster. Er dachte an die Leute, die hier in diesem Dorf lebten, stellte sich vor, wie sie in diesen Minuten schnarchten, grunzten, in ihre ungelüfteten Betten furzten. Er hasste sie schon allein deshalb – weil sie schliefen.

Er schob sich eine Zigarette zwischen die Lippen und entzündete sie an der Kerzenflamme. Und starrte erneut hinaus in die Nacht.

»Was machst du hier?«

Er hatte sie gar nicht kommen hören. Wie viel Zeit mochte vergangen sein, seit er wieder aufgestanden war? Er wusste es nicht. Seine Zigarette hatte er jedenfalls längst ausgedrückt.

Sie stand im Türrahmen, einen nackten Fuß auf dem anderen. Ihr Nachthemd wurde ganz schwach von der Kerze am anderen Ende des Raumes beschienen.

»Kannst du nicht schlafen?«

Die Kerze erlosch sanft, der Schein der kleinen Flamme löste sich auf.

»Sieht es so aus, als könnte ich?«

Trotz der Dunkelheit erkannte er, wie sich ihr Gesicht veränderte. Seine Stimme hatte hart geklungen, viel zu hart. Das war ihm klar, aber es tat ihm nicht leid. Im Gegenteil, er genoss es. Und wie sie sich nun umdrehte und mit einer Geste der Ratlosigkeit wieder zurück ins Schlafzimmer ging, das genoss er genauso, auf die gleiche stille boshafte Weise, mit diesem unsichtbaren Grinsen auf den Lippen.

Marcus steckte sich noch eine Zigarette an, rauchte ein paar Züge. Angestrengt starrte er wieder aus dem Fenster, eine ganze Zeit. Die Nacht schien nicht so finster, so pechschwarz wie sonst zu sein. Der Himmel war ausnahmsweise fast wolkenfrei, es hatte nicht mehr geschneit, bestimmt schon seit mehreren Stunden. Weiterhin spähte er hinaus, konzentriert, geduldig. Lange genug, bis er sich sicher fühlte: Heute Nacht trieb sich der Freund der toten Hure offenkundig nicht dort draußen herum.

Die Minuten schlichen vorbei. Wie zuvor, noch im Bett, wurde er von Unruhe erfasst; die Zimmerdecke klebte ihm über dem Kopf, als könne sie jeden Moment herunterfallen und ihn unter sich begraben.

Totenstille. Im Haus, im Dorf, auf der ganzen Welt, wie es schien. Missmutig begann Marcus die Küchenschränke nach einer Flasche Wein zu durchsuchen. Ohne Erfolg.

»Mist!«, fluchte er leise. Ein Blick zur Uhr: halb eins. Hatte das Gasthaus noch geöffnet? Er war sich nicht sicher. Manchmal hockte man da wohl die ganze Nacht, jedenfalls ein paar Schluckspechte, dann wieder war um zehn Uhr alles dunkel. Der Wein dort war grauenhaft – aber nicht ganz so grauenhaft wie die Aussicht, in den nächsten Stunden völlig auf dem Trockenen zu sitzen.

Weiterhin voller Missmut holte er seine Kleidung aus dem Schlafzimmer, leise, damit Vera nicht aufwachte. Jetzt auch noch eines dieser Gespräche, so wie vorhin, darauf hatte er wahrlich keine Lust. Im Flur zog er sich an, schlüpfte dann in Jacke und Schuhe. Behutsam öffnete er die Haustür, doch ein Windzug riss sie ihm aus der Hand und ließ sie zuknallen.

Dunkelheit umfing ihn, eine neuerliche Böe zerrte an seinen Jackenschößen. Er schlug den Kragen hoch, ging los und lauschte dabei ins Nichts. Kaum dass er ein paar Schritte weit gekommen war, hörte er etwas.

Marcus stutzte, blieb stehen.

Was war das für ein Geräusch gewesen?, wunderte er sich. Er ließ den Blick wandern. Dann ging er weiter. Und erneut – ein Geräusch.

25

Umgeben von den Grabsteinen stand er da, eine verlorene Gestalt. Umgeben auch von den Stimmen, die sich rasch vermehrten, schrien, flüsterten, sprachen, ein ganzes Universum menschlicher Laute und Empfindungen aus sich herauskatapultierten – mitten ins Nichts der Nacht.

Dann, ganz plötzlich, wurden die Stimmen schwächer, leiser, sie erstarben, und gebannt sah er zu, wie eine Menschenschlange vor seinen Augen entstand, irgendwie aus der schweren Erde wuchs, eine Reihe dunkel gekleideter Gestalten, die auf ihn zukamen, begleitet von einer Stille, die durch das Schlurfen von Schritten, durch leise ausgestoßenes Hüsteln nur umso eindringlicher auf ihn einströmte.

Etwas an diesem verworrenen Bild machte ihm Angst, eine fürchterliche Angst, die er nicht kannte, die er sich überhaupt nicht erklären konnte. Er erschauerte – und aus einem jähen Zwang rannte er los. Die Menge verfolgte ihn, er wusste das, ohne dass er sich mit einem raschen Blick über die Schulter wirklich davon überzeugt hätte.

Schneller und schneller rannte Abel, verfolgt von der Menge, jetzt auch wieder verfolgt von den Stimmen, die zischten und raunten und flüsterten, die näher und näher kamen.

Er lief an seiner Hütte vorbei, die ihm plötzlich vorkam wie eine tödliche Falle, weiter durch den Wald, immer weiter in Richtung Fluss.

Es ist noch nicht vorbei, dachte er bestürzt. Es ist noch nicht vorbei.

26

Und erneut dieses Geräusch. Ein Knistern oder Rascheln.

Der Wind?

Wirklich nur der Wind?

Marcus warf den Kopf herum, blinzelte in die Nacht. Dunkle Gebäude, eine leere Gasse. Veras Haus lag jetzt etwa zwanzig Meter entfernt, vielleicht etwas mehr. Er wollte gerade in Richtung des *Stolzen Hahns* weitergehen, als er erstarrte.

Nun wusste er, was die Ursache des Geräusches gewesen war.

Ein Mann kam auf ihn zu, nicht hastig, aber dennoch zielgerichtet, die Jacke streifte die kahlen Sträucher an der Rückseite einer alten Scheune.

Dort hatte er sich im Verborgenen gehalten.

Dort hatte er auf Marcus gewartet.

Aus jedem seiner festen Schritte, aus der straffen Haltung des Oberkörpers wurde das deutlich.

Aus einem ersten Impuls wollte Marcus zurück zum Haus rennen, der andere hätte ihm allerdings mühelos den Weg abgeschnitten. Also dorfeinwärts, dorthin, wo sich das Gasthaus befand. *Na los!*, schrie er sich selbst an, stumm, ohne die Lippen zu bewegen.

Doch – er *konnte* es einfach nicht. Etwas lähmte ihn, schien seinen gesamten Körper wie mit einer Schicht aus Eis zu überziehen. Er schluckte, seine Kehle war trocken. Einen verzweifelten Blick warf er in dieses gottverfluchte, vergessene Dorf am Ende der Welt, dann starrte er dem Mann entgegen, der seitlich an ihn herantrat, starrte hilflos in das schmale, glatt rasierte Gesicht unter der Wollmütze, in jene entschlossenen Züge, in die Augen, die hart und unnachgiebig wirkten und einen ganz anderen Menschen aus ihm werden ließen.

Christian Falk packte ihn im Genick, drückte ihn nach unten, bis seine Knie in den Schnee sanken. Ein Messer kam zum Vorschein, die lange Klinge funkelte, Marcus' Sinne schwanden, er merkte, dass seine Lippen zitterten, während des Rest seines Körpers stocksteif blieb.

Die Klinge berührte seinen Hals, kalt, scharf, Finger packten hart sein sanft gewelltes Haar, das die Frauen so gern zerwühlten.

»Sie sagen, du warst es«, drangen die Worte an sein Ohr, leise, furchterregend leise.

»Ich war es nicht!«, platzte es aus Marcus heraus, mit einer schrillen Stimme, die er noch nie an sich gehört hatte.

»Sie sagen es«, beharrte Falk.

»Nein. Nein. *Nein!*«

Marcus hatte das Gefühl, sich übergeben zu müssen. Seine Gedanken rasten, ratterten, überschlugen sich. Er verfluchte sich dafür, dass er wegen einer dummen Flasche Wein das Haus verlassen hatte, dafür, dass er sich in diesem Dorf befand, und dafür, dass er sich nicht rühren konnte, dass die Angst ihn im Griff hielt, diese Furcht, die er stärker empfand als jedes andere Gefühl in seinem bisherigen Leben. Sie war wie eine riesige Faust, die ihn komplett umschlossen hielt.

»Aber du bist zu ihr gegangen«, schnitt die Stimme in sein taumelndes Bewusstsein.

»Ja«, hörte er sich ohne Zögern zugeben. »Ja.«

»Sie sagen, du warst es.«

»*Nein.*« Er kreischte das Wort.

Und merkte, wie etwas an seinem Hals hinabfloss, klebrig und warm, bis unter seinen Kragen.

»Wenn nicht du – wer dann?«

»Ich weiß es nicht!« Abermals sein Kreischen, durchdringend, als wollte er damit die ganze Nacht zum Einsturz bringen. Doch dieses sture Dorf regte sich einfach nicht. Kein Fenster wurde erleuchtet, keine Tür sprang auf.

»Du warst es.«

»Nein.«

»Du warst es.«

Marcus presste die Lider zu, unter den verkrampften Lidern drückten sich Tränen hervor. Er würgte.

»Hör auf damit!«

Womit?, fragte er sich voller Verzweiflung. *Womit?!*

»Hör auf damit!«, befahl die Stimme erneut, und es dauerte eine scheinbare Ewigkeit, bis Marcus klar wurde, dass sie jemand anders gehörte.

Er riss die Augen auf, und sein von Tränen verschwommener Blick fiel auf einen alten Mann, groß und kräftig, er stand da wie ein Baum.

»Weg mit dem Messer«, herrschte der Alte Christian Falk an. »Du machst dich damit doch nur selbst unglücklich.«

»Unglücklich?«, wiederholte Falk dumpf. »Soll das ein Witz sein?«

»Weg mit dem Messer. Oder ich nehme es dir ab.«

Eine Sekunde, zwei Sekunden, drei Sekunden.

Marcus spürte sein Herz, spürte, wie es raste, wie es trommelte.

Die Klinge berührte nicht mehr seine Haut, die Hand nicht mehr seinen Nacken. Taumelnd kam er auf die Beine, er stolperte los, irgendwohin, die Scheune mit den Sträuchern tauchte vor ihm auf, er fiel hinein, Zweige zerkratzten seine Wangen.

Im Liegen warf er einen Blick zurück. Mittlerweile war doch ein Fenster erleuchtet. Im Rahmen zeichneten sich die Umrisse einer Frau ab. Vera. Sie stand an einem der Fenster im ersten Stock.

Marcus verfolgte, wie Falk den Alten eine ganze Zeit lang anstarrte, um sich dann jäh umzudrehen und davonzumarschieren. In Sekundenschnelle hatte die Finsternis ihn verschluckt.

Der Alte hingegen verharrte noch an derselben Stelle. Marcus schenkte er keinerlei Beachtung – er sah hinauf zu Vera, ohne etwas von sich zu geben, während sie den Blick gleichermaßen stumm erwiderte. Marcus fühlte das mehr, als dass er es tatsächlich hätte erkennen können.

Ähnlich abrupt wie zuvor Falk wandte sich nun auch der Alte ab. Langsam stapfte er los, vorbei an dem Kastanienbaum, und als von ihm ebenfalls nichts mehr zu entdecken war, spürte Marcus, wie das Leben in seinen Körper, in seine Sinne zurückkehrte, wie sein Atem ruhiger wurde.

Doch nach wie vor blieb er liegen, inmitten des Gestrüpps, so lange, bis Vera, einen Mantel über ihrem Nachthemd, in rasch durchnässten Hausschuhen, bei ihm war, um ihm aufzuhelfen und ihren Arm um ihn zu legen.

27

Sie hatte ihn nie zuvor derart verstört gesehen. Seine Hände zitterten noch immer, zumindest leicht; sie bemerkte es, auch wenn er es zu verbergen versuchte.

Behutsam reinigte sie den Schnitt, der quer über seinem Hals verlief, aber zum Glück nicht mehr blutete. Sie legte einen leichten Verband an, wischte auch mit einem angefeuchteten Tuch über seine zerkratzten Wangen. Bewegungslos, in aufrechter Haltung auf einem Küchenstuhl, angestrahlt von der Deckenlampe, ließ Marcus alles geduldig über sich ergehen. Er schien es eher zu genießen, als sehe er ihre Fürsorge als wohlverdienten Ausgleich für das an, was er ein paar Minuten zuvor durchlebt hatte.

So oft hatte sich Vera in letzter Zeit über ihn geärgert, jetzt jedoch konnte sie nicht anders, als Mitleid für ihn zu empfinden. Ihre Idee, Marcus hierher ins Dorf zu bringen und ihn bei sich aufzunehmen, hätte ihn beinahe das Leben gekostet. Eine Tatsache, die sich schwer auf ihre Schultern legte.

Sie stellte sich hinter ihn und strich durch sein Haar. »Wie geht es dir?«, fragte sie vorsichtig.

»Wie soll es mir schon gehen«, gab er zurück, aber nicht so schnippisch, wie es häufig seine Art war, eher hilflos oder matt, weiterhin damit beschäftigt, den nächtlichen Angriff zu verdauen.

»Wenn es Morgen ist, können wir nach Barghude fahren«, schlug Vera vor. »Wir müssen die Polizei einschalten.«

Marcus erwiderte nichts.

»Dieser Mann, also Christian Falk – er ist zu einer Bedrohung geworden. Zu einer Gefahr. Möglicherweise nicht nur für dich. Wer weiß, auf wen er noch losgehen wird.« Nachdenklicher fügte sie an: »Das hätte ich nicht für möglich gehalten. Das hätte ich Falk niemals zugetraut.«

Erneut gab Marcus keinen Ton von sich.

»Kannst du dir einen Reim auf das Ganze machen?« Eine tiefe Ratlosigkeit klang in ihrer Stimme auf. »War die Polizei noch einmal bei dir?«

»Quatsch, wo denkst du hin?«

»Wie um alles in der Welt kommt Falk gerade auf dich? Warum solltest ausgerechnet du diese Frau ...«

»Wenn ich das nur wüsste«, schnitt er ihr das Wort ab. »Vielleicht haben ihm die Kerle in der Dorfkaschemme einen Floh ins Ohr gesetzt. Damit er keinen von ihnen verdächtigt.«

»Wahrscheinlich ist er einfach nur verzweifelt.«

»Willst du ihn etwa noch verteidigen?«, fuhr Marcus auf.

Beruhigend streichelte sie weiter seinen Kopf. »Gewiss nicht. Was immer der Auslöser für seine Tat war – man kann das nicht auf sich beruhen lassen. Deshalb gehen wir ja auch zur Polizei.«

»Gehen wir nicht«, meinte er, seltsam hohl.

»Was? Aber – weshalb nicht?« Vera setzte sich auf den Stuhl ihm gegenüber und musterte Marcus verständnislos.

»Ach, ich weiß auch nicht.«

»Marcus, wir ...«

»Das bringt doch sowieso nichts«, unterbrach er sie wiederum.

»Und wenn er dir noch einmal auflauert? Oder sonst jemandem?«

»Irgendwie sah er nicht danach aus.«

»Wie bitte?« Vera schüttelte ungläubig den Kopf.

»*Wie bitte?*«, äffte er sie nach. Und erhob sich jäh vom Stuhl. »Lass mich jetzt einfach mal in Ruhe. Die verdammten Polizisten sind doch völlig unfähig. Die schert es sowieso einen Dreck, was sich in eurem jämmerlichen Dorf abspielt.« Seine Stimme dröhnte auf einmal durchs Haus: »Hast du das denn immer noch nicht begriffen?!«

»Schon gut«, sagte Vera, nicht einmal erschrocken, eher ernüchtert. Wie aus dem Nichts war sie also wieder da, seine Reizbarkeit. Sein Zorn.

Er verließ das Zimmer und knallte die Tür zu.

Nur um Sekunden darauf wieder zurückzukommen. Vera hielt den Blick gesenkt. Diesmal war es Marcus, der sich hinter sie stellte. Sachte legte er seine Hände auf ihre Schultern, Vera zuckte leicht zusammen.

»Es tut mir leid«, flüsterte er. »Wirklich – es tut mir so leid. Wahrscheinlich liegt mir dieser Messerschwinger noch ein wenig auf dem Magen.«

Er trat vor sie und zog sie sanft in die Höhe. Als er sie küsste, ließ sie es zu. Auch dass er sie in ihr Schlafzimmer führte. Kurz darauf waren sie nackt. Sie glitten ins Bett, Vera fühlte, wie sich seine Fingerkuppen auf ihrer Wirbelsäule mit beinahe unerträglicher Langsamkeit nach oben schoben. Schauer rieselten unter ihrer Haut, und die feinen Härchen auf ihrem Nacken stellten sich auf. Seine Finger wurden noch langsamer, spielten mit ihr. Sie fuhr mit der Zungenspitze über ihre trockenen Lippen und drückte ihre Wange tiefer ins Kissen. Seine Finger setzten ihren Weg fort, erneut ganz langsam, spielerisch, fast nicht spürbar – und gerade dieses kaum Spürbare war so unglaublich stark.

Sie erschauerte von Neuem. Ein leichtes Stöhnen wuchs in ihrer Kehle.

Dabei hatte er sie eben noch angeschrien. Und jetzt lag sie einfach da und genoss es, sich gehen zu lassen. Seine Hände zu spüren, seine schlanken gefühlvollen Finger, die nie im Leben hatten hart anpacken müssen. Im Unterbewusstsein wunderte sie sich über diesen seltsamen Mechanismus, den sie beide wohl in sich hatten, der ihre Körper immer wieder aufeinander zusteuern ließ. Niemals zuvor war Vera mit einem Mann intim gewesen, der so zärtlich und zugleich so leidenschaftlich sein konnte, der sie mit der Berührung seiner Lippen einfach forttragen konnte, weg, ganz weit weg.

Doch plötzlich war es, als sähe sie sich selbst, als würde sie neben dem Bett stehen und auf den eigenen Körper herabblicken. Und das, was sich vor ihren Augen abspielte, versetzte ihr einen Stich.

»*Nein.*«

Das Wort kroch förmlich ihre Kehle nach oben, es war ein Auslöser – plötzlich war ihr Verstand wieder hellwach, plötzlich versteifte sich alles in ihr. Ihre Haut schien sich gegen die Berührung zu sperren, als könne sie sich in Metall verwandeln, ihre Hände waren nicht mehr schwach, sondern stark – und sie drückte Marcus hart von sich.

»Was ist denn los?«, stieß er hervor, überrascht und empört.

»Lass mich«, war alles, was sie über die Lippen brachte. Und dann war sie draußen auf dem Flur, ihre Kleidung vor die nackten Brüste gepresst. Die Kälte und die Dunkelheit sorgten dafür, dass in ihrem Kopf noch mehr Klarheit herrschte.

Das war richtig, sagte sie sich, das war die beste Entscheidung, die sie seit Langem getroffen hatte. Durchatmen, durchatmen, durchatmen.

Sie hatte nicht einmal die Zimmertür hinter sich geschlossen. Das erledigte Marcus für sie – mit einem heftigen, unmissverständlichen Knall.

Sie zog sich mit raschen Bewegungen an, im Dunkeln, dann ging sie ebenso rasch in die Küche, um eine Zigarette zu rauchen. Im Schein einer Kerze stand sie da. Sie inhalierte tief. Die Wanduhr zeigte an, dass es kurz nach zwei war.

Was für eine Nacht, dachte sie, und sie kam sich hilflos vor. Wie aus heiterem Himmel war das alles über sie hereingebrochen, diese Gewalt ... Vera hatte ja schon geschlafen. Und war jäh vom Knallen der Haustür aufgewacht. Gleich darauf hatte sie Marcus' angsterfüllte Schreie gehört. Sie war zum Fenster gerannt, hatte es aufgerissen. Sogar von dort aus hatte sie die funkelnde Klinge von Christian Falks Messer erkennen können.

Wie war Falk nur auf die absurde Idee verfallen, dass ausgerechnet Marcus ...

Ja, völlig absurd. Sie stellte sich Falk vor, bei seinem Besuch in ihrem Haus, bei ihren Unterhaltungen, seine Augen, wenn er von Kanada sprach – und dann dachte sie an die Situation vor ihrem Haus, eine oder zwei Stunden zuvor. Selbst auf die Entfernung und trotz der Dunkelheit hatte sie gemeint, etwas an ihm wahrgenommen zu haben, das sie erschauern ließ, selbst jetzt noch. In diesen Sekunden schien er lediglich einen Schritt davon entfernt, zum Mörder zu werden. Alles an ihm hatte ihr das gesagt: wie er dagestanden hatte, breitbeinig und stark, seine knappen Gesten, die Art, mit der er den Kopf zu Tegger herumgerissen hatte, das Gesicht weiß und hager in der Nacht, wie aus Granitgestein gehauen.

Als sie die Zigarette im Aschenbecher ausdrückte, stellte sie fest, dass sie dennoch keine Abscheu ihm gegenüber verspürte, nicht die geringste. Keinen Zorn, keine Spur von Hass. Christian Falks Tat hatte sie erschüttert – aber auf eine Weise, die sie sich nicht zu erklären vermochte. Und dabei war sie immer schnell und sicher zu einem Urteil gelangt. Bei diesem Christian Falk war das nicht so. Warum nur, fragte sie sich.

Und dann fasste Vera einen Entschluss. Sie pustete die Kerze aus und schlich im Dunkeln zur Garderobe. Sie tastete nach den Schuhen und dem Tuch, nach ihrem Mantel.

War sie im Begriff, eine Riesendummheit zu begehen?

Leise schloss sie die Haustür. Eisige Kälte schlug ihr entgegen. Sie ging los.

28

Ein Klopfen. Fordernde Schläge einer Faust, die immer wieder auf das alte, rissige Holz der Eingangstür hämmerte.

Er stand da, regungslos, eingefangen vom Schein einer kleinen schwachen Deckenlampe. Ansonsten herrschte im Haus Dunkelheit.

Das Klopfen verebbte, nur um erneut einzusetzen.

Die Polizei? Christian Falk wunderte sich. Derart schnell konnten die Beamten nicht von der Sache Wind bekommen haben, derart schnell konnten sie kaum von Barghude hierhergefahren sein. Es war ja noch mitten in der Nacht, der kalte Schweiß auf seiner Stirn war kaum getrocknet. Das Messer steckte hinter dem Gürtel, er trug noch seine Winterschuhe, um deren Sohlen sich Pfützen gebildet hatten.

Wer mochte es dann sein?

Männer aus dem Dorf? Hatten sie genug von ihm? Seine Attacken auf Brockmann und Motzka hatten sich gewiss herumgesprochen. Auch dass er Vera Novians Freund aufgelauert hatte? Eine gute Stunde lag das zurück, länger nicht.

Das Klopfen hörte auf.

Christian setzte sich in Bewegung. Er verspürte keinerlei Furcht, nicht einmal Anspannung. Der Zwischenfall mit diesem Marcus hatte ihn nicht aufgewühlt, sondern seltsam stumpf und leer zurückgelassen.

Er öffnete die Tür und starrte in zwei dunkle Augen, deren Anblick er niemals erwartet hätte, schon gar nicht jetzt, schon gar nicht hier.

»Ich will mit Ihnen sprechen«, verlangte sie mit einer Stimme, die ein Beben nicht unterdrücken konnte.

Im Gegensatz zu Christian war Vera Novian offenbar angespannt. Und zwar sehr.

»Bitte.« Er trat zur Seite, um sie hereinzulassen, und sah ihr hinterher, wie sie an der Kammer vorbeiging, in der Choya ihre Kunden empfangen hatte, zielstrebig auf den einzigen Lichtpunkt zu, den es im Haus gab.

Wie Christian, als er bei ihr zu Hause gewesen war, wollte sie sich nicht setzen. So standen sie einander gegenüber, in der engen Wohnküche, in der es ungelüftet roch.

Christian musterte sie, wartete ab, was sie sagen würde. Das Licht erhellte ihre Züge. Unauffällig ließ er seinen Blick über die feinen Fältchen gleiten, die sich um ihre Augen herum gebildet hatten, über die beiden hauchzarten Linien, die von ihren Mundwinkeln abzweigten. Schön war sie dennoch, überaus schön, eine Frau, nach der sich auch in einer großen, an reizvollen Frauen gewiss reichen Stadt wie Hannover die Männer umdrehten, davon war er überzeugt. Sie trug einen langen, eleganten, mit Sicherheit teuren Mantel, den sie nicht aufknöpfte.

»Auf dem Weg von zu Hause hierher«, brach Vera das Schweigen, »wusste ich ganz genau, was ich zu sagen beabsichtige. Tausend Wörter und Fragen und Vorwürfe lagen mir auf der Zunge, aber jetzt habe ich nicht die leiseste Ahnung, womit ich anfangen soll.« Sie holte tief Luft. »Ehrlich – ich kann immer noch nicht fassen, was Sie getan haben.«

Ungewollt senkte Christian ein wenig die Lider. »Es tut mir leid.«

»So sehen Sie gar nicht aus«, erwiderte Vera Novian rasch. Sie fixierte ihn, die Stirn gerunzelt.

»Auch wenn Sie mir das nicht abnehmen, aber ich kann es selbst nicht so recht fassen, was vorhin geschehen ist.«

»In der Tat, ich nehme es Ihnen nicht ab.«

Christian stellte fest, dass er sich vor ihrem Eintreffen schlichtweg geweigert hatte, über sein Handeln nachzudenken. Erst jetzt bekam der Angriff auf Marcus Gewicht, erst jetzt wirkte er in Christian nach.

»Wenn es spontan passiert wäre«, sprach Vera weiter, »dann könnte man Ihnen vielleicht Glauben schenken. Doch Sie wussten ja gar nicht, ob Marcus noch aus dem Haus kommen würde. Die Wahrscheinlichkeit war mehr als gering. Nein, es war alles andere als spontan. Sie haben gewartet. Geduldig. Es war *geplant*. Und dann wären Sie um ein Haar zum Mörder geworden.«

»Ich war überzeugt, dass er es war«, hörte sich Christian antworten. Lahm klang seine Stimme, wie er fand.

Vera schüttelte ihren Kopf. »Und woher, bitte schön, kam diese Überzeugung?«

»Ich erfuhr von Gesprächen im *Stolzen Hahn* und ...« Er räusperte sich, presste die Lippen aufeinander.

»Sie *wollten* einfach nur, dass Marcus es war. Dass *irgendwer* es war.«

»Möglich.« Christian setzte sich hin. Er wusste, wie nahe ihre Worte der Wahrheit kamen.

»Geschwätz im *Stolzen Hahn.*« Vera spuckte jede einzelne Silbe förmlich aus. »Und aufgrund dessen wären Sie zum Mörder geworden, ich sage es noch einmal.«

»Ich wollte ihn nicht umbringen.«

»Was wollten Sie dann?«

»Endlich eine Spur.« Er fuhr sich mit der Hand übers Gesicht. »Gewissheit. Ich wollte, dass er etwas sagt, das mich weiterbringt. Oder – dass er es zugibt.«

»Ich kann es immer noch nicht fassen.« Jetzt ließ sich auch Vera auf einen Stuhl fallen. »Ausgerechnet Marcus. Ich bitte Sie. Das ist wirklich unglaublich.«

»Weshalb?« Zum ersten Mal seit ihrem überraschenden Eintreffen verspürte er einen gewissen Trotz in sich. »Nach allem, was ich inzwischen weiß, waren es nicht wenige Männer, die ...« Er suchte ihren Blick. »Sie wissen, was ich meine. Warum also nicht auch der Mann, mit dem Sie zusammenleben? Warum ist das so unglaublich?«

»Allein die Vorstellung«, begann Vera, setzte aber den Satz nicht fort.

»An dem Abend, als Choya umgebracht wurde – was hat Ihr Freund da gemacht?«

»Spielen Sie nicht schon wieder Polizist, Herr Falk? Oder Rächer? Oder als was auch immer man es bezeichnen soll.«

Ihm fiel auf, dass sie ihn zum ersten Mal überhaupt mit dem Namen angesprochen hatte. Unverwandt sah er sie an. »Waren Sie zusammen mit ihm an diesem Abend?«

Vera hielt seinem Blick gelassen stand. Oder war die Gelassenheit nur gespielt?

»Was erlauben Sie sich eigentlich?«, meinte sie nach einigen Sekunden.

»Sagen Sie es«, forderte er mit rauer Stimme.

»Ja, das war ich.«

Die Antwort kam so schnell und laut und forsch, dass es ihn erstaunte.

»Sie lügen«, entgegnete er mit einem argwöhnischen Lächeln. »Ich kann es in Ihren Augen lesen.«

Erneut hielt sie seinem Blick stand.

»War Ihr Freund ein Kunde von ihr?«, fragte Christian weiter.

»Nein.« Wiederum rasch die Antwort, vorgebracht mit einer unleugbaren Heftigkeit – ein Wort wie ein Peitschenhieb.

»Sie können das nicht mit Sicherheit sagen, oder?«

»Müssten Sie nicht besser als ich wissen«, erwiderte sie mit gekränktem, gereiztem Unterton, »wen *Ihre Dame* zu ihren Kunden gezählt hat?«

»Sie hieß Choya«, äußerte Christian, auf einmal mit anderer Betonung, fast schon verhalten. Er starrte auf die nackte Tischplatte und fügte an: »Ich *müsste* es besser wissen. Ja. Aber ich weiß es nicht besser.«

»Marcus gehört jedenfalls nicht dazu«, meinte Vera, auch sie verhaltener, beherrschter.

»Ich bin so voller Wut.« Christian hob erschöpft die Schultern. »Wegen ihr. Wegen der Art, wie sie sterben musste.« Er stand auf und entfachte mit dünnen Holzscheiten und Zeitungspapier ein Feuer im Herdofen. Die ganze Zeit über spürte er Veras beobachtenden Blick auf sich.

»Vor allem vorhin, vor dem Haus, als Sie ein Messer in der Hand hielten«, sagte sie nach einer Weile, »da konnte ich diese Wut erkennen.«

Er überprüfte die jetzt munter züngelnden Flammen und drehte sich zu Vera um. Langsam griff er nach hinten und zog die Waffe aus seinem Gürtel. Dann legte er sie auf den Spültisch. Plötzlich war es ihm unendlich peinlich, was er getan hatte. Das Kopflose seiner Aktion, der Gewaltausbruch. Das Blut kam ihm in den Sinn, das Marcus am Hals heruntergelaufen war, und dieses Bild behagte ihm nicht im Geringsten.

»Und doch habe ich den Eindruck«, fuhr Vera wieder nachdrücklicher fort, »dass Sie das, was Sie getan haben, nicht nur für die Frau tun.«

Er nahm wieder Platz und winkte flüchtig ab. »Natürlich. Nur für Choya. Für wen sonst?«

»Für sich selbst.« Etwas Entwaffnendes klang in den kurzen Worten auf. »Sie sagten, Sie seien voller Wut. Gewiss, das hängt mit diesem schrecklichen Mord zusammen. Und trotzdem war vorhin etwas in Ihren Augen, das nicht zu Ihnen gepasst hat. Als wären Sie ein anderer Mensch gewesen.«

»Wie können Sie das beurteilen? Sie kennen mich doch überhaupt nicht.«

Zum ersten Mal wich sie seinem Blick aus, als bringe sie der vertraute Ton, der sich in das Gespräch gemischt hatte, ein wenig in Verlegenheit.

»Sicher, ich kenne Sie nicht.« Ihre Antwort kam erst nach einer längeren Bedenkzeit. »Aber bei unseren Unterhaltungen zuvor, als Sie mir von Kanada berichtet haben, da stand mir ein anderer Mann gegenüber. Dessen bin ich mir sicher.« Sie holte tief Luft und knöpfte nun doch ihren Mantel auf. »Jedenfalls sollten Sie aufpassen.«

Wärme hatte sich im Raum ausgebreitet. Es roch nach dem Holz, das verbrannte. Christian taxierte seine Besucherin. »Aufpassen?«

»Dass Ihnen nicht wieder so etwas passiert. Sie müssen sich im Griff haben.« Vera machte eine Pause, ehe sie weitersprach: »Marcus hat gesagt, er wolle Sie nicht anzeigen. Aber er war noch sehr aufgeregt, und ich weiß nicht, wie er sich entscheidet, wenn er sich erholt hat und über diese Geschichte nachdenkt.«

»Er war nicht der Erste.« So leise war der Satz über Christians Lippen gekommen, als wollte er ihn gar nicht sagen.

»Was?« Ihre Augen weiteten sich. »Das können Sie doch nicht tun. Das *dürfen* Sie nicht. Sie schaden damit nur einem einzigen Menschen, und das sind Sie.«

Sie wechselten einen Blick.

»Zuvor hatte ich kein Messer benutzt, ich war ...«

»Das spielt keine Rolle«, unterbrach sie ihn besorgt. »Auch wenn ich Ihren Schmerz und Ihre Trauer nachempfinden kann, aber so etwas dürfen Sie einfach nicht noch einmal tun. Glauben Sie mir: Der Mann mit dem Messer, das war jemand anders. Das waren nicht Sie.«

»Ich weiß.« Er nickte, suchte erneut ihre Augen. »Sie sind sehr nett.«

»Als ich hierherkam, lag es ganz gewiss nicht in meiner Absicht, nett zu sein.« Ein verstecktes Lächeln huschte, vielleicht ganz und gar ungewollt, über ihr Gesicht. »Das können Sie mir wirklich glauben, Herr Falk.«

Auch Christian lächelte. »Möchten Sie etwas trinken? Ich könnte uns einen Kaffee machen.«

Im gleichen Tonfall wie zuvor erwiderte Vera: »Sie hätten fast den Mann umgebracht, mit dem ich zusammenlebe – und jetzt soll ich ein Tässchen Kaffee mit Ihnen trinken?« Erneut ein sanftes Schmunzeln. »Was würde wohl Marcus dazu sagen?«

»Der Mann, mit dem Sie zusammenleben.«

»Aus welchem Grund wiederholen Sie das so sonderbar?«

»Weil Sie nicht sagten: der Mann, den ich liebe.«

Sie straffte sich, versuchte damit wohl, wieder eine gewisse Distanz herzustellen.

»Bitte, Herr Falk, werden Sie nicht zu persönlich.«

»Wenn wir beide miteinander reden, habe ich immer das Gefühl, dass es etwas Persönliches ist.« Er war selbst erstaunt über seine Offenheit, fühlte überhaupt keine Müdigkeit mehr.

Sie maß ihn mit einem langen Blick und schwieg.

»Wie sieht es aus? Kaffee? Ja oder nein?«

Statt einer Antwort erhob sie sich. Auch sie wirkte keineswegs müde, die Gedanken schienen in ihrem Kopf umherzuschwirren.

Vor dem Küchenfenster hing noch immer die Nacht, das Morgengrauen schien nicht durchzukommen. Für einen absurden Moment erschien es Christian, als würde es nie wieder hell werden. »Sind Sie zu mir gekommen, um allein über diesen Vorfall zu sprechen?«, wollte er wissen.

»Selbstverständlich.«

»Nun ja, es ist nur ...« Christian suchte nach einem Anfang. »Manchmal habe ich das Gefühl, da wäre etwas, das Sie mir sagen ...« Er stoppte sich. Nein, das war nicht der richtige Moment, entschied er.

Vera knöpfte sich den Mantel zu. »Versprechen Sie mir«, ergriff sie das Wort, »dass Sie so etwas nicht mehr tun werden. Dass Sie das Messer nicht mehr anrühren.«

»Ich verspreche es.«

Sie strich sich eine Haarsträhne aus der Stirn.

»Es ist sonderbar«, sagte sie leise. Ihre Augen schimmerten.

»Was?« Immer noch sah er ihr an, wie fieberhaft sie überlegte. »Was bedrückt Sie? Doch ganz bestimmt nicht nur das, was heute Nacht geschehen ist.«

Vera schenkte ihm ein Lächeln, offener als je zuvor. »Es gibt vieles, was mich derzeit beschäftigt.«

»Habe ich damit zu tun?«

»Ich muss jetzt wirklich gehen.«

Sie lief den Flur hinab auf die Haustür zu, schien sich in der Dunkelheit aufzulösen, und er überlegte, ob er ihr etwas hinterherrufen sollte. Da drehte sie sich doch noch einmal um. Er meinte, ihre Augen ganz deutlich wahrnehmen zu können, obwohl es im Flur finster war.

»Wir werden noch einmal miteinander sprechen müssen«, sagte Vera Novian. Und dann setzte sie hinzu: »Du und ich, Christian.«

Die plötzliche Weichheit in ihrer Stimme hing noch in der Luft, als Vera längst schon nach draußen verschwunden war.

29

Es war noch dunkel, als er zurückkehrte.

Trotzdem war Margit natürlich bereits auf den Beinen, wie üblich, hellwach, bereit für die Anstrengungen des Tages, die mit dem Melken beginnen würden.

Sie verfolgte, wie er sich am Küchentisch niederließ, begleitet von einem tiefen Schnaufen. Nichts sagte er zu ihr, keinen Ton, er warf ihr nur einen kurzen Blick zu.

Bevor sie in die Ställe gehen musste, beeilte sie sich, ihm ein Frühstück zuzubereiten. Flink stellte sie eine Tasse dampfenden Kaffee, Brot, Butter, Sülze und Kompott vor ihn hin. Er schlürfte laut, rührte aber nichts vom Essen an.

Was hat er nur da draußen gemacht?, fragte sich Margit, während sie ebenfalls an einer Tasse nippte, wieder am Spültisch stehend. Was trieb ihn um? Über was dachte er unentwegt nach?

Sie erschrak beinahe, als Teggers Stimme die Stille zerbrach: »Ich bin müde.«

»Kann ich irgendetwas für Sie tun?«, wollte sie wissen, vorsichtig wie immer.

»Ich glaube, ich lege mich noch eine Weile aufs Ohr.« Tegger sah sie nicht an, stierte nur an die nackte Wand ihm gegenüber.

»Wie Sie möchten.« Sie musterte ihn von der Seite.

»Wirklich, ich bin müde, hundemüde.«

Jetzt war sie doch überrascht. Das war für ihn schon fast eine Plauderei, als hätte er es gerne, dass sie antworten, ihrerseits ein Gespräch suchen würde.

»Dann ruhen Sie sich aus«, schlug sie vor. »Ich kümmere mich um alles. Verlassen Sie sich darauf.«

Wiederum mit einem Schnaufen, stand er auf. »Haben

die Polizisten mit dir geredet?« Zum ersten Mal an diesem Tag richtete er seine Augen auf Margit.

Noch überraschter, musste sie erst einmal ihre Gedanken sortieren. Von dem merkwürdigen Plauderton war nichts mehr zu hören. »Die Polizisten?«

»Bist du schwerhörig?«

»Äh, nein«, verfiel sie in ein Stammeln. »Ich meine, die Polizisten haben nicht mit mir geredet.« Ihr wurde bewusst, dass sie ihre Verblüffung nicht verbergen konnte: »Warum fragen Sie, Herr Tegger?«

»Nur so«, brummte er. »Du weißt ja genau, um welchen Abend es geht.«

»Abend?«, wiederholte sie verwirrt.

»Du weißt doch«, schnarrte er ungeduldig, »weswegen die Polizisten im Dorf sind, oder etwa nicht?«

Eifrig nickte sie. »Sicher, sicher.«

»Und du weißt auch, dass ich an diesem einen bestimmten Abend im *Stolzen Hahn* war.«

»Aber ja, Herr Tegger, natürlich.«

»Sie werden dich nicht fragen.« Er stiefelte an Margit vorbei. »Aber falls sie es doch tun sollten, dann weißt du ja, was du zu sagen hast.«

»Natürlich, Herr Tegger, natürlich weiß ich das.«

An der Tür hielt er noch einmal inne. Er drehte sich zu ihr um, auf den Lippen eine Bemerkung, die er schließlich doch wieder hinunterschluckte. Tatsächlich, müde sah er aus. Mehr als das. Erschöpft. Kraftlos. Mit gesenktem Haupt verließ er die Küche.

Margit konnte sich keinen Reim auf seine Äußerungen machen, aber etwas daran hatte sie traurig gemacht. Sie trank einen letzten Schluck Kaffee. Es schmerzte sie, Tegger so zu sehen.

30

Vieles war ihr während des Gesprächs durch den Kopf gegangen. Ein Gedanke jedoch erwies sich als besonders hartnäckig. Ein Gedanke, den sie kaum weiterzudenken wagte, der unter ihrer Haut herumkroch wie ein glitschiger, beharrlicher Wurm. Als Christian Falk gefragt hatte, ob Marcus in der Mordnacht bei ihr gewesen sei, hatte sie sofort geantwortet. Ohne Zögern, ohne Abwägen, aus einem Reflex heraus.

Vera hatte Christian angelogen.

Fieberhaft hatte sie sich den Abend in Erinnerung gerufen, jenen Abend, als der Mord geschehen war. Sie war spät aus dem Verlag gekommen, ganz besonders spät, und die Fahrt ins Dorf hatte eine Ewigkeit gedauert. Es war beinahe Mitternacht gewesen, als sie endlich ihr Ziel erreichte. Und mindestens ebenso schwer wog die Tatsache, dass Marcus es gewusst hatte. Sie hatte es ihm im Vorfeld angekündigt, dass er gar nicht erst auf sie warten solle. Es war der Abend einer längst geplanten längeren Unterredung mit den Lektoren gewesen.

Ja, Vera hatte gelogen. Einfach so. Weil sie sich niemals hätte vorstellen können, dass Marcus, dass ausgerechnet Marcus ...

Jetzt, auf dem Rückweg von Falks Haus, kamen ihr die zahllosen Stunden in den Sinn, die Marcus in den vergangenen paar Monaten allein im Dorf verbracht hatte. So viele Stunden, so viele Abende, an denen Vera hatte länger arbeiten müssen, an denen sie bei Geschäftsessen mit Autoren, Verlagsmitarbeitern oder Journalisten zugegen gewesen war.

Der Gedanke kroch und kroch unter ihrer Haut umher.

War der Gewaltausbruch Christian Falks etwa keineswegs so unbegründet erfolgt, wie es ihr anfangs erschienen war?

Was hatte Marcus getan, wenn Veras Arbeitstage länger geworden waren, wenn ihm die Decke auf den Kopf gefallen war? Tatsächlich nur an seinem Roman geschrieben? Vera ging weiter, umgeben von der unerschütterlichen Stille des Dorfes.

Unwillkürlich musste sie daran denken, dass Marcus von den Polizisten aufgesucht worden war.

Ein kurzes Gespräch, wie er ihr achselzuckend berichtet hatte, nicht länger als drei oder vier Minuten. *Die haben nichts in der Hand, das ist für mich sonnenklar, und deshalb klappern sie jetzt die Haustüren einzeln ab ... Fantasielose Trottel ... Na ja, uns werden die nicht mehr behelligen.*

Vera hatte noch seinen überheblichen Tonfall im Ohr. Als hätte er die Worte eben erst ausgesprochen. In ihr hatte sich eine Kälte gebildet, die nicht nur mit dem anrückenden Winter zu tun hatte. Eine Kälte, die ihr Angst einjagte.

Die letzten Meter, ihr Haus ragte bereits vor ihr auf, dunkel, abweisend, und beinahe kam es ihr fremd vor. Sie schlüpfte durch den Eingang, achtete darauf, kein unnötiges Geräusch zu verursachen. Mantel aus, Schuhe aus. Sie ging die Treppe nach oben, Stufe für Stufe, und öffnete leise die Tür, die zum Schlafzimmer führte.

Da lag er. Das Gesicht entspannt, den Mund leicht geöffnet, fast vollständig in die Zudecke gerollt, ein bisschen wie ein kleiner Junge. Zweifelnd forschte sie in seinen Zügen, als könnte sie etwas darin entdecken, das ihr die ganze Zeit über verborgen geblieben war. Warum hatte er sich eigentlich so entschieden dagegen ausgesprochen, die Polizei wegen Christian Falks Messerattacke einzuschalten? Eine Reaktion, die nicht sehr nachvollziehbar erschien.

Lautlos zog Vera sich wieder zurück.

Kurz darauf, in der Küche, als das Teewasser kochte und graues Morgenlicht durchs Fenster floss, spürte sie noch immer diesen kriechenden Wurm unter ihrer Haut, diesen Verdacht, der sie so plötzlich erfasst hatte.

Sie setzte sich, stand aber gleich wieder auf, trat für einen langen Moment ans Fenster und kümmerte sich um den Tee. Wie viel Geduld sie Marcus gegenüber stets aufbrachte, sie konnte es manchmal selbst nicht glauben. Doch noch immer war sie überzeugt davon, dass sie beide eines Tages belohnt werden würden. Felsenfest war sie von seinem Talent, von seinem Können überzeugt. Auch davon, dass es ihm – sollte er tatsächlich einmal Erfolg als Schriftsteller haben – gleichfalls gelänge, ein ausgeglichener, zufriedener Mensch zu werden. Marcus war so begabt, so außerordentlich begabt, er war es wert, dass sie zu ihm stand. Trotz all der Streitereien, trotz all der Ärgernisse. Im Grunde hatte sie daran nie gezweifelt.

Und jetzt? Wie sah es jetzt aus? Gewiss, er konnte jähzornig sein, aber – ein Mörder? Nein, das konnte nicht wahr sein. Nicht einmal dass er die Hure besucht hatte, mochte Vera glauben. Nicht bevor sie wenigstens mit Marcus über alles gesprochen hatte.

Heute würde sie nicht im Verlag erscheinen, entschied sie spontan – rasch griff sie nach Mantel und Schuhen. Sie fuhr mit dem Automobil nach Barghude, um mit dem Telefon auf dem dortigen Postamt im Kranich-Verlag anzurufen und Bescheid zu geben, dass sie ein paar Tage nicht zur Arbeit kommen würde. Das war ohnehin kein schlechter Zeitpunkt für eine kurze Pause. Die anstrengende Verlagsarbeit für das Weihnachtsgeschäft war abgeschlossen. Besprechungen, Termine, Konferenzen, unvorhergesehene Änderungen – damit war für einige Wochen Schluss. Und in diesem Jahr war alles noch recht erfreulich abgelaufen. Vera und ihre Mannschaft hatten das geplante Programm konsequent umgesetzt, und wer zum Fest ein Buch verschenken wollte, stieß in den Buchhandlungen auf genügend Publikationen, die den Vogel zeigten.

Schon von Anfang an hatte der Kranich-Verlag Vera viel abverlangt, von der ersten Stunde an, als sie ihre Stelle als Aushilfskraft antrat.

Wie viel Zeit war doch vergangen, seit sie zum ersten Mal durch die Straßen in der Nähe des Hauptbahnhofs von Hannover gegangen war, auf der Suche nach der Verlagsadresse. Wie lange war das her? Eine Million Jahre?

Wenn man bedachte, wie viel sich im Verlag verändert hatte, war es wirklich ein kleines Wunder, dass dort selbst heute noch der gleiche Geruch in der Luft hing wie an ihrem ersten Tag, diese seltsame Mischung aus Moder und Staub, aus Vergessenheit und für immer verlorenen Geheimnissen.

Damals war es ihre erste Stelle seit Monaten gewesen – Monate, die äußerst beschwerlich für sie gewesen waren. Endlich wieder Arbeit, endlich konnte sie wieder Geld verdienen.

Der Müllberg – das war das Erste, was sie vom Kranich-Verlag kennenlernen sollte. Oder zumindest das, was sich am tiefsten in ihre Erinnerung eingraben würde. Ihre wichtigste Aufgabe war es, die aus allen Teilen des Landes eintreffenden Manuskripte entgegenzunehmen und zu katalogisieren – und anschließend im sogenannten Müllberg zu verstauen.

Natürlich handelte es sich dabei nicht wirklich um einen Berg, sondern einen bestimmten Raum im Kellergeschoss. Hier ruhten die Manuskripte, und das in schier unglaublicher Anzahl. Erstaunt stand Vera in dem schmalen Zimmer, von links und rechts eingezwängt von Regalen, die bis zur Decke reichten und unter der Last der mit Schreibmaschine beschriebenen Seitenbündel zusammenzubrechen schienen.

Vom ersten Moment an war sie von einer sonderbaren Faszination ergriffen. Einer Faszination allerdings, mit der sie ziemlich allein war. Für alle anderen Angestellten des Kranich-Verlags war dieser Raum offensichtlich ohne jegliche Bedeutung. Und dabei hatte Vera zunächst gedacht, hier würde gewissermaßen das Herz des Verlags schlagen.

Das Katalogisieren und Ablegen der Manuskripte nahm nur einen geringen Teil ihrer Arbeitsstunden in Anspruch. Vera musste aufräumen, Kaffee kochen, Aschenbecher leeren, Hauspost verteilen, Besprechungsprotokolle schreiben, Hausmitteilungen abtippen und ans Schwarze Brett hängen.

Sie verdiente nicht viel, aber das Leben inmitten dieses dreistöckigen Gebäudes aus dem vergangenen Jahrhundert strahlte etwas aus, das ihr auf unbestimmbare Weise zusagte – die Geschäftigkeit, die nie in Hektik verfiel, die guten Manieren selbst bei großer Belastung, die langen, mit abgenutzten Läufern ausgelegten Flure, die schweren Bürotüren, von denen Vera nie so recht wusste, zumindest *noch* nicht, welche Räder hinter ihnen ineinandergriffen.

Doch schon gab es wieder Grund zur Sorge. Den bedrückten Mienen anderer Angestellter und ab und zu hingeworfenen Bemerkungen entnahm sie, dass es dem Verlag nicht sonderlich gut ging. Andererseits konnte man auch fragen, welches Unternehmen derzeit keinen Grund zur Klage hatte – noch immer sah Vera die Schlangen Hungernder, Arbeitssuchender und deren leere resignierende Augen.

An Toni Nachtweih dachte Vera nicht mehr. Es gefiel ihr im Verlag, besser als jede andere Arbeit davor, abgesehen vielleicht vom Romanevorlesen bei Frau Lenauer, aber das sah sie schon längst nicht mehr als *Arbeit* an.

Und der Müllberg strahlte weiterhin eine unerklärliche Anziehungskraft auf sie aus. Gelegentlich, wenn sie alle ihre Aufgaben erledigt hatte, schlich sie heimlich in den dunklen muffigen Raum. Sie besah sich einzelne Romane oder Erzählungen genauer, ohne Ehrfurcht, aber doch mit einer inneren Spannung, las hier und da ein paar Zeilen, zwei, drei, vier Absätze. Es herrschte eine eigenartige Atmosphäre, wenn sie dort war, ganz allein, sie hätte es selbst nicht beschreiben können.

Wenn auch jeder Mitarbeiter es sich nicht nehmen ließ, abfällige Bemerkungen über die Unmenge an eingeschickten Romanen, Stücken, Gedicht- oder Kurzgeschichtensammlungen zu machen, so gab es nur drei ältere Herren, die sich wirklich ein Urteil erlauben durften. Vera lernte sie der Reihe nach kennen, und schon bald beneidete sie sie um ihre Aufgabe. Während die Zahl der ungelesenen Einsendungen in ziemlich rasantem Tempo zunahm, schien es bei den gelesenen kaum voranzugehen. Und das, obwohl die drei Herren, im Verlag halb ehrfurchtsvoll, halb spöttisch die drei Weisen genannt, sich offenkundig mit dem Prüfen der schriftstellerischen Ergüsse nicht viel Zeit nahmen – in der Regel schon innerhalb einer halben Stunde wurde den Manuskripten ein Zettel beigelegt, auf den ein einziges Wort gestempelt war: *NEIN*.

Vera bemühte sich, jede Einzelheit dieses immer gleichen Ablaufs so genau wie möglich zur Kenntnis zu nehmen. Nichts durfte ihr entgehen. Als sie Frau Lenauer von ihrer neuen Stelle erzählte, freute sich die alte Dame mit ihr. Das Studium hatte dennoch weiterhin Vorrang, und Vera kam gut voran.

Besonders bemerkenswert war für Vera die Tatsache, wie wenigen der angebotenen Werke der berüchtigte Stempel erspart blieb. Zunächst schätzte sie, dass es etwa jedes hundertste war; dann kam sie zu dem Schluss, es könne höchstens jedes vierhundertste sein. Was den Müllberg sogar noch eindrucksvoller, wenn nicht beklemmender erscheinen ließ. Wieder und wieder verschwand sie in dem Raum.

Intuitiv begann sie zu verstehen, was zwischen den Zeilen stand, was durch den Klang der Wörter und Sätze im Verborgenen lag, aber wenn man ein Gespür dafür hatte, eben doch schemenhaft aufschimmerte: der Verfasser der vielen Zeilen, der Mensch, der seine Energie, seine Zeit, seine Leidenschaft dafür hergegeben hatte. Sie versuchte sich vorzustellen, wie diese Unsichtbaren aussahen, von denen es offensichtlich mehr gab, als sie je vermutet hätte, in welchem Winkel des Lebens sie sich aufhielten, sie mutmaßte sich in ihre Träume und Ängste hinein, sah die Enttäuschungen voraus, die sie erwarten würden. Egal, wie stümperhaft, wie unglaubwürdig, wie albern, wie – alles in allem – *schlecht* das war, was sie gerade las, Vera vermied es von Anfang an, sich auch nur einen Anflug von Spott zu erlauben. Eine Tugend, die sie für immer bewahren sollte. Erwies sich etwas in ihren Augen als unbrauchbar, dann war es – unbrauchbar, nicht mehr, nicht weniger. Der Begriff Müllberg existierte nicht für sie.

Eines Tages wurde sie in das Büro eines Vorgesetzten namens Reuschler gerufen. Ohne Umschweife erklärte er ihr, sie solle nicht so viel Zeit mit dem Müllberg verschwenden. Sie sei nicht eingestellt worden, um heimlich Nickerchen zu halten oder was immer sie dort mache.

Vera war zu verblüfft, um sich zu verteidigen. Ihre Wangen brannten, als sie das Büro verließ.

An der Universität brachte sie wichtige Klausuren erfolgreich hinter sich, sie besuchte Frau Lenauer – und sie ging *nicht* mehr zum Müllberg. Jedenfalls zunächst. Dann, nach höchstens zwei Wochen, verschwand sie zum ersten Mal wieder in der engen Kammer: Sie begann, Manuskripte mit nach Hause zu nehmen, um sie dort in aller Ruhe zu lesen. Dabei handelte es sich nicht unbedingt um diejenigen, die es ihr angetan hätten – was ohnehin nur auf äußerst wenige zutraf –, sondern um solche, die irgendwie aus der nicht nachlassenden Flut an Einsendungen herausragten, die schlicht und einfach *anders* waren, was immer das auch bedeuten mochte. Dass sie dabei die Arbeitsstelle aufs Spiel setzte, auf die sie so lange gewartet hatte, war ihr bewusst – sie tat es trotzdem, und auf befremdliche Weise genoss sie dieses Spiel mit dem Feuer.

Neue Gerüchte drangen durch, lauerten jeden Morgen aufs Neue auf die Verlagsmitarbeiter. Schlechte Zeiten, hieß es, sehr schlechte Zeiten, ganz schlechte

Zeiten. Die Ersten wurden entlassen – Vera befand sich nicht darunter. Das Überleben des Verlags stand auf der Kippe, das war offensichtlich. Es war eine Zeit flirrender Ungewissheit.

Morgenfröste, anhaltende Regenschauer und dicht über den Dächern Hannovers klebende schwarze Wolken. Vera arbeitete weiterhin viel – für ihr Studium und im Verlag. Sie nahm Manuskripte mit nach Hause, nach wie vor, las ganze Nächte hindurch, ohne dass sie am nächsten Morgen sonderlich müde gewesen wäre. Es war merkwürdig, aber sie hatte ein Gefühl, als verfüge sie über unerschöpfliche Kraftreserven, als *könne* ihr gar nichts passieren. Nicht einmal, als es zu weiteren Entlassungen kam, änderte sich ihre Einstellung. Sie machte weiter, unbeirrt, während viele andere ihr Studium brachliegen lassen mussten, weil der Vater plötzlich arbeitslos war oder weil sich keine Nebenbeschäftigungen mehr auftreiben ließen.

Der Kranich schien von einer unsichtbaren Faust gepackt worden zu sein, die ihm langsam die Luft abwürgte. Es war allein das Weihnachtsgeschäft, das das Schlimmste verhinderte. Und das, obwohl kaum jemand Geld zu haben schien für Geschenke und die Monate November und Dezember dem Verlag weniger Umsatz einbrachten als in den Vorjahren.

In den ersten Tagen des neuen Jahres verbrachte Vera Stunde um Stunde in den verstaubten Bibliotheken, sie wälzte Bücher, die beinahe auseinanderfielen, wenn sie sie aus den Regalen zog, so viele Studenten vor ihr hatten schon mit ihnen gerungen. Weitere entscheidende Klausuren standen an, aber Vera blieb zuversichtlich. Sie fühlte, dass sie bereits auf der Zielgeraden war, und das gab ihr zusätzlichen Auftrieb.

Auch der Kranich schien so etwas wie Auftrieb zu bekommen – keine neuen Entlassungen, keine neuen Sorgenfalten. Vera kam gut durch die Klausuren, *alles* schien gut zu laufen – da wurde sie zum zweiten Mal in das Büro von Herrn Reuschler beordert.

»Ich weiß Bescheid«, verkündete er ohne Umschweife. Er wisse alles, wisse ganz genau, dass sie Manuskripte an sich nehme. Weitere Sätze folgten, vorgetragen von einer spröden Stimme.

Er setzt mich vor die Türe, sagte sich Vera. Sie hörte nicht mehr hin, wartete nur noch auf so etwas wie *Raus hier! Und auf Nimmerwiedersehen!* Aber auf einmal wollte Reuschler wissen, in welchem Manuskript sie zuletzt gelesen habe.

Vera antwortete wahrheitsgemäß.

»Und«, sagte er, »zu welchem Urteil sind Sie gekommen?«

Vera starrte ihn nur an.

Er wiederholte seine Frage.

»Ja, sehen Sie, Herr Reuschler«, begann sie zögernd, »ich finde ...« Und während sie weitersprach, spürte sie ganz deutlich, dass die optimistische Stimmung der letzten Tage sie nicht getrogen hatte. Sie wusste es endgültig, als sich ein Lächeln in Reuschlers Züge schlich. Nie zuvor hatte sie diesen Menschen lächeln gesehen.

Sie sprach höchstens zwei oder drei Minuten über das Werk, einen im Stile der sogenannten *Neuen Sachlichkeit* geschriebenen Roman, der im Großen Krieg und in den Jahren danach spielte.

Immer noch schmunzelte Reuschler.

»Sie wollen mich also nicht entlassen?« Vera sah ihn offen an.

»Nein.« Er erwiderte ihren Blick. »Mir scheint, Sie verfügen über einen wachen Verstand. Und auf den möchte ich nicht verzichten.«

Vera verließ sein Büro mit dem sicheren Gefühl, dass sie sich über dieses kurze Gespräch freuen durfte.

Das Weihnachtsgeschäft war lange vorbei, und das alte Problem kam zurück. Zu wenige Exemplare der Kranich-Bücher wurden verkauft. Der Sommer stand bevor, und die Gerüchte wurden täglich beängstigender. Neuerliche Entlassungen folgten. Offenbar war diesmal auch Vera im Gespräch, den Verlag verlassen zu müssen. Doch von einer Kollegin erfuhr sie, dass Reuschler sich für sie eingesetzt hätte. Sie wusste nicht, ob das stimmte, andererseits hatte es Reuschler zur Gewohnheit werden lassen, Vera nach ihrer Meinung zu bestimmten Manuskripten zu fragen.

Die Situation des Verlags wurde immer düsterer, als ein mysteriöser Fremder auftauchte. Besser gesagt, sein Name: Viktor Novian. Denn ihn persönlich sah man nie. Wie es hieß, würde er sich einkaufen und dem Kranich die nötige Finanzspritze verpassen – und damit den Verlag vor einem traurigen Ende bewahren. Ja, ein Retter. Genau zur rechten Zeit.

Für Vera standen in jenen Tagen die Abschlussprüfungen an, und ausgerechnet jetzt hatte Reuschler sie gebeten, noch öfter auszuhelfen. Der Verlag bestand mittlerweile nur noch aus einem runden Dutzend Mitarbeitern. Vera war froh, nach wie vor dazuzugehören, aber auf der anderen Seite wusste sie, wie aufwendig die Vorbereitung auf die Prüfungen sein würde.

Tagsüber war sie stundenlang im Verlag beschäftigt, abends lernte sie, oft bis in die Nacht, und natürlich auch an den Wochenenden. Sie bekam dunkle Ringe unter den Augen, aber nichtsdestotrotz fühlte sie diesen Elan, der in ihr war, seit sie im Verlag Fuß gefasst hatte.

Eine Abschlussprüfung nach der anderen nahm sie mit Bravour, und sie hätte am liebsten die ganze Welt umarmt. Sie atmete durch, kam sich vor, als hätte sie den höchsten Gipfel der Welt bestiegen.

Kurz darauf im Verlag – sie war in großer Eile, beladen mit neu eingetroffenen Manuskripten, hastete sie einen Flur entlang und prallte dabei mit vollem Schwung gegen einen Mann. Er verlor seine Brille und landete auf dem Boden.

Der Fremde rappelte sich auf, suchte seine Brille, Vera sammelte die verstreuten Seiten ein. Dann standen sie einander gegenüber. Sie betrachtete ihn: ein kleiner, fast zierlicher Mann mit schütter werdendem Haar und kleinen, lustigen, blinzelnden Augen über rot leuchtenden Wangen. »Tut mir leid, tut mir leid«, murmelte er immer noch, wobei er seine Brille aufsetzte, eine – wie Vera fand – Kleine-Jungen-Brille mit winzigen runden Gläsern.

Auf einmal tauchte Reuschler auf. »Herr Novian«, rief er, »darf ich Ihnen jemanden vorstellen, der meines Erachtens vor einer großen Zukunft in unserem Hause steht? Das ist Vera Tegger. Ich berichtete Ihnen bereits von ihr.«

Der kleine Mann sah sie mit seinen kleinen Augen an – und zeigte ein herzliches Lächeln. »In der Tat«, nickte er. »Ich habe schon Beachtliches von Ihnen gehört, Fräulein Tegger. Sehr erfreut – mein Name ist Novian.«

»Sehr erfreut«, sagte auch Vera und musterte den Herrn eingehender. So sahen also *Retter* aus, wunderte sie sich. Und doch hinterließ Viktor Novian schon bei dieser ersten Begegnung einen tiefen Eindruck auf sie. Sein heiteres, gelassenes, äußerst zuvorkommendes Wesen war gepaart mit einer Entschlossenheit, die nicht leicht zu erkennen war.

Vera allerdings erkannte genau diese Stärke. Eine Stärke, die sie schätzte, schließlich war sie selbst von ihr bis in die Haarspitzen durchdrungen.

Geräusche aus dem oberen Stockwerk verdrängten die Erinnerungen an jene Tage, brachten Vera zurück in die Gegenwart. Schritte über ihr, das Quietschen einer Tür. Marcus war aufgestanden.

Vera nippte an ihrem Tee und lauschte angespannt den Schritten. Er kam die Treppe herunter, benutzte die Toilette, dann ging er zurück nach oben, wohl um sich erneut hinzulegen und den Schrecken der letzten Nacht zu verdrängen.

Alles ruhig. Grabesstille. Vera atmete durch. Sie gestand sich ein, wie erleichtert sie war, dass sich das nächste Aufeinandertreffen mit ihm noch etwas hinausziehen würde.

Ein weiterer Schluck von dem kalt gewordenen Tee. Sie steckte sich eine Zigarette an – und im nächsten Moment betätigte jemand den Klopfer an der Haustür.

Verwundert über die Störung, machte sie sich daran zu öffnen. Von oben drang nach wie vor kein Laut zu ihr. Marcus schlief tatsächlich wieder.

Sie zog die Tür auf und wusste sofort, dass ihr das Erstaunen ins Gesicht geschrieben stand.

Zwei Männer in Mänteln und Hüten.

Sie kannte sie nicht, jedoch war ihr klar, um wen es sich dabei handeln musste.

»Guten Morgen«, wurde Vera gegrüßt, und sie nickte den Fremden wortlos zu.

»Entschuldigen Sie die Störung«, sagte einer der Männer.

»Falls Sie noch einmal mit Herrn Sartoris sprechen möchten«, erwiderte Vera, »muss ich Sie leider bitten, ein anderes Mal wiederzukommen.«

»Er ist nicht hier?«

»Er ist ...« Ein kurzes Zögern. »Er ist verhindert. Ihm geht es nicht gut.«

Die Männer lächelten unverbindlich. »Dann würden wir gerne die Gelegenheit nutzen, um uns mit Ihnen zu unterhalten.«

»Mit mir?«

»Sie sind doch Frau Vera Novian?«

»Ja, bin ich.«

»Dürften wir eintreten?«

Vera sah die Beamten an. Was sollte sie sagen, wenn es bei dem Gespräch auf den entscheidenden Abend kommen würde? Hatte Marcus ausgesagt, sie beide wären zusammen gewesen, obwohl Vera in Wirklichkeit erst sehr spät aus Hannover zurückgekehrt war?

Vera machte einen Schritt zur Seite, um die Polizisten hereinzulassen.

Was hatte Marcus den beiden erzählt? Wie war die Befragung mit ihm verlaufen?

Auszug eines schriftlich festgehaltenen Gesprächs der Kriminalpolizei Barghude mit: Marcus Theodor Sartoris, ohne Anstellung (nach eigenen Angaben Dichter und Romanschriftsteller)

Frage: *Sie waren demnach kein Kunde der Ermordeten?*

Antwort: Als ob ich so etwas nötig hätte. *(lacht)* Vollkommen aberwitzig, dieser Gedanke. Nein, die Kleine habe ich gern den Bauerntrampeln überlassen.

Frage: *Wem, bitte?*

Antwort: Ach, hören Sie doch auf. Man muss sich hier ja nur einmal umsehen. Nichts als Inzucht. Rückständige Bauerntrampel. Na ja, und einer von denen ist dann genau im falschen Moment übergeschnappt.

Frage: *Haben Sie da jemand Bestimmtes im Blick?*

Antwort: Ich? *(lacht)* Ich bitte Sie – natürlich nicht. Ich bin froh, wenn ich mit denen nichts zu tun habe. Irgendeiner von diesen Steinzeitmenschen hat sie abgemurkst. So schnell, wie er sonst ein Schwein schlachtet.

Frage: *Kann es sein, dass Sie zu Jähzorn neigen?*

Antwort: Was? Ich? Das ist lächerlich. Von wem haben Sie diesen Unsinn?

Frage: *Sie behaupten, dass Sie niemals die Ermordete besucht haben?*

Antwort: Und ob ich das behaupte!

Frage: *Also auch nicht am Tatabend?*

Antwort: Nein, nein und nochmals nein.

Frage: *Dann kann also von Ihnen auch nichts am Tatort sichergestellt worden sein?*

Antwort: Sichergestellt? Von mir? Was denn?

Frage: Etwas, das man schnell mal verlieren oder vergessen kann. Zum Beispiel einen Knopf, ein Taschentuch, einen Schal. Oder ...

Antwort: Meinen Schal finden Sie in der Garderobe. Und wenn das eine Falle, ein Witz oder sonst etwas Geschmackloses sein soll, dann ersuche ich Sie darum, so etwas zu unterlassen.

Frage: Oder einen Fingerabdruck?

Antwort: Unmöglich. Völlig unmöglich.

Frage: Wirklich?

Antwort: Ich sage jetzt gar nichts mehr.

Frage: Wo waren Sie an dem Abend, als es zu dem Mord kam?

Antwort: Zu Hause. Ich habe gearbeitet. Wie immer. Ich bin Schriftsteller.

Frage: Kann jemand bezeugen, dass Sie zu Hause waren?

Antwort: Selbstverständlich. Vera Novian.

Frage: Kann das sonst noch jemand bezeugen?

Antwort: Eine Person dürfte doch wohl reichen.

Frage: Haben Sie Angst?

Antwort: Nicht im Geringsten.

31

Alles war so, wie sie es sich gewünscht hatte. Die Festung war gestürmt, die Festung war eingenommen. Und trotzdem – glücklich war Margit keineswegs. Nein, das war sie nicht. Zu früh gefreut, sagte sie sich in Gedanken, mit einem bitteren Geschmack auf den Lippen.

Außer dass sie morgens im selben Bett aufwachte wie er, hatte sich nichts geändert. Gar nichts. Früher war es anders gewesen. Zwar hatte sie ihn gefürchtet, zumindest manchmal, zumindest ein wenig, und das, obwohl sie alles andere als ein ängstlicher Mensch war, doch im Großen und Ganzen hatte sie sich auf ihn eingestellt gehabt. Seine Launen, seine barsche Art, sein gelegentlich geradezu bösartiger Humor, all das hätte manch andere oft genug ins Schwanken gebracht, nicht aber sie, sie hatte durchgehalten. Margit hatte alles ertragen, erduldet, die Stürme ohne Klagen über sich hinwegtoben lassen, um eisern ihren Platz, so bescheiden der auch sein mochte, zu behaupten. Und jetzt?

Er hatte sich verändert, *wirklich* verändert, und nichts hätte Margit unerwarteter treffen können. Als hätten die Jahreszeiten beschlossen, ihre übliche Reihenfolge durcheinanderzuwerfen. So lächerlich es ihr jetzt auch vorkam, aber Tatsache war, dass ihr der *alte* Tegger lieber gewesen wäre. Von ihr aus hätte er sogar noch mürrischer, noch aufbrausender sein können, wenn er nur nicht so …

Sie fühlte sich weiter von ihm entfernt als je zuvor, obwohl sie die räumliche Trennung gerade erst überwunden hatte. In all den Jahren, die sie ihn kannte, war er einfach Tegger gewesen. In seiner Unnahbarkeit war er immer geradeaus gewesen, ein Mensch wie ein Felsmassiv. Jetzt nicht mehr, irgendetwas war anders an ihm.

Vera.

Noch immer war der Klang seiner Stimme in ihrem Ohr, in jenem Moment, als er den Namen seiner Tochter genannt hatte – dieser Klang, der so gar nicht zu ihm passte. Wenn sie nur mehr wüsste, mehr über sein Verhältnis zu Vera Novian. Irgendwann in der Nacht war Tegger aufgestanden, um den Hof zu verlassen. Margit war erwacht, hatte es gehört und sofort gewusst, wohin sein Weg ihn einmal mehr führen würde. Schon wieder ins Dorf, zu dem Haus seiner Tochter.

Margit beobachtete ihn vom Fenster aus, wie er eben aus einem der Ställe kam, begleitet vom stumpfsinnigen Blöken des Viehs. Das schwache Licht des trüben Frühnachmittags hüllte ihn ein. Seit seiner Rückkehr aus dem Dorf hatte er trotz seiner unübersehbaren Müdigkeit höchstens eine Stunde geschlafen. Und noch immer nichts gegessen. Sie dachte an das seltsame Gespräch mit ihm zurück, kurz bevor er sich hingelegt hatte. Bislang hatte er kein einziges Wort über den Mord verloren – und auf einmal diese Bemerkung über die Polizisten. Margit nahm sich vor, wachsam zu sein.

Wie bereits die ganze letzte Zeit über machte Tegger auch in diesem Moment einen verdrossenen Eindruck – für andere war das wahrscheinlich nicht einmal erkennbar, Margit allerdings sah es an jedem einzelnen seiner Schritte, daran, wie er die Arme vom Körper baumeln ließ.

Nun blieb er stehen, mitten auf dem Hofgelände, massig und stiernackig, die Mütze zerknautscht über der gerunzelten Stirn, der Mann, um den ihr Leben kreiste.

Ja, ihr Leben. Wen sah sie, wenn sie über sich selbst, über ihre Vergangenheit nachdachte? Ein Mädchen, das jeden Morgen früh aufstehen musste, barfuß über gefrorenen Boden tapste, sich noch einmal rasch hinlegte, nur für ein paar Sekunden, auf eine Stelle, wo kurz zuvor vielleicht noch eine Kuh geruht und ein wenig Körperwärme zurückgelassen hatte. Ein Mädchen, für das die Aussicht auf eine Tasse Milch und eine Schale Kartoffelsuppe am Abend etwas war, das zwölf Stunden Schinderei lohnenswert erscheinen ließ. Was sah sie noch, woran konnte sie sonst noch denken? An ihre großen Füße, an ihre stämmigen Beine, an ihr breites Gesicht.

Doch zu Selbstmitleid hatte sie nie geneigt – nicht einmal in den wenigen Augenblicken, in denen sie dazu Zeit gehabt hätte. Im Grunde wollte sie auch gar keine andere sein, sie interessierte sich nicht für Kleider, für Stickereien, und die Ahnung von alldem, was die Welt anderen Frauen bieten mochte, löste keine Sehnsucht in ihr aus. Sie war keine Schwärmerin, weiß Gott nicht.

Immer noch stand sie am Fenster, seitlich, im Verborgenen, immer noch beobachtete sie ihn. Er setzte sich wieder in Bewegung. Sie hörte das schwere Schloss der Haustür, und Sekunden später stand er in dieser riesigen, dunklen, niedrigen Wohnküche, nur ein paar Schritte von ihr entfernt. Ein Brei aus Schnee und Schmutz rutschte von seinen Schnürstiefeln, um auf dem Boden einen Ring um ihn zu bilden. Er sah sich um, als erwarte er, ein Gespenst könne irgendetwas vom gewohnten Platz an einen anderen gestellt haben, und auf dem Weg, den sein Blick dabei zurücklegte, war Margit nur einer in einer Reihe von Gegenständen. Dann nahm er Platz.

»Sie sind bestimmt noch müde, oder? Sie hätten sich noch länger ausruhen sollen.«

Sie. Noch immer dieses *Sie*. Margit konnte sich überhaupt nicht vorstellen, ihn auf vertrautere Weise anzusprechen.

Tegger gab keine Antwort.

Worüber grübelte er nach?, fragte sich Margit.

Auszug eines schriftlich festgehaltenen Gesprächs der Kriminalpolizei Barghude mit: Vera Novian (geb. Tegger), Verlagsleiterin

Frage: *Den fraglichen Abend verbrachte Herr Marcus Sartoris also gemeinsam mit Ihnen? Und zwar zu Hause?*

Antwort: Ja, wie ich es gerade sagte.

Frage: *Es tut uns leid, dass wir so hartnäckig sind. Sehen Sie, ein Mensch ist gewaltsam zu Tode gekommen. Wir müssen mit Bedacht vorgehen und dabei leider auch völlig unbescholtene Bürger wie Sie belästigen. Insbesondere, wenn es um ein derartiges Verbrechen geht. Daher stelle ich Ihnen erneut die Frage: War Herr Sartoris den ganzen Abend zu Hause?*

Antwort: Ja. Den ganzen Abend.

Frage: *Gemeinsam mit Ihnen?*

Antwort: Ja.

Frage: *Er verließ das Haus nicht? Nicht für eine Minute?*

Antwort: Nein.

Frage: *Auch vor Gericht würden Sie das bezeugen?*

Antwort: Ja, das würde ich. Das heißt …

Frage: *Bitte? Sie möchten noch etwas sagen?*

Antwort: Ja.

Frage: *Und was, bitte?*

Antwort: Ich war sehr spät zu Hause. Also an diesem bestimmten Abend.

Frage: *Sehr spät? Wie spät?*

Antwort: Genau weiß ich das nicht mehr.

Frage: *Später als – sagen wir – elf Uhr?*

Antwort: Später, ja.

Frage: *Demzufolge wäre Herr Sartoris eine ganze Weile allein im Haus gewesen? Wollen Sie das damit zum Ausdruck bringen?*

Antwort: Ja.

Frage: *Sie können also keineswegs bezeugen, dass er den ganzen Abend zu Hause verbracht hat?*

Antwort: Nein, das kann ich nicht.

32

Etwas schob sich auf ihn zu, etwas nahezu Konturenloses, der diffuse Schatten einer Gestalt.

Er blinzelte gegen das bleiche, durch das kleine Fenster einfallende Licht und nahm im Unterbewusstsein die Kälte wahr. Wo war er überhaupt?

Die Gestalt näherte sich und starrte auf ihn hinab.

»Was ist los?«, keuchte Christian Falk, nun endgültig wach. Er starrte in Abels unergründliche Miene.

»Nichts ist los«, antwortete der Alte. »Du bist am Tisch eingeschlafen.«

Sie befanden sich in Abels Hütte. Christian war tatsächlich eingenickt, erdrückt von den Dämonen, die immerzu wie ein Schwarm Raben über ihm kreisten. Es musste längst Nachmittag sein.

Die Bilder der letzten Nacht kehrten zurück. Vera Novians Haus, der Mann, mit dem Vera zusammenlebte, die Angst in dessen Gesicht. Und – Tegger. Anschließend der Heimweg in der trostlosen Dunkelheit, die Leere des Hauses. Und dann Vera. Ihr Erscheinen hatte ihn überrumpelt. Das Gespräch mit ihr ... *Du und ich, Christian,* hatte sie ihm zugerufen. *Wir werden noch einmal miteinander sprechen müssen.* Auch das hatte sie gesagt.

Nachdem sie sich verabschiedet hatte, war sofort wieder die Leere über Christian gekommen, kalt und mächtig, um ihn nach draußen zu vertreiben. Und wie immer in letzter Zeit, wenn es kein Ziel für ihn gab, führte ihn sein Weg zu der alten Hütte.

Bei seinem Eintreffen war sie leer gewesen – von ihrem Besitzer keine Spur.

»Du warst nicht hier«, sagte Christian jetzt zu Abel.

»Ich wollte einfach nicht zu Hause sein.«

»Schon gut.« Abel streifte sich die Ballonmütze vom Kopf.

Die Nutzlosigkeit des eigenen Unterfangens, das Unüberlegte an seinen Handlungen, die Ungewissheit, all das überfiel Christian jetzt geradezu. Offenbar hatte die Verzweiflung seinen Verstand niedergerungen, er war vorangestürmt, ohne einen richtigen Ansatzpunkt zu haben, die ganze Zeit schon, er hatte sich eingebildet, durch hingeworfene Bemerkungen auf die entscheidende Spur gelangen zu können, mehr zu erfahren.

Und? Rein gar nichts hatte er erfahren. Nach wie vor gab es den Punkt nicht, an dem er hätte ansetzen können.

Was war mit Vera Novians Liebhaber? War er *doch* die richtige Spur? Diese nackte Furcht in den Augen des Mannes, als hätte er beinahe mit Christians Auftauchen gerechnet.

Oder bildete sich Christian das lediglich ein?

Er ließ die vergangenen Tage Revue passieren, diese zwölf langen Tage, die seit dem Mord vorbeigezogen waren. Mittlerweile hatte man ihn viermal befragt. Die letzten Gespräche waren zusehends unfreundlicher und hitziger verlaufen. Man hatte ihn also immer noch auf der Liste. Sein Alibi, bestätigt von einem halben Dutzend Arbeitskollegen in der Barghuder Fabrik, war allerdings durch nichts zu erschüttern gewesen.

In der Kammer, in der Choya ihre Kunden empfangen hatte, waren wohl doch keine verwertbaren Fingerabdrücke gefunden worden, obwohl so viele Männer mindestens einmal dort gewesen sein mussten. Christian hatte das einigen knappen Andeutungen der

Beamten entnommen – und ihn erstaunte das nicht einmal. Diese Polizisten wirkten nicht sonderlich erfahren, zumindest für seine Begriffe. Wie viele Mordfälle mochten sie bereits bearbeitet haben? Barghude war letzten Endes auch nichts weiter als ein größeres Dorf. Und wer konnte schon sagen, ob die Spurensuche tatsächlich fachmännisch durchgeführt worden war? Zudem wusste Christian, wie gründlich Choya immer gesäubert hatte, unverzüglich nach dem Verschwinden jedes einzelnen ihrer Kunden. Und die Männer, die sie besuchten, hatten wohl so gut wie nichts angefasst. Nicht einmal die Türklinke. Nichts außer Choya.

Nein, die Polizei hatte nichts in der Hand, das stand für Christian inzwischen außer Frage.

Und er selbst hatte erst recht nichts in der Hand.

Christian richtete sich auf dem kleinen schiefen Hocker auf, streckte die Arme und fühlte das Messer – es steckte nach wie vor hinter seinem Gürtel. Er hatte es mit hierher gebracht, um es wieder in Abels Truhe zu verstauen. Und dann einfach nicht mehr daran gedacht. Er gähnte und rieb sich die Hände, sie waren eiskalt. Sein Blick fiel auf Abel, der ein Feuer in dem kleinen Bollerofen entfacht hatte, und sich nun den Mantel von den Schultern streifte. Mit steifen Bewegungen legte sich der Alte auf seine Liege, um ausdruckslos zur Decke zu starren. Offenbar war er, wie so oft, ganz woanders.

Christian stellte sich an den Ofen, aus dessen offener Luke die Flammen züngelten, und wärmte die Finger.

Diese Vorwürfe. Immer und immer wieder. Seit jenem Moment, als er nach Feierabend und den dreißig Kilometern von der Metallfabrik in Barghude zu Hause angekommen war, begleiteten sie ihn. Er hatte sein Rad abgestellt – und Choya war nicht da gewesen. Nach Ende seiner Nachtschicht, in den frühen Morgenstunden, hatte sie sonst immer im Bett gelegen, nicht schlafend, sondern von seinem Auftauchen kurz geweckt, und sie hatte ihm stets etwas zugerufen, etwas Liebes, etwas, das seine Heimkehr schöner machte.

Als er sie schließlich gefunden hatte, auf der Erde liegend, etwas außerhalb des Dorfes, unweit des Friedhofs, war es, als wäre er selbst gestorben, gemeinsam mit ihr.

Jetzt hielt er seine Hände so nah an die Flammen, dass es schmerzte.

Abel lag noch immer unverändert auf der Liege. Vom Dorf her konnte man das Schlagen der Kirchturmuhr hören. Windböen pfiffen, zerrten an der Hütte.

Christian schloss die Augen, hörte nur auf das Rauschen der Baumwipfel, und sogleich hatte er das Gefühl, wieder dort zu sein, in Kanada. In jenen Tagen, als sich der Wald rund um das Holzfällerlager zu färben begann. Das satte saftige Grün wurde abgelöst von einem wahren Rausch aus Gelb, Rost, Zinnoberrot und Ocker. Auch wenn der Herbst das Ende der Holzfällersaison bedeutete, hatte sich Christian nicht an seiner Schönheit sattsehen können. »Choya«, sagte er, »dieses Land ist einfach unglaublich.«

»Die *Natur* ist unglaublich«, antwortete Choya. »Und das ist sie überall, nicht nur in Kanada. In jedem Land.«

Der erste Schnee des Jahres fiel, überaus früh, und sie brachen auf, wie sie gekommen waren, zu Fuß, ihre wenigen Habseligkeiten auf den Rücken gepackt.

Den ganzen Herbst und Winter ließen sie sich durch die Kälte treiben, ohne Ziel, ohne Plan. Sie lebten von

Christians Sommerlohn. Tage des Müßiggangs, Gelegenheitsarbeiten, enge Zimmer in Pensionen. Einige Zeit kamen sie bei Choyas Cousine unter – in einem Blockhaus, das auch ohne sie beide nicht viel Platz bot, am Rande einer kleinen Ortschaft. Choya arbeitete in einer Bar, Christian fand gar nichts.

Einmal, es war klirrend kalt, der Schnee lag meterhoch, stand er am Fenster und sah Choya und ihrer Cousine entgegen, die mit Einkäufen von einem Kramladen zurückkehrten. Auf einmal tauchten einige zehn- oder elfjährige Burschen auf, die Schneebälle nach ihnen warfen. Ohne sich umzudrehen, gingen die beiden Frauen stoisch weiter. Jetzt konnte Christian hören, dass die Jungen etwas riefen: das englische Wort für Hure.

Voller Wut trat er ins Freie. »Verschwindet hier, ihr verdammten Rotzbengel!«, schrie er. »Macht bloß, dass ihr ...«

Doch Choya drängte ihn ins Innere und verschloss wieder die Tür. »Kein Grund, gleich durchzudrehen«, beschwichtigte sie. »Die Bar, in der wir arbeiten, hat eben keinen sonderlich guten Ruf.«

»Was *macht* ihr in dieser Bar?« Seine Stimme war ohne Kraft, er konnte sie selbst kaum hören.

Weder Choya noch ihre Cousine gaben ihm eine Antwort. Das war auch nicht mehr nötig.

Danach hasste Christian die Ortschaft zutiefst. Er drängte Choya zum Aufbruch. Sie stritten sich – diesmal allerdings war sie es, die nachgab. Von Neuem ließen sie sich treiben.

Es wurde wärmer, es wurde Frühling. Sie erschienen beim Lager. Doch in dieser Sommersaison würde es die Tore nicht öffnen. Christian erfuhr, dass die

Holzwirtschaft langsam, aber unaufhaltsam nach Norden wanderte; etliche Lager in der Umgebung schlossen für immer.

Christian wollte den Holzfällern folgen, für ihn spielte die Richtung keine Rolle. Doch Choya war dagegen: »Nein, nicht noch weiter in den Norden, ich komme von dort. Da gibt es nichts als Wälder.«

Sie hatte genug von den Dörfern und den kleinen Städtchen. Christian spürte, wohin sie wollte – zurück in die Stadt. Anfangs versuchte er, sie von diesem Gedanken abzubringen, aber sie gab sich dickköpfig. »Falk«, sagte sie, »es ist schon so viel Zeit vergangen seit damals. Wahrscheinlich kann sich in Toronto niemand mehr an uns erinnern. An uns und an – Maurice.«

»Choya, du hast selbst immer gesagt, dass es Unsinn ist, dorthin zurückzugehen. Was heißt Unsinn, es ist *gefährlich.*«

»So viel Zeit ist vergangen«, beharrte sie.

»Nein, *so viel* Zeit ist nun wirklich nicht vergangen.«

Ihre zarten Gesichtszüge verfinsterten sich, sie setzte ihre Choya-Maske auf. Er kannte das schon. Das war jedes Mal der Punkt, an dem es endgültig sinnlos wurde, vernünftig mit ihr zu reden: Sie hatte sich etwas in den Kopf gesetzt, und sie würde sich durch nichts auf der Welt von diesem Gedanken abbringen lassen.

Kurz darauf kehrten sie zurück nach Toronto.

Sie fanden eine Unterkunft. Choya mied ihre früheren Freundinnen und war – obwohl Christian dagegen war – schon bald wieder eine Hure, wenn auch ohne Zuhälter, wenn auch in einer anderen Straße, in einem anderen Hotel, das weit entfernt von dem war, in dem Maurice gestorben war. Christian half in einer Kellerbar aus: Gläser spülen, Bier zapfen, Kisten schleppen. Die Stadt widerte ihn an, die Bar widerte ihn an.

Eines Samstagabends, er stand gerade hinter dem Tresen der kleinen Bar und zapfte Bier, als ginge es um sein Leben, erschien Choya im Gastraum, was sie nie zuvor getan hatte. Sie war bleich, ihr Blick nagelte ihn förmlich an die Wand. All die Gäste starrten sie an, machten dumme Bemerkungen. Er ließ die Gläser stehen, ging zu ihr und führte sie zurück nach draußen.

»Falk«, sagte sie ernst. »Wir sind in Gefahr.«

»Was ist los?«

»Maurice«, sagte sie nur. Sie wirkte atemlos, erschrocken, so kannte er sie nicht.

»Maurice? Was soll mit ihm sein, Choya? Er ist tot.«

»Freunde von ihm. Irgendwie haben sie erfahren, dass ich wieder hier bin. Ich habe keine Ahnung, ob sie wissen, dass du damals auch dabei warst.«

»Was?«

»Sie haben eine meiner Freundinnen zusammengeschlagen, aber sie hat mich nicht verraten. Hat jetzt keine Zähne mehr, die Arme. Das kann ich nie wiedergutmachen.«

»Das heißt, wir müssen wieder verschwinden«, schloss er.

Sie nickte stumm.

»Dann nichts wie los.«

Ein wenig überraschte es ihn, wie nüchtern, wie gelassen seine Stimme klang. Es war merkwürdig, aber irgendwie hatte er die ganze Zeit über so etwas erwartet.

Er holte seine Jacke hinter dem Tresen, ohne den Fragen des giftigen Barbesitzers Beachtung zu schenken.

Sie mussten sich beeilen. Hand in Hand rannten sie die mit Eis und schmutzigem Schnee bedeckten Straßen entlang. Es schneite, es war unglaublich kalt.

»Wir müssen das Geld von zu Hause holen«, rief er ihr zu. »Hoffentlich erwarten sie uns dort nicht schon.«

»Ja, das Geld holen, ein paar Sachen holen«, gab sie zurück, außer Atem, »und dann zum Bahnhof.«

Er verlor ihre Hand und fand sie sofort wieder. Durch die Wolle ihrer beiden Handschuhe spürte er Choyas Hitze.

»Aber diesmal«, meinte er, »diesmal verschwinden wir richtig.«

Er spürte ihren Blick von der Seite, erwiderte ihn jedoch nicht.

»Was meinst du mit *richtig*?«

Christian stoppte abrupt, zwang sie, ebenfalls stehen zu bleiben. »So kann es nicht weitergehen«, meinte er keuchend.

»Los, Falk, wir dürfen keine Zeit verlieren.«

»Ich habe eine Idee, Choya.«

»Dann sag sie mir später.«

Sie wollte erneut losrennen, doch er hielt ihre Hand fest.

»Bloß eine Sekunde, Choya. Ich habe eine Idee, Choya, wirklich.«

»Also gut, Falk, was für eine Idee ist das?«

Zurück nach Hause, dachte er, in mein Land. Der Gedanke hatte ihn geradezu angefallen.

Choyas Atemwölkchen schwebten seinem Gesicht durch die frostig kalte Luft entgegen.

Christian sah sie genau vor sich, ihre geöffneten Lippen, ihre vom Laufen geröteten Wangen, sah sie so klar vor sich wie damals. Und im selben Moment brachten ihn die Flammen zurück in die Gegenwart, zurück in Abels Hütte. Sie stachen in seine Fingerkuppen, verbrannten die Haut, und er riss die Hände vom Feuer weg.

Choya. Sie hatte sein Leben bedeutet. Zum tausendsten Mal musste er daran denken, wie vielen Männern sie sich zur Verfügung gestellt hatte, nicht in Kanada, sondern hier im Dorf. In Kanada waren es einfach Gesichtslose, Namenlose gewesen – die Kerle hier jedoch kannte er, größtenteils widerten sie ihn an. Das hätte sie nicht tun dürfen. Und er hätte nicht zustimmen dürfen. *Hätte, hätte, hätte.* Alles vorbei, aus und vorbei, für immer verloren.

Und dann – *das Geld.*

Bisher hatte er keinen einzigen Gedanken daran verschwendet. Wenn sie so viele Kunden gehabt hatte, musste sie auch mehr verdient haben. War das der Schlüssel zu allem? Wie hatte er überhaupt nicht daran denken können? Weil er wie betäubt war – von Schmerz und Trauer?

War Choya *überfallen* worden? Ging es bei dem Mord um Geld? Hatte man sie nur so zugerichtet, den Rock hochgeschoben, die Unterwäsche zerfetzt, dass es nach einer Vergewaltigung aussah? Aber dann hätte der Überfall doch im Haus stattgefunden.

Zu Hause hatten Christian und Choya eine alte Zigarrenkiste, versteckt unter der Tischplatte, und darin befand sich ihr Geld – sein Fabriklohn und Choyas Einnahmen. Allerdings war das nicht besonders viel, er hatte es überprüft, keine einzige der eselsohrigen Banknoten hatte gefehlt. Andererseits – Choya *musste* zwangsläufig mehr besessen haben.

Hatte sie es versteckt, damit Christian nicht der Verdacht kam, dass sie mehr Kunden empfing, als sie ihm eingestanden hatte?

Und wehrlos ergab er sich der nächsten Frage: Wollte sie dieses Geld nutzen, um aus dem Dorf zu verschwinden? Ihn zu verlassen?

Nein, das konnte er sich nicht vorstellen. Oder zumindest *wollte* er sich das nicht vorstellen.

Irgendwo musste noch mehr Geld sein.

Christian schob noch ein paar Scheite ins Feuer.

Währenddessen kam Abel wieder auf die Beine. »Soll ich uns Kaffee machen?«

»Keine schlechte Idee«, erwiderte Christian.

Sie saßen beisammen am Tisch und tranken Abels dünnen Kaffee, jeder eine Zigarette im Mundwinkel.

»Noch eine Tasse?«

»Nein, ich muss los«, lehnte Christian ab. »Nach Hause. Etwas suchen.«

»Da fällt mir ein – weißt du, was ich dir die ganze Zeit über zeigen wollte?«

Abel holte etwas aus der Schublade einer uralten schiefen Kommode und setzte sich wieder hin.

Erstaunt nahm Christian das Buch entgegen, das ihm der Alte hinhielt. Es war das alte Kanadabuch.

»Ich habe es aufgehoben, für dich«, erklärte Abel leise, fast ein wenig verschämt.

Schweigend blätterte Christian in dem verblichenen, abgestoßenen Band, er ließ die alten Bilder auf sich einwirken, dachte dabei an Choya und unterdrückte die Tränen, die sich in seinen Augen bildeten.

Abrupt erhob er sich, um das Buch zurückzulegen.

»Du kannst es behalten.«

»Bewahre es doch einfach weiterhin für mich auf.«

Christian trat an die Kommode.

Jäh sprang Abel hinzu und versuchte, die Schublade zu schließen. »Lass nur, ich kann das wegräumen.«

Ohne das Buch herzugeben, starrte Christian ihn an. Zum ersten Mal, seit er ihn kannte, glaubte er Nervosität in Abels Zügen wahrzunehmen.

Der Alte schob sich vor die Kommode, doch Christian drängte ihn beiseite. Abel ließ es geschehen.

Die Schublade war vollgestopft mit Skizzen und Zeichnungen. Christian durchwühlte das Papier – und er erstarrte.

Eine Zeichnung, die eine Frau zeigte.

Choya.

Ihre Augen blickten starr – tot.

Christian suchte weiter, wühlte fahrig in den Blättern. Noch mehr Skizzen. Erneut Choya, erneut als Tote. Dann liegend in der düsteren nebligen Landschaft, in der Christian sie gefunden hatte, dann seltsam schwebend über einer Ansammlung von Häusern oder Hütten, die wohl das Dorf darstellen sollten, und immer wieder ihr Gesicht, ganz nahe, ganz groß.

Noch mehr Zeichnungen und Skizzen. Choya, Choya, Choya. Nicht mehr als Tote, sondern in ihrem Wintermantel im Wald. Nackt auf einem Bett. Und auf dem nächsten Blatt – der Anblick traf Christian bis ins Mark – lag Choya, die Beine gespreizt, unter einem Mann, einer schwarz gehaltenen Gestalt, von der nur der Rücken zu sehen war. Über der Schulter des Mannes Choyas Gesicht, die Augen mit abgrundtiefer Leere ins Nichts gerichtet.

Der Boden unter Christian schien ins Wanken zu geraten.

Er ließ die Blätter aus den Händen gleiten, sein Blick richtete sich auf Abel, der zurückwich, bis er an den Tisch stieß.

»Sie hat mir viel bedeutet«, flüsterte Christian. »Und jetzt ist sie tot. Tot wie mein Vater.«

»Sie sind nicht tot, sie sind hier.« Abels Stimme drang leise zu ihm, war kaum hörbar. »Ich kann sie sehen, ich kann sie *hören*. Beide. Ihr Flüstern. Und noch viele andere höre ich. Sie sind nicht tot.«

Motzkas Worte ertönten wieder irgendwo in Christians Kopf. *Keiner von uns*. Abel gehörte nicht zu den Leuten im Dorf, gehörte zu niemandem. *Keiner von uns*.

Christian machte einen Schritt zur Seite und griff nach der Schrotflinte, die an der Wand hing. Er überprüfte, ob sie geladen war.

Langsam richtete er die Waffe auf Abel.

»Warum nur, Abel?! Warum um alles in der Welt?«

Das Ende des Doppellaufs war kaum einen halben Meter von Abels Nasenspitze entfernt.

»Junge, weshalb sollte ausgerechnet ich jemanden umbringen?«

Junge. Der Alte sprach das Wort so aus wie beim ersten Mal, damals, als er Christian vor dem Ersticken bewahrt hatte.

»Warum, Abel?«

»Ich war es nicht.«

Nicht mehr nervös, sondern völlig gefasst blickte Abel ihn über den Lauf der Waffe hinweg an.

»Ich bin nie zu ihr gegangen, Junge. Kein einziges Mal. Selbst wenn ich Geld gehabt hätte, wäre ich nicht zu ihr gegangen.«

»Warum hast du es getan, Abel?«

»Ich habe sie gezeichnet, weil sie anders war«, fuhr Abel fort. »Sie war schön. Sie war *anders*. Anders als alle Menschen, die ich je gekannt habe.« Der Lauf der Schrotflinte vibrierte leicht. Das Feuer knisterte.

»Ich habe mich in der Nähe eures Hauses aufgehalten, wenn du in der Fabrik warst und sie einen dieser Kerle zu sich hereinließ. Manchmal habe ich mich sogar an euer Fenster geschlichen. Ich habe hineingesehen. Sie hat mich nicht bemerkt. Ich war unsichtbar. Ehrlich, das ist die Wahrheit, ich spürte, dass ich *unsichtbar* war.«

»Du bist ihr Mörder, Abel.«

»Ich war es nicht, Junge.«

»Du hast sie umgebracht.«

»Warum hätte ich das tun sollen?«

»Warum? Weil sie sich dir verweigert hat. So einfach ist das. So gottverflucht einfach. Ja. Weil sie dich nicht rangelassen hat.«

»Junge ...«

»Und sie hat dich nicht rangelassen, weil du ihr unheimlich warst. Sie hat einmal gesagt, du wärst ein Gespenst. Ja, Abel, sie hat dich im Dorf gesehen und für einen verdammten Geist gehalten.« Er spannte beide Hähne des Gewehrs. »*Du warst es.*«

Teil III

Der Richter

33

Vera hatte eine Gänsehaut. Durchs Küchenfenster verfolgte sie, wie die beiden Polizisten sich entfernten. Die Ruhe im Haus legte sich sofort auf sie, schwer wie ein dicker Stoff. Zu Christian Falk hatte sie gesagt, dass sie noch einmal mit ihm reden müsse. Das war zweifellos auch richtig, doch wenn sie ehrlich zu sich sein wollte, dann müsste sie außerdem mit Tegger sprechen. Sogar zuerst mit ihm.

Vera war nicht der Typ, der Dinge auf die lange Bank schob, sie war jemand, der voranging, der Chancen ergriff. Doch zurzeit schien sie alles vor sich herzuschieben. Und da waren nicht nur Falk und ihr Vater. Da war vor allem noch Marcus.

Er war es, mit dem sie vor allem etwas klären musste. Auch wenn sich bei dem Gedanken daran ihre Gänsehaut verstärkte.

Sie spähte nach oben an die Decke, als könne sie durch sie hindurchsehen. Kein Laut drang aus dem oberen Stockwerk zu ihr. Immer noch diese Stille. Schlief Marcus noch? Oder starrte er die Wand an? Oder arbeitete er etwa, um sich von Falks Attacke abzulenken und sich zu beruhigen?

Das Gespräch mit den Polizisten lief noch einmal vor ihr ab, insbesondere jener Moment, als es eine andere Wendung genommen hatte. Zunächst hatte Vera noch die Unwahrheit gesagt, instinktiv, als könne sie gar nicht anders. Sie wollte und konnte sich einfach nicht vorstellen, dass Marcus in der Lage sein mochte, einen Menschen umzubringen. Also hatte sie ihm, der so viele Stunden allein verbrachte, ein Alibi verschafft.

Dann aber hatte sie, aus einem ähnlich starken Drang heraus, zugeben müssen, dass sie am Mordabend erst sehr spät nach Hause zurückgekehrt war. Die Beamten waren hellhörig geworden, mehr als das, und sie versuchten nicht, es zu verbergen. Sofort fragten sie noch genauer nach, dann verabschiedeten sie sich – mit Sicherheit, um den Sachverhalt unter vier Augen besprechen zu können. In Kürze würden sie wieder da sein, daran zweifelte Vera nicht im Geringsten.

Und der Gedanke, der sie während der nächtlichen Unterhaltung mit Falk überfallen hatte, kroch weiterhin unentwegt unter ihrer Haut: Marcus allein. Stundenlang. Tag für Tag. An etlichen Abenden.

Um nicht immer nur die Schreibmaschine sehen zu müssen, hatte er ihr einmal erklärt, würde er gelegentlich in das einzige Gasthaus des Ortes einkehren. Allerdings sehr selten und niemals sonderlich lange. Außerdem kümmerte er sich hin und wieder um den Einkauf in dem kleinen Laden. »Mehr Abwechslung habe ich leider nicht.« Vera hatte noch seinen gespielt verzweifelten Tonfall im Ohr. »Ach ja, das ist eben das harte Los des einsamen Künstlers.« Bei diesen Worten hatten sie beide lachen müssen.

Keine Frage, sie musste mit ihm reden, je eher, desto besser. Sofort nachdem er sich aus dem Bett gewühlt haben würde.

Plötzlich verspürte Vera einen Bärenhunger. Zum ersten Mal seit Tagen, seit Wochen, wie es ihr beinahe vorkam. Ihr Körper schrie förmlich nach einem kräftigen Bissen. Sie stürzte sich auf hart gewordenes Brot, Gurken aus dem Glas, Schwarzwurst, die sie sonst nicht anrührte, und danach griff sie zu Dosenobst und trockenen

Keksen. Dazu trank sie eine große Tasse Tee. Mit jedem Schluck erwachten Bilder vergangener Zeiten in ihr, und bereitwillig ließ sie sich forttragen, von Erinnerungen, die gleichermaßen plötzlich über sie kamen wie das Hungergefühl. Erinnerungen an den Verlag, an Viktor Novian.

Nach ihrer ersten Begegnung, die eigentlich ein kurioser Zusammenstoß gewesen war, hatten Vera und Viktor Novian regelmäßig im Verlag miteinander zu tun. Novian steuerte nicht nur Geld bei, es gelang ihm darüber hinaus, unter den Mitarbeitern ein Wir-Gefühl zu etablieren. Er war ein Anführer, zweifellos, aber einer, wie es ihn in jenen Tagen ansonsten nicht gab. Ein Anführer, der nicht von oben herab autoritär befahl, sondern Teil einer Mannschaft war. Und dessen Leidenschaft ansteckend wirkte, andere mitriss.

Dennoch wusste Novian, dass es letztlich seine Aufgabe war, Entscheidungen zu treffen. Allein von Reuschler ließ er sich dabei Ratschläge geben, allein mit ihm traf er sich zu kurzfristig einberufenen Sitzungen. Bis eines Abends auch Vera hinzugebeten wurde. Ein Zeichen dafür, dass sie aufgestiegen war, und zwar auf beeindruckende Weise. »Es geht um alles«, eröffnete Novian an jenem Abend. »Um den Verlag, um unsere Arbeit. Um jeden von uns. Wir stehen an einem Abgrund. Wir können aufgeben – oder anpacken.«

Vera strengte sich noch mehr an, legte all ihre Kraft in das Unternehmen, als hätte ihre innere Stärke nur auf diese Tage gewartet, auf die harte Arbeit, auf die Herausforderungen.

Novian schuftete fast ununterbrochen, knüpfte Kontakte mit möglichen Geldgebern, Geschäftspartnern,

Autoren. Hörte sich um, verschickte Telegramme, traf sich mit Anwälten. Und trotz des großen Einsatzes, der in die Waagschale gelegt wurde, ließen sich die düsteren Wolken über dem Kranich nicht vertreiben. »Wir brauchen Geld«, murmelte Novian eines Abends. »Einerseits, um Schulden zu bezahlen, und andererseits, um neu investieren, endlich *agieren* zu können.« Er nahm die Brille ab. »Es fehlt gar nicht einmal so viel. Aber wohl doch zu viel, um die ganze Sache am Leben erhalten zu können.«

Dann erreichte Vera eine traurige Nachricht: Frau Lenauer war gestorben, und der Schmerz über diesen Verlust schnitt ihr ins Herz. Zu der alten Dame hatte sie über die Jahre ein sehr tiefes, inniges Verhältnis entwickelt. Und eine weitere, jedoch ganz andere Nachricht folgte kurz darauf. Wiederum eine, die Frau Lenauer betraf.

Als Viktor Novian kurz darauf wieder einmal über die finanzielle Situation des Verlags klagte, warf Vera ein, kurz entschlossen und dennoch mit untrüglicher Sicherheit, sie würde helfen können.

Fast lustig wirkte Novian, als er sie verdutzt ansah, mit seinen blinzelnden Äuglein. »*Helfen?* Und wie, wenn ich fragen darf?«

Vera lächelte. »Ich habe geerbt.«

Frau Lenauer, die keine familiären Bindungen mehr gehabt hatte, hatte Vera als Alleinerbin eingesetzt. Wie aus dem Nichts verfügte Vera über ein nicht unerhebliches Vermögen.

»Eine Erbschaft?« Novian blinzelte. »Aber ich verstehe nicht ...«

»Ich kann dem Verlag einen großen Teil des Geldes aus dieser Erbschaft zur Verfügung stellen.«

»Sie wollen uns Geld leihen?« Er war immer noch völlig verblüfft.

»Ja.« Vera schmunzelte. »Oder eigentlich doch nicht.«

»Äh?« Fast schon hilflos wartete er darauf, dass sie fortfuhr.

»Ich glaube, ich möchte Ihnen das Geld nicht leihen.« Ihr Lächeln wurde breiter. »Ich möchte mich einkaufen.«

»In den Verlag?«

»Warum eigentlich nicht?«

Novian schüttelte pikiert den Kopf. »Meine Ehrlichkeit verbietet es mir leider, etwas anderes zu sagen. Aber das ist wohl keine so vortreffliche Idee. Oder lassen Sie mich es so ausdrücken, Fräulein Tegger: Es gibt unzählige weitaus bessere Investitionsmöglichkeiten als ausgerechnet der flügellahme Kranich.«

»Wie Sie wissen, ist mir das durchaus bewusst.« Veras Blick ruhte gelassen auf ihm. »Und dennoch sagt mir mein Gespür, dass es das ist, was ich mit meinem Geld tun werde.«

Das war der Wendepunkt. Ein tiefes Tal, so schien es, war durchschritten. Hilfreich war nicht nur Veras mutige Investition, die sie zur Teilhaberin machte, sondern auch zwei landesweite Verkaufsschlager, überaus spannende Abenteuerromane, die der Verlag veröffentlicht hatte – Überraschungserfolge, deren Siegeszüge kaum zu einem günstigeren Zeitpunkt hätten einsetzen können.

Weitere Erfolgsbücher kamen hinzu, der Kranich erhielt Aufwind, endlich, und auf einmal entwickelte sich alles prächtig. Eines Tages sagte Vera zu Novian: »Ich kann es kaum fassen, aber wir sind über den Berg.«

»Ja, das sind wir.«

»Wir haben es gepackt.«

»Ja, das haben wir.« Er blinzelte. »Dank dir.«

»Und dank dir. Und dank Reuschler. Und dank den anderen, die vom harten Kern übrig geblieben sind.«

In der darauf folgenden Woche lud Novian sie zu einem sündhaft teuren Abendessen ein. Kurz vor Mitternacht, sie waren vergnügt, zufrieden, erleichtert, stolz, alles auf einmal, und plötzlich überreichte er ihr einen Ring.

»Willst du meine Frau werden?«, fragte er in bangem Flüsterton.

Vera sah ihn an, diesen Mann, von dem sie nicht gedacht hätte, sie könne mehr für ihn empfinden als Bewunderung. Und doch war genau das eingetreten. Sie musste nicht lange nachdenken. »Natürlich will ich das«, erwiderte sie.

In Viktor Novians Gesicht vermischten sich Ungläubigkeit und ein tiefes Glücksgefühl. »Wirklich?«, stammelte er, und Tränen schimmerten in seinen kleinen leuchtenden Augen.

Nur mühsam riss Vera sich los von der Vergangenheit, zurück zu den Dingen, die ihr auf der Seele brannten, zurück in das Dorf und ihr Haus, jenes stille Gebäude, das früher Alfred Falk gehört hatte. Ihr Magen war gefüllt, sicher, das Essen hatte gutgetan, sehr gut, aber die Anspannung, die Unsicherheit blieben. Nach einer schnell gerauchten Zigarette ging sie aus der Küche.

Weiterhin keinerlei Lebenszeichen von Marcus. Als hätte er sich im oberen Stockwerk in Luft aufgelöst.

Vera blickte in das Halbdunkel des Flurs, die Treppe hinauf.

Ein merkwürdiges Gefühl überkam sie. Wieder bildete sich Gänsehaut auf ihren Unterarmen. Langsam nahm sie eine Stufe nach der anderen. Sie musste mit ihm reden. Unbedingt, sie konnte nicht mehr länger warten. Wie mochte er reagieren, wenn sie ihm von ihrem Gespräch mit der Polizei berichten würde?

Unvermittelt hielt sie inne, etwa auf der Hälfte der Treppe.

Marcus stand oben, aufgetaucht wie ein Gespenst, geräuschlos, innerhalb eines Sekundenbruchteils. Er sah auf sie herunter, misstrauisch, gereizt.

»Ich muss dir etwas sagen«, meinte Vera.

»Nein«, erwiderte er leise, »ich muss dir etwas sagen.«

Nacheinander betraten sie die Küche, Vera zuerst, dann Marcus.

»Ich habe es mir anders überlegt«, fing er an, bevor sie etwas äußern konnte.

Vera nahm Platz, er blieb stehen, nach wie vor diese Gereiztheit in den Augen, die rot gerändert waren. Demnach hatte er doch nicht so viel geschlafen, wie es den Anschein gehabt hatte.

»Ich habe es mir anders überlegt.«

»Was?« Vera betrachtete ihn, aufmerksam, fast schon wachsam, wie ihr bewusst wurde. Jedenfalls so, wie sie ihn früher nie angesehen hätte.

»Ich zeige diesen Mistkäfer doch an«, stieß er aus.

»Christian Falk?

»Wen sonst?«, blaffte Marcus. Mit hastigen Bewegungen zündete er sich eine Zigarette an.

»Vielleicht lässt du die Sache auf sich beruhen«, antwortete Vera, ein wenig zögerlich, abwartend. Sie war sich selbst nicht sicher, was im Moment ratsam war und was nicht. Weder was Falk noch was Marcus betraf.

»Warum sagst du das auf einmal?« Marcus lehnte sich an den Spültisch und musterte sie misstrauisch. »Du hast mich doch gedrängt, zur Polizei zu gehen.«

»Gewiss«, gab sie zu. Doch nach der langen Nacht und einem scheinbar endlos langen Vormittag fühlte sie anders.

»Der Kerl soll nicht damit durchkommen.«

»Natürlich. Du hast schon recht. Man kann einem anderen Menschen nicht einfach eine Klinge an die Kehle setzen.«

»Herzlichen Dank«, gab er mit ätzender Betonung zurück, »für deinen Beistand.«

Sie sah ihn an, sehr lange, und sie fühlte, wie ihr Blick härter wurde. »Dann wirst du auch erklären müssen, warum Falk ausgerechnet auf dich als möglichen Mörder gekommen ist.«

»Wie meinst du das?«

»Ich frage mich bloß, was richtig ist und was nicht.« Sie hob kurz die Schultern. »Vielleicht ist Falk einfach nur ...«

»*Ich* muss gar nichts erklären«, schnitt er ihr das Wort ab. »Der Kerl muss erklären, warum er beinahe zum Mörder geworden ist.«

»Willst du dich bei meinem Vater bedanken?«, warf Vera einen anderen Punkt auf.

Verwundert hob er die Augenbrauen. »Wieso?«

»Nun ja, das ist doch wohl offensichtlich. Wäre er nicht eingeschritten ...«

»Das ist nun wirklich das«, fuhr Marcus ihr schon wieder über den Mund, »was am meisten Zeit hat.« Missmutig winkte er ab. »Übrigens: Wer war vorhin hier? Ich habe den Türklopfer gehört.«

Sie spielte mit einer Haarsträhne. »Deswegen muss ich ja mit dir sprechen.«

Marcus schwieg. Auch in seinen Zügen blitzte etwas Wachsames auf.

»Die Polizei hat mir Fragen gestellt«, eröffnete Vera mit ruhiger Stimme. »Über den Abend, als es geschah.« Sie machte eine Pause. »Über dich.«

»Über mich?«

»Ja, nach einem Alibi für den Mordabend.« Wieder eine Pause. »Wie kommen sie auf dich? Wie kommen sie dazu, nach dir zu fragen?«

»Was weiß ich?«, zischte Marcus. »Aus dem gleichen Grund wie Falk. Gerede im Gasthaus, Gerede von diesen Dorftrotteln, die den Verdacht von sich lenken wollen.«

Jäh löste er sich vom Spültisch, stand nun sehr nahe vor Vera. Die Art, mit der er sie anstarrte, ging ihr durch und durch.

Hass.

Ein Hass wie allein um des Hassens willen, ein Hass, der tief aus seinem Inneren an die Oberfläche drang. »Was hast du ihnen gesagt?« Die Worte bestanden erneut aus einem Zischen.

Vera schwieg.

»Was hast du ihnen über den Abend gesagt, als die verfluchte Hure umgebracht wurde?«

Sie gab sich alle Mühe, ihren beherrschten Ton beizubehalten. »Warst du bei ihr?«

»Ich?« Er lachte auf. »Das kann nicht dein Ernst sein. Ich war zu Hause, ich habe geschrieben. Wie immer. Den ganzen Abend. Bis du aus deinem jämmerlichen Verlag gekommen bist.«

»Ich meine nicht nur an diesem Abend«, meinte Vera. »Bist du zu der Hure gegangen?«

»Was hast du zu den Polizisten gesagt?«

Dass er ihre Frage überging, war für Vera Antwort genug. Angewidert schüttelte sie kaum merklich den Kopf. Nicht wegen ihm, nicht wegen seiner Wut, nicht wegen der Wut oder der Demütigung, die sie eigentlich empfinden müsste. Sondern wegen sich selbst. Weil sie nicht schon längst darauf gekommen war, weil sie all die Tage noch auf Marcus gesetzt hatte, auf seine Glaubwürdigkeit, auf seinen Charakter – oder auf was auch immer.

»Was hast du ihnen gesagt?«

»Lass mich in Ruhe«, erwiderte Vera, auf einmal unendlich erschöpft, unendlich einsam.

»Was hast du ihnen gesagt?«

Vera stand auf. »Ich sagte ihnen, dass ich erst spät aus dem Verlag zurück war. Und ich deshalb nicht bezeugen kann, dass du den ganzen Abend zu Hause verbracht hast.«

An seinen Schläfen pochte etwas.

Blitzschnell packte er ihren Hals. Mit beiden Händen drückte er zu. Alles, was sie noch sah, war dieser nackte Hass in seinen Augen. Hass auf sie, auf die ganze Welt.

34

Lange betrachtete er die Geldscheine, die den Tisch bedeckten. Dann fiel sein Blick durch das von außen mit Reif überzogene Fenster, auf die Landschaft jenseits des Dorfes, die erhaben wirkte und, bedeckt von Schnee, etwas Unerschütterliches ausstrahlte. Anders als Kanada war sie, ganz anders. Oder wollte Christian Falk einfach nur, dass das so war?

Zwölf Tage. Zwölf Tage seit Choyas grausamem Tod. Und keine Spur, keine Antwort, keine Lösung. Nichts.

Er wandte sich ab, durchschritt langsam das kleine Wohnzimmer bis zum Fenster der gegenüberliegenden Wand. Die Häuser des Dorfes, dunkle, abweisende Gebäude, deren Schornsteine Qualm ausspuckten, und vielleicht war dieses verdammte kleine Dorf manchen kanadischen Nestern, durch die sie damals der Wind getrieben hatte, nicht unähnlich. Ja, und vielleicht hätte er ein genauso trauriges Leben vor sich gehabt, wenn er in Kanada geboren worden wäre oder an sonst einem Flecken auf der Welt. Wie viel von dem, was unser Leben bestimmt, ist Schicksal, und wie viel bestimmen wir selbst, durch das, was in uns steckt oder eben auch nicht in uns steckt?, fragte er sich. In Kanada war er sich sicher gewesen, ein Schicksal zu haben, überzeugt von der Existenz eines feststehenden Gefüges, das ihn leitete, das untrennbar mit seiner Seele verbunden war.

Aber jetzt, jetzt war er nicht einmal sicher, überhaupt eine Seele zu besitzen.

Im Geiste sah er die Zeichnungen vor sich, Abels Skizzen von Choya, in seinem Ohr erklang die Stimme des Alten: *Ich war es nicht, Junge.*

»Ich hätte niemals zurückkehren sollen«, war es auf einmal über Christians Lippen gekommen, unvermittelt, fast ungewollt, das Gewehr unverändert in seinen Händen. »Ich hätte sie niemals hierherbringen dürfen.«

»Dennoch hast du es getan.« Nach wie vor so ruhig, der Tonfall Abels.

»Ja, das habe ich.«

»Du hast wahrscheinlich gar nicht anders gekonnt. Wolltest allen zeigen, dass du ein ganzer Kerl bist.«

Christian hatte ihn angesehen. Ohne ein Wort.

»Wolltest vergessen machen, dass früher niemand Respekt vor dir hatte, dass es keinen Platz für dich gegeben hat. Kanada. Das war etwas, das du ihnen allen voraushast, das ihren Horizont übersteigt. Da kann keiner hier mitreden. Und das sollten sie spüren, nicht wahr? Ja, und die Frau war der Beweis dafür, dass du herumgekommen bist, etwas erlebt hast.«

»Sie war kein *Beweis*«, hatte Christian nach einer schier endlosen Stille erwidert, ganz dumpf, tonlos. »Sie war eine Frau, ein Mensch, ein Wesen aus Fleisch und Blut.«

»Schon gut.«

»Wer ist zu ihr gegangen, Abel?«

»Frag lieber, wer nicht. Dann fällt die Antwort kürzer aus.«

»Wer war es? Wer hat sie ermordet?«

»Ich weiß es nicht, Junge. Ich habe nicht die geringste Ahnung.«

»Am Abend, als sie starb, hast du also nicht unser Haus beobachtet?«

»Nein.«

Sekunden verstrichen, dann erst hatte Christian die Schrotflinte gesenkt.

Ohne dass Abel auch nur einmal kurz durchgeatmet hätte.

Du hättest ihn fast erschossen, sagte sich Christian, als er sich jetzt von Neuem an den Tisch stellte. *Erschossen.* Das Wort, obwohl nicht einmal ausgesprochen, fuhr ihm durch Mark und Bein. Unwillkürlich musste er an das Blut denken, das an Marcus' Hals hinabgeflossen war.

Hatte er das wirklich getan? War er zu so etwas fähig gewesen?

In seinem Ohr erklangen, fast wie eine Antwort auf diese nagenden Fragen, Veras Worte, warm und klar und ehrlich: *Der Mann mit dem Messer, das war jemand anders. Das waren nicht Sie.*

Er nahm einige der Scheine auf, nur um sie gleich wieder zu den restlichen zurückzulegen. Manche waren sauber und glatt, wirkten beinahe unbenutzt, andere waren faltig, zerdrückt und angerissen, und er konnte es förmlich vor seinen Augen sehen, wie sie von groben, starken, abgearbeiteten Fingern aus alten Tabaksdosen, Zigarrenkisten und Sparstrümpfen gezogen wurden, in aller Heimlichkeit natürlich, und in der starren Hoffnung, die jeweilige Ehefrau möge bloß niemals dahinterkommen.

Wiederum hatte sich Christian gefragt, ob Choya all das Geld für sich allein gespart hatte – nachdem er es endlich nach fast zweistündiger Suche, bei der er sich gemein und schäbig vorgekommen war, in einem alten rostigen Kochtopf gefunden hatte. Es war so viel, so ungeheuerlich viel, viel mehr, als er sich je hätte vorstellen können.

Und diese erstaunliche Anzahl an Scheinen, bei denen er sich scheute, sie genau nachzuzählen, bereitete ihm ein schneidendes Gefühl im Magen, überall in seinem Innersten. Er konnte gar nicht anders, als sich wieder und wieder zu fragen, was Choya mit dem Geld vorhatte.

Es war genug, um von hier wegzukommen, keine Frage, mehr als genug, um ein beträchtliches Stück Weg zwischen sich und das Dorf zu bringen.

Warum hatte sie es ihm verschwiegen? Nur aus Furcht, er könne wütend werden wegen all der fremden Männer, die sie empfing? Oder steckte am Ende doch mehr dahinter? Kalkül? Ein Plan, um von hier fortzugelangen? Allein.

War es ihre Absicht gewesen, nach Kanada zurückzukehren?

Oder sonst irgendwohin? In eine große Stadt?

Sie hatten zusammengehört, sie und er, Choya hatte ihm sogar das Leben gerettet. *Wie kannst du jetzt auch nur so etwas denken?*, hätte er sich am liebsten laut angeschrien. Doch er blieb ganz ruhig, starr, die Augen ins Nichts gerichtet, und er war sich bewusst, dass der Zweifel sich längst in ihm eingepflanzt hatte.

Ein Zweifel, den er nicht abschütteln konnte, der seine Erinnerung an Choya für immer beflecken würde.

Doch ganz unabhängig von möglichen Fluchtplänen Choyas blieb noch etwas anderes, das er nicht loswurde.

Ich habe sie umgebracht, dachte er – einmal mehr. Hätte ich sie nicht hierhergebracht … Immer und immer wieder durchzuckte ihn dieser Gedanke, immer und immer wieder stellte er sich vor, wie sich Hände um ihren bronzefarbenen Hals legten, wie sie sich wehrte, chancenlos.

Christian riss sich aus der Starre, begann aufzuräumen, obwohl es gar nichts aufzuräumen gab. Sein Blick fiel auf die zwei Anschreiben, die er im Briefkasten gefunden hatte. Das erste stammte von der Metallfabrik – er war seiner Arbeit länger ferngeblieben als die paar vereinbarten Tage. Unentschuldigt, ohne sich zu melden. Der Brief war seine Entlassung. Emotionslos legte er ihn beiseite. Das zweite Anschreiben kam von der Kriminalpolizei. In amtlichen Worten wurde ihm mitgeteilt, dass Choya zur Beisetzung freigegeben worden sei. Er würde sich um die Beerdigung kümmern müssen. Ich werde morgen hinfahren, dachte er.

Und von Neuem quälten ihn die Gedanken von vorhin, unbarmherzig, unermüdlich. Warum hatte er damals den Vorschlag gemacht, in dieses Dorf zurückzukehren, warum nur? Natürlich, sie hatten in der Klemme gesteckt, sie hatten Angst – sie mussten weg, weg aus dem verdammten Toronto. Sie hätten überallhin gehen können, überall, sie hatten Geld gespart – immerhin genug für zwei Schiffspassagen zweiter Klasse –, sie hätten sich für alle möglichen Orte dieser Welt entscheiden können. Doch als er ihr auf dieser kalten Straße Torontos, inmitten vorüberhastender Kanadier, seine Idee unterbreitet hatte, war sie einverstanden gewesen.

Einverstanden, einfach so. Ohne abzuwägen, ohne zu überlegen.

»Du warst lange in meinem Land, und jetzt gehe ich mit dir in dein Land.«

Das hatte sie geantwortet. Und das war's. Schon wenige Tage später, in denen sie sich ängstlich versteckt, kaum gewagt hatten, ihr Gesicht auf der Straße zu zeigen, verschwanden sie aus dem Land. Es war kalt, sie standen an der Reling, dicht beieinander, und ihre Blicke waren auf die Küste gerichtet.

»So überstürzt hatte ich Kanada eigentlich nicht verlassen wollen«, meinte Christian. »Wer weiß, Choya, vielleicht machen wir einen Fehler, vielleicht werden wir es bereuen.«

»Falk«, sagte sie. »Wir sind jung, wir können nach Kanada zurückgehen, wann immer wir wollen.«

Abel hatte recht gehabt. Allein aus dummen, selbstsüchtigen Gründen war Christian Falk heimgekommen, in dieses Dorf, das für ihn nie Heimat bedeutet hatte.

Und genau diese Entscheidung hatte Choyas Tod bedeutet.

Ich habe sie umgebracht.

Ohne sie zusammengezählt zu haben, sammelte er die Geldscheine jetzt ein, um sie wieder in dem Topf verschwinden zu lassen. Er wusste nicht, was er damit anfangen sollte, wollte auch gar nicht darüber nachdenken.

Er zündete sich eine Zigarette an und schlug ein paar Eier in die Pfanne, aber von der fast verbrannten Portion Rührei aß er kaum die Hälfte. Es war längst Nachmittag. Der Abend würde bald vom Wald her über das Dorf hinwegkriechen, wieder ein Tag vorbei. Christian Falk versuchte herauszufinden, was ihm im Leben geblieben war, was ihm Kraft geben mochte weiterzumachen.

Das Feuer im Ofen war ausgegangen, er entfachte es von Neuem. In das Knacken und Zischen der Flammen mischte sich eine Frauenstimme: *Der Mann mit dem Messer, das war jemand anders. Das waren nicht Sie.*

Ja, Veras Stimme. Und er konnte sich eines starken Drangs nicht erwehren – des Drangs, sie zu sehen, ihre Worte nicht nur im Geiste zu hören.

Wie schon bei der Suche nach dem Geld kam er sich schäbig vor.

Choya war tot, und er rief sich die Momente in Erinnerung, die er seither mit einer anderen Frau geteilt hatte.

Die Stimme jedoch war stärker, war schon wieder bei ihm, getragen von den Geräuschen des Feuers: *Wir werden noch einmal miteinander sprechen müssen. Du und ich, Christian.*

35

Ihr wurde schwarz vor Augen, dann ein laut klatschendes Geräusch, das das gesamte Gebäude erfüllte, und erst Sekundenbruchteile später der brennende Schmerz auf ihrer Wange.

Der Schlag mit der flachen Hand brachte Vera zu Fall. Hart schlug sie auf den quadratischen Küchenfliesen auf. Tränen verschleierten ihren Blick, ließen sie Marcus' Umrisse nur schemenhaft wahrnehmen.

Bedrohlich ragte er vor ihr auf.

Wehrlos, hilflos starrte Vera nach oben, zum ersten Mal in ihrem Leben war sie geschlagen worden, und sie hätte nie für möglich gehalten, wie weh das tat – nicht körperlich, sondern im Innersten. Es war demütigend.

Marcus zischte etwas, ein paar wilde, völlig unverständliche Silben, und Vera sah, plötzlich wie versteinert, einem neuerlichen Gewaltausbruch entgegen, vielleicht einem Tritt, einem weiteren Würgen, doch ansatzlos wirbelte er herum, um mit abgehackten Schritten aus dem Raum zu stürmen, Vera immer noch auf dem Boden.

Laute aus dem Flur, die darauf schließen ließen, dass Marcus Schuhe und Jacke anzog, anschließend sein zornerfülltes Trampeln und der Knall der Haustür, die von außen zugestoßen wurde.

Hinterher hätte sie nicht einmal sagen können, wie lange sie dort lag. Jedenfalls lange genug, bis nichts mehr von dem Beben in ihr zurückblieb, bis die Stille wieder das Haus in festem Griff hielt.

Nachdem sie auf die Beine gekommen war, ging sie zuerst zu dem Garderobenspiegel im Flur. Sie betrachtete ihre Wange, die nicht einmal so rot war, wie sie es vermutet hatte, auch nur ein wenig angeschwollen, und dann forschte sie in den eigenen Augen. Wie verändert waren sie?

Sie machte sich einen Kaffee und rauchte rasch hintereinander zwei Zigaretten. Dann machte sie sich frisch, versuchte es zumindest – sie kämmte sich das Haar, schminkte sich dezent. Wie nahe war sie vorhin dem Tode gewesen, fragte sie sich. Wie nahe war der Übergang vom Handausrutschen bis zu einer so tief empfundenen, unkontrollierbaren Wut, die Menschen dazu brachte, die letzte Grenze zu überschreiten – die Grenze zum Mord? Hatte die Hure einfach nur Pech und Vera einfach nur Glück gehabt? Konnte das Leben an einem seidenen Faden hängen, an dieser letzten Grenze?

Zurück in der Küche, spülte Vera Tasse und Untertasse ab, und die Fragen strömten weiter auf sie ein, ohne dass sie sich stark genug für die Suche nach Antworten gefühlt hätte. War Marcus lediglich ein jähzorniger Mensch, der zu Gewalt neigte, wenn er einmal richtig aus dem Gleichgewicht gebracht worden war, oder war er ein Mörder?

Wohnte sie tatsächlich unter einem Dach mit einem Mörder?

Sie musste zur Polizei gehen, sie hatte ja bereits gesagt, dass sie am Mordabend nicht bei Marcus gewesen war, sie konnte auch diesen Vorfall nicht einfach verschweigen, nein, auf keinen Fall ...

Ein Klopfen an der Haustür ließ Vera zusammenzucken. Laut wurde geklopft. Oder erschien es ihr nur so, weil im ganzen Haus bis eben eine Totenstille geherrscht hatte.

Wer war das? Die Polizei? Oder war es Marcus? Hatte er bei seinem überstürzten Verschwinden seinen Schlüssel vergessen? Der Gedanke an ihn machte Veras Lippen trocken, ihre Kehle rau, als hätte sie mit Sand gegurgelt.

Angst, die reine Angst.

Oder war es Christian Falk? Aber aus welchem Grund sollte er hier auftauchen? Nein, sagte sie sich. Und doch wurde ihr mit einer überraschenden Deutlichkeit klar, wie sehr sich auf einmal etwas in ihr danach sehnte, es könnte tatsächlich Falk sein.

Wieder die Schläge. Der gusseiserne Türklopfer stammte noch aus der Zeit, als Alfred Falk der Besitzer des Hauses gewesen war. Wie lange war das her, wie viel war seither in Veras Leben geschehen?

Aus dem Küchenfenster ließ sich nicht erkennen, wer vor der Tür stand. Schließlich gab sie sich einen Ruck und verließ die Küche. Sie folgte dem Flur.

Erneut die Schläge. Als würde mit Absicht übermäßig laut geklopft werden. Veras Hals war noch immer wie ausgetrocknet.

Sie fasste sich, atmete tief ein – und öffnete die Tür.

Im nächsten Moment hatte sie das Gefühl, der Boden unter ihren Füßen würde sich auflösen.

Sie starrte den Mann einfach nur an. Wortlos. Regungslos.

Tegger.

Diese Situation hatte etwas Groteskes. Einerseits brach sie völlig unerwartet über Vera herein, andererseits hatte sie sich auch irgendwie angekündigt, wie ein Gewitter, das sich nicht innerhalb einiger Minuten, sondern im Laufe mehrerer Jahre zusammenbraut, schwarz und immer schwärzer werdend, bis sich die ganze Spannung in einem tosenden Donnergrollen löste.

Und die Stille, die zwischen Vera Novian und ihrem Vater schwebte, die über dem ganzen Dorf lag, erschien Vera gewaltiger als ein Donnergrollen.

Sie räusperte sich, bemüht, die Erinnerungen, die Trägheit dieses Morgens abzuschütteln und die eigenen Gedanken, die gerade in alle Richtungen davonstürmten, einzufangen und sich zu sammeln. Und schon jetzt war es ein Duell, ein Kampf, schon jetzt rangen sie damit, wer als Erster das Schweigen brechen und damit eine erste kleine Niederlage einstecken würde.

Noch immer bekam Vera kein Wort über ihre Lippen, und auch Teggers Mund war ein harter Strich. Abrupt drängte sich seine massige Gestalt an ihr vorbei ins Innere des Hauses.

»Die Tratschköpfe müssen ja nicht jede Silbe hören, die zwischen uns fällt.«

Vera merkte, dass sie erleichtert die Luft ausstieß – es gab ihr Auftrieb, dass er es war, der das erste Wort ausgesprochen hatte.

Nach einem kurzen Blick auf das wie tot daliegende Dorf schloss sie leise die Tür.

Unschlüssig standen sie im Halbdunkel des Ganges, dann wies Vera zur geöffneten Wohnzimmertür. »Bitte«, sagte sie. Der erste Ton, den sie von sich gab.

Hintereinander betraten sie den Raum. Auf dem Tisch lagen Bücher, Manuskripte, Zeitungen. Vera bot ihm einen Sessel an, doch er verharrte neben einer Kommode, den Hut tief in der Stirn, die Hände in den Manteltaschen.

Auch Vera nahm nicht Platz.

Gestern Nacht hatten sie sich angestarrt, zum ersten Mal seit langer Zeit, geradewegs in die Augen gesehen. Vielleicht war schon dieser Blick eine Art Ankündigung gewesen. Eine Ankündigung, dass nun endlich Worte fallen mussten. Nach diesem scheinbar endlosen brütenden Schweigen.

»Eigentlich sollte es mir leidtun, dass ich deinem erbärmlichen Freund aus der Patsche geholfen habe.« Teggers Stimme erfüllte mit einer kalten Plötzlichkeit das Zimmer. »Diesem Weichling, der es sich unter deinem Dach und deiner Bettdecke bequem macht.«

»Willst du«, entgegnete Vera mit einer unüberhörbaren Schärfe, »mein Lob für dein beherztes Einschreiten abholen? Oder was führt dich hierher?«

Er lachte spöttisch. »Dein Lob ist für mich ebenso unwichtig wie das jedes anderen.«

»Was hattest du überhaupt dort zu suchen?« Vera fixierte ihn. »Mitten in der Nacht?«

»Dieser Falk hätte ihn am Ende noch kaltgemacht.«

»Das ist keine Antwort auf meine Frage.«

Tegger betrachtete die Kommode, das Bücherregal, ein modernes Gemälde, das nur aus gezeichneten Dreiecken in einem Messingrahmen bestand, und den teuren geschmackvollen Teppich, auf dem seine Füße in verdreckten Schuhen standen.

»Warum hast du das getan?«, fragte er unvermittelt, und seine Stimme hatte einen veränderten Klang.

Sie forschte in Teggers zerfurchtem Gesicht, in den bohrenden Augen, die tief in den Höhlen funkelten. »Getan? Was?«

»Was schon?« Er schnaubte. »Warum hast du das getan? *Damals?*«

Jetzt erst verstand sie. »Wegzulaufen? Meinst du das? Einfach so wegzulaufen von dir? Ohne ein Wort?«

»Nein.« Er nahm den Hut ab, behielt ihn in der schwieligen Hand.

Abwartend beobachtete sie ihn.

»Nein«, wiederholte er. »Sondern wiederzukommen. Warum bist du wiedergekommen? Hierher, in dieses lausige Nest.«

»Wegen der Ruhe, wegen der Abgeschiedenheit«, hörte sie sich langsam antworten. »Das ist ein angenehmer Gegensatz zu dem Trubel, den ich jeden Tag im Verlag erlebe. Und abends all die gesellschaftlichen Verpflichtungen, die längst nur noch eine Belastung sind.«

»Mach dich nicht über mich lustig«, brummte Tegger.

Zum ersten Mal fühlte sie, wie der frühere Respekt vor ihm in ihr aufwallte. Sie erwiderte nichts.

»Du könntest in Hannover wohnen, wahrscheinlich im besten Haus der Stadt. Du hättest Geschäfte und Theater und all das genau vor deiner Nase. Du müsstest nicht diesen weiten Weg zur Arbeit zurückzulegen.« Er machte eine Pause. »Nein, wegen mir bist du zurückgekommen.«

Vera lachte, und ihr Tonfall tat ihr gut. »Wie kannst du nur so etwas behaupten? Denkst du, dass du so wichtig bist für mich?« Sie fand ihre Stärke, ihre Sicherheit wieder. Jedenfalls meinte sie das zu spüren.

»Anscheinend bin ich das«, meinte Tegger, unbeeindruckt wie eh und je. »Dein Leben spielt sich nicht hier ab, schon lange nicht mehr. Deine Welt ist eine andere.«

»Woher willst du das wissen?« Sie verlagerte ihr Gewicht von einem Bein aufs andere, legte eine Hand auf eine Sessellehne. »Es ist so, wie ich sagte. Viele Jahre habe ich mich in der Stadt pudelwohl gefühlt. In *meiner* Welt, wie du es nennst. Die Geselligkeit, die Kontakte mit schöpferischen Menschen. Meine Arbeit war alles für mich, und sie hörte nicht mit dem eigentlichen Feierabend auf. Aber dann ...« Sie verstummte, als sie feststellte, dass sie dabei war, sich gehen zu lassen.

»Was dann?« Sein Blick wurde noch bohrender.

»Ein Schicksalsschlag«, entgegnete sie nach einigem Zögern. »So nennt man das wohl. Ein Punkt, an dem das ganze Leben anhält. An dem man Ruhe braucht und niemanden sehen will.«

»Und deshalb zurück in dieses Dorf?« Argwöhnisch schob er seine dichten Brauen zusammen.

»Ja.« Ihre Stimme wurde wieder härter. »In dieses Dorf.«

»Du hast dir dieses Haus gekauft.«

»Es war frei, es kostete nicht viel.«

»Wegen mir bist du wieder hier.« Tegger sagte es, als hätte es ihre Äußerungen zuvor nicht gegeben. »Um mich zu brüskieren, um durch mich hindurchzustarren, wenn wir uns begegnen. Um mich daran zu erinnern, dass es dich gibt. Und vor allem, um mich daran zu erinnern, dass es dir keine Mühe macht, mich nicht zu beachten. Als wäre ich tot.«

»Das ist Unsinn«, antwortete sie kühl.

»Du weißt, dass es so ist. Und ich frage dich noch einmal: warum ausgerechnet Alfred Falks Haus?«

Erneut zögerte Vera. Sie spürte etwas, das sich in ihr einen Weg bahnte, Worte, die sich in ihr aufgestaut hatten, all die Jahre, wie Geröll, das mit Seilen daran gehindert wurde, sich als Lawine zu lösen. »Ich habe dich damals darauf angesprochen. Auf Alfred Falk.«

»Na und?«

»Er hat dir Geld geliehen. Geld, mit dem du das Land bezahlt hast, auf dem deine Felder liegen.« Ja, sie spürte es, diese Worte wie Geröll, das einen steilen Abhang hinabrollt. »Das war ein wichtiger Schritt für dich. Nicht mehr ausschließlich Viehzucht – auch Weizen und Mais. Auf großen Flächen. Rapsanbau kam damals auf, du warst einer der Ersten, die darauf gesetzt haben. Ein guter Schachzug. Es hat sich ausgezahlt. Du hast der Erde alles herausgepresst, was sie geben konnte. Und das tust du noch immer.«

»Richtig. Ein guter Schachzug. Das war alles. Was gibt es da zu reden?«

Sie sah ihn an. »Du hast Geld gebraucht, um das Land kaufen zu können. Du hattest nicht genug oder konntest nicht genug flüssigmachen. In dem Moment, als es darauf ankam.«

In seinen Augen lag nach wie vor dieses Funkeln. Die Härte in Teggers Blick, sie konnte anderen Menschen das Blut in den Adern gefrieren lassen. Er sagte nichts.

»Alfred Falk hat dir das Geld geliehen. Ich weiß nicht, wie viel es war, doch bestimmt eine erhebliche Summe. Falk war kein reicher Mann, aber jemand, der keineswegs schlecht dastand. Er war bereits in dieses Haus eingezogen, hatte es mit Sicherheit schon angezahlt.«

Weiterhin schwieg Tegger.

»Irgendetwas ist passiert. Damals.«

Kein Laut kam von Tegger.

»Du warst mit ihm verabredet. Ich weiß das noch genau. Es ging um das Geld, das du ihm geschuldet hast. Du konntest es nicht zurückzahlen. Oder? Jedenfalls *noch* nicht. Und das wolltest du ihm mitteilen.«

Er stand einfach da, wie aus Stein gemeißelt, allein seine Augen strahlten Leben aus.

»Es gab keinen Vertrag zwischen euch, nicht wahr? Kein Schriftstück? Wahrscheinlich nur einen Handschlag, damals nicht unüblich, vor allem hier, auf dem Land, bei Männern wie dir und Falk.« Sie versuchte in seinen Zügen zu lesen.

Und endlich, es kam ihr vor wie nach Stunden, drangen wieder Töne über seine Lippen, leise und rau: »Pass auf, dass du dich nicht um Kopf und Kragen redest, Tochter.«

Das letzte Wort hing merkwürdig fremd zwischen ihnen in der Luft.

»Am Morgen nach der Verabredung sagtest du mir, dass Alfred Falk nicht erschienen wäre. Und dann hörte ich, dass er vermisst wurde. Tage später fand man die Leiche. Falks Körper war am Ufergestrüpp des Flusses hängen geblieben, viele Kilometer stromabwärts. Falk war ertrunken.«

Tegger hatte sich wieder in sein Schweigen zurückgezogen.

»Du hast ihm das Geld niemals zurückgezahlt, nicht wahr? Du hast dir das riesige Stück Land jenseits des Flusses praktisch umsonst geschnappt.«

Stumm starrte er sie an.

»Es geht nicht nur um dich und Alfred Falk. Auch um Falks Sohn. Das Geld hätte ihm zugestanden, Alfred Falks einzigem Erben. Ja, Christian Falks Erbschaft wäre um einiges größer ausgefallen. Und hätte ihm einen anderen Start ins Leben ermöglicht. Ein *anderes Leben* ermöglicht.« Vera atmete tief durch, ehe sie weitersprach. »So ist es doch gewesen. Nicht wahr? Diese

Verabredung ... Immerzu musste ich daran denken. Eigentlich hatte ich erwartet, du würdest auf mich zukommen, um mir etwas mehr zu erklären als: *Alfred Falk ist nicht zu der Verabredung erschienen.* Natürlich kamst du nicht auf mich zu. Und das konnte ich nicht glauben.«

Etwas in Teggers Gesicht veränderte sich. Seinem Ausdruck nach schien er sich die Worte genau zurechtlegen zu müssen, dann allerdings äußerte er sich ganz schlicht: »Es gab eben nichts zu erklären.«

»So?«

»Es gab nichts zu erklären.«

»Das war es, was mich so enttäuscht hat. *Du* warst es, der mich enttäuscht hat. Stets warst du so aufrecht gewesen, achtbar, geradeaus.« Vera schüttelte ihren Kopf. »Und dann das. Die Verabredung mit Falk, Falks Tod. Ich spürte, dass es ein Geheimnis gab. Und jetzt sage ich dir etwas in aller Offenheit: Ich war drauf und dran, zur Polizei zu gehen und von deinem Treffen mit Falk zu erzählen.«

»Es gab kein Treffen«, erwiderte Tegger stumpf. »Er tauchte ja nicht auf.«

»Ich war drauf und dran«, meinte Vera erneut.

»Warum hast du es nicht getan? Warum bist du nicht zur Polizei gegangen, wenn dich die Sache so geplagt hat?«

»Geplagt?«, echote sie, lauter als beabsichtigt. »Wir reden doch nicht von einem hartnäckigen Schnupfen. Ein Mensch ist gestorben.«

»Dann hättest du mich wohl anzeigen sollen.«

»Meinen eigenen Vater?«

Tegger lachte auf. »Du bebst doch vor Gerechtigkeitsempfinden. Vater hin oder her. Mord. Das war es doch, was du gedacht hast.«

»Ja«, entgegnete sie. Nüchtern, kaum hörbar. Und war verblüfft, wie einfach und schnell dieses Wörtchen über ihre Lippen gehuscht war. »Von Anfang an sagte mir mein Gefühl, dass du ihn umgebracht hast.«

»Also: Warum bist du nicht zur Polizei gegangen?«

»Warum bist du nicht *selbst* zur Polizei gegangen?« Ihre Stimme war plötzlich laut, und so dämpfte sie ihren Tonfall: »Immer hast du mir von Ehrlichkeit, von Geradlinigkeit erzählt. Von Charakter. Ich konnte es nicht glauben. Ausgerechnet du. Es war, als wäre Gott zu einem Mörder geworden. Ja, du warst immer eine Art Gott für mich. Das klingt hohl, hier und jetzt, aber meine Achtung zu dir ... meine Liebe ...« Sie senkte die Lider und setzte noch hinzu: »Ich konnte es nicht glauben.«

»Ich habe ihn nicht umgebracht.« Er legte den Hut auf die Zeitungen auf dem Tisch und nahm ihn gleich wieder in die Hand. »Aber du hast mich bestraft. Du hast mich verlassen. Einfach so. Und dann, Jahre später, bist du zurückgekehrt. Um mich noch mehr zu bestrafen. Mit noch mehr Nichtbeachtung. Weißt du, wie das für einen Vater ist? Von seinem einzigen Kind ... Von dem einzigen Menschen, der ihm etwas bedeutet, nicht beachtet zu werden? Als wäre ich Luft. Als wäre ich tot.«

»Ich habe dich nicht *bestraft*.«

»Doch, das hast du. Genau darum ging es dir.«

»Ich konnte nicht mehr mit dir unter einem Dach leben. Mord. Mein Gott, das war *Mord*. Gib es wenigstens jetzt zu.«

»Ich habe Falk nicht umgebracht.«

Nun erst hob sie wieder den Blick. »Weshalb bist du heute überhaupt zu mir gekommen?«

Er straffte sich und setzte sich den Hut auf. »Weil ich will, dass du von hier wieder verschwindest. Geh weg von hier. Strafe mich nicht bis zum Tage meines Todes mit deiner Anwesenheit. Mit deiner Nichtbeachtung. Verschwinde.«

Plötzlich fiel ihr etwas auf, das sie zuvor nicht bemerkt, das ihr einfach nicht bewusst geworden war. Ihr Vater war tatsächlich ein alter Mann geworden. Gewiss, groß und breitschultrig noch immer. Doch aus nächster Nähe konnte man unweigerlich die vielen tiefen Falten im Gesicht erkennen, die schlaffe, gelblich gewordene Haut, die an seinem Unterkiefer flatterte, der Stirnknochen, der sich vorwölbte. Kleiner wirkte sein Schädel, angreifbarer wirkte der ganze Mann.

»Das ist es, was du willst?«, hörte sie ihre eigene Stimme. »Ich soll verschwinden?«

»Entweder du gehst ...« Er maß sie mit einer Art, in die sich eine jähe Traurigkeit mischte, eine Schwermut, die es früher nicht an ihm gegeben hatte. »Entweder du gehst – oder wir sind wieder Vater und Tochter.«

Vera merkte, wie sich ihre Augen vor Erstaunen weiteten.

»Wir müssen nicht unter einem Dach leben wie damals«, fuhr er fort, »aber wir müssen wieder Vater und Tochter sein. Es liegt an dir, es ist deine Entscheidung.«

Damit ging Tegger.

Vera stand wie erstarrt.

Er streifte ihren Arm, als er sich an ihr vorbeischob, und sie konnte nichts anderes tun, als dem Klang seiner Schritte zu lauschen.

Nachdem er die Haustür aufgemacht und wieder geschlossen hatte, ließ sie sich in einen Sessel fallen. Die

Stille hüllte sie ein, diese große dumpfe, immer gleiche Lautlosigkeit.

Auszug eines schriftlich festgehaltenen Gesprächs der Kriminalpolizei Barghude mit: Margit Schorn, Magd

Frage: *Sie sagen also, dass Karl Tegger am Mordabend zu Hause auf dem Hof war?*

Antwort: Ja.

Frage: *Gemeinsam mit Ihnen?*

Antwort: Ja.

Frage: *War sonst noch jemand anwesend?*

Antwort: Nein.

Frage: *Merkwürdig. Es gibt Aussagen, dass Karl Tegger sich an diesem Abend im Stolzen Hahn aufgehalten hat. Was sagen Sie dazu?*

Antwort: Ja.

Frage: *Was meinen Sie mit Ja?*

Antwort: Er ist in den *Stolzen Hahn* gegangen. Aber er blieb nicht lange. Und dann war er wieder auf dem Hof.

Frage: *Für uns ist eher von Bedeutung, wann Karl Tegger den Hof verlassen hat. Also, wann ist er aufgebrochen, um in das Gasthaus einzukehren?*

Antwort: Vielleicht um fünf Uhr nachmittags. Vielleicht auch früher.

Frage: *Früher? Wann?*

Antwort: Vielleicht auch später. Ich weiß es nicht genau.

Frage: *Und sein Ziel war das Gasthaus?*

Antwort: Ja.

Frage: *Er wollte zum Gasthaus – und sonst nirgendwohin? Ist das richtig?*

Antwort: Ja.

Frage: *Wie es aussieht, ist Karl Tegger erst nach sechs Uhr im Stolzen Hahn eingetroffen. Womöglich sogar erst um halb sieben. Was sagen Sie dazu?*

Antwort: Dann muss es wohl später gewesen sein, als er den Hof verlassen hat.

Frage: *Sie können es nicht mit Sicherheit sagen?*

Antwort: Doch. Er hat den Hof später verlassen. Später als fünf Uhr nachmittags.

Frage: *Und jetzt sind Sie sich also doch sicher?*

Antwort: Ja. Es war später als fünf Uhr.

Frage: *Würden Sie das auch vor Gericht bezeugen?*

Antwort: Ja.

36

Nie zuvor war er derart lange durch das Dorf gegangen, und seit Ewigkeiten hatte er sich nicht derart lange im Freien aufgehalten. Die Luft biss in seine bleichen Wangen. Der Wind bauschte seinen langen Mantel, der zu dünn war für diese Jahreszeit, zu dünn für diese Gegend, für dieses erbärmliche, gottvergessene Nest irgendwo im Nichts der Welt.

Er schlotterte, seine Füße waren wie aus Eis, seine Zähne schlugen aufeinander, so laut, dass ihm das Geräusch in den Ohren summte. Ziellos war er den Gassen gefolgt, manchen mehrere Male, und er hätte um jede erdenkliche Summe gewettet, dass all die tumben Dörfler hinter den Gardinen seine Schritte mit ihren emotionslosen, immerzu stierenden Augen verfolgten.

Auch wenn er am liebsten allein geblieben wäre, fand er sich vor dem Gasthaus wieder, noch stärker durchgefroren, und als er die Tür aufstieß, starrten ihm genau solche Augen entgegen, von den Tischen, vom Tresen, jene austauschbaren Dorfaugen, die er verachtete, die er hassen gelernt hatte. Wenn auch nicht allzu viele davon, noch herrschte nicht viel Betrieb.

Am kleinsten Tisch nahm er Platz, den Mantel nach wie vor bis zum Hals geschlossen. Er hatte die Taschen durchwühlt und war erleichtert auf ein paar zerknitterte Scheine gestoßen. Mit leiser Stimme bestellte er einen Tee mit Rum. Langsam wühlte sich die Wärme des Gasthauses bis zu seinen Eingeweiden durch, und er fragte sich, was nun werden sollte.

Die letzten Monate zogen an ihm vorüber. So viel Zeit, ein ganzes Universum an Zeit und Möglichkeiten.

Und was hatte er daraus gemacht? Diese letzten Monate voller Ruhe und Gleichmäßigkeit. Kontakt zu niemandem außer Vera.

Und zu der Hure.

Der Wirt stand plötzlich am Tisch und stellte eine große Tasse, aus der es dampfte, vor ihm ab. Der mürrische, abweisende Blick, den ihm der plumpe Kerl dabei zuwarf, entging ihm. Marcus sah immer noch die junge Frau vor sich, so deutlich, als säße sie ihm gegenüber. Er erinnerte sich daran, wie er die Kleine geschlagen hatte. Es war einfach passiert, wie aus heiterem Himmel. Und zwar während er auf ihr lag. Er hatte einfach nicht anders gekonnt. Diese unerschütterlich hochmütige Art von ihr, an ihm vorbei-, durch ihn hindurchzuschauen. Anfangs hatte er sie überaus reizvoll gefunden, dann begann er in Gegenwart dieser merkwürdigen Frau einen gewissen Groll zu verspüren. Und bei diesem einen Mal hatte ihn der Ärger jäh die Hand erheben lassen.

Was ihn damals hatte noch zorniger werden lassen, war ihre Reaktion. Vielmehr, dass sie eben gar keine Reaktion zeigte. Falls sie überhaupt überrascht war, gab sie das durch nichts zu erkennen. Kein Blitzen in den schwarzen fremden Augen, kein Zucken eines Wangenmuskels, nichts. Keine Wut, keine Bestürzung.

Er schlug noch einmal zu, härter, seine Hand klatschte laut auf ihre Wange.

Nichts, sie starrte durch ihn hindurch, wie bei den Treffen davor, wie immer schon.

Schließlich ließ er von ihr ab, ohne das zu beenden, weswegen er gekommen war. Er zog seine Hose hoch, knöpfte sie zu, während die Frau nach wie vor auf dem Bett lag und es nicht einmal für nötig hielt, ihre nackte

Bronzehaut vor seinen hitzigen Blicken zu verbergen.

»Verfluchte kleine, nichtsnutzige Schlampe«, fauchte er.

Er hatte seine Jacke geschnappt, und ohne die Frau noch einmal zu beachten, war er nach draußen gerauscht.

Beim ersten Schluck Tee mit Rum verbrannte er sich die Zunge, aber die Hitze breitete sich sofort angenehm in seinem Körper aus. Sogar seine Zehen waren schon nicht mehr so eisig. Noch ein Schluck, der Tee für den Bauch, der Alkohol für die Seele.

Die Stimme ließ ihn zusammenfahren, so heftig erschrak er.

Ein Mann, groß und breit wie ein Kleiderschrank, stand neben seinem Tisch, mit einer heimtückischen Bauernvisage.

»Bist du schwerhörig, oder was?« Die Stimme bestand aus einem Knurren.

»Was wollen Sie?«, gab Marcus zurück.

Stille im Gasthaus, Blicke, die auf ihm lagen.

»Das stimmt doch, oder?«, redete der Kleiderschrank schon wieder auf ihn ein. Marcus hatte ihn bereits einige Male hier gesehen. Wie hieß er doch gleich? Ja. Brockmann.

»Was? Was meinen Sie?«

»Klar stimmt es.« Brockmann glotzte ihn an. »Der Kanadier. Er hat dich angegriffen, oder?«

»Der Kanadier?«, wiederholte Marcus, der sich hilflos fühlte, wie überfahren.

»Na klar, Falk. Das ganze Dorf quatscht doch darüber.«

Woher wissen die immer alles?, fragte sich Marcus. Wie kam es, dass sie immer alles sahen, auch was in der

Nacht vor sich ging, selbst wenn es nur eine lange Sekunde gedauert hat?

»Na los, raus mit der Sprache«, drängte Brockmann, »oder hast du die Zunge verschluckt?«

Marcus überlegte fieberhaft. Was sollte er sagen? Was war das für eine Situation?

Brockmann packte ihn am Kragen, riss ihn nach oben auf die Füße. »Er ist auf dich losgegangen. Richtig? Sogar mit einem Messer. Richtig?«

Marcus nickte. »Ja, ja«, stammelte er, »das ist richtig. Mit einem Messer. Er hat ...«

»Brockmann!«, wurde Marcus unterbrochen. »Nun lass den Wicht doch bitte in Ruhe. Es weiß doch auch so jeder, was passiert ist.« Es war der Wirt, der diese Worte aussprach, bittend und doch auch bestimmt.

»Ich wollte eben mal genauer nachfragen«, plärrte Brockmann, und sein Schnapsatem hüllte Marcus ein.

»Mach bitte keine Scherereien«, sprach der Wirt weiter. »Jedenfalls nicht hier drin.«

Marcus fühlte eine Angst, klamm und schwer, überall in ihm, Angst vor Brockmann, vor Schlägen mit einer Faust, die ihm groß erschien wie ein Backstein. Angst vor diesem ganzen erbärmlichen Dorf.

»Bitte, Brockmann«, wiederholte der Wirt.

Kaum hatte er das gesagt, riss Marcus sich wild fuchtelnd los, er stieß dabei die halb volle Tasse um und stolperte fast über seinen Stuhl. Er rannte los, auf den Ausgang zu, darauf gefasst, abermals von diesen Riesenhänden gepackt zu werden.

Er riss die Tür auf, stürzte nach draußen. Den nicht besonders dicht fallenden Schnee beachtete er nicht, erneut verhinderte er nur knapp einen Sturz. Hinter sich hörte er das höhnische Lachen mehrerer Männer, in das wohl auch Brockmanns tiefe Stimme einfiel.

Die Luft biss schon wieder, seine Atemwolken tanzten vor seinem Gesicht, in den Wangen glühte es. Marcus verlangsamte sein Tempo kaum, rannte immer noch, genau in die samtene Dunkelheit des heraufziehenden Abends hinein. Einsam und verloren fühlte er sich, schlimmer als jemals in seinem Leben.

Das Haus, in dem er sich die letzten Monate verkrochen hatte, tauchte vor ihm auf. Sein Blick fiel auf das geparkte Automobil, auf die schwarzen Fenster des Gebäudes. Hatte Vera das Licht noch nicht eingeschaltet, weil es gerade erst dunkel wurde? Schlief sie etwa? Um diese Zeit? Oder war sie gar nicht da? Marcus blieb vor dem Eingang stehen, seine Lungen bebten, er keuchte.

37

Seine Worte hallten in ihr nach: *Ich habe Falk nicht umgebracht ...*

Vater und Tochter ...

Es ist deine Entscheidung ...

Unentwegt knarrte seine Stimme weiter und weiter um sie herum, ließ sich einfach nicht vertreiben, bis Vera schließlich ihr Heil in der Flucht gesucht hatte. Etwas zwang sie nach draußen, mitten hinein in die kalte Luft, in den von Neuem einsetzenden Schneefall. Sie hatte durchatmen, irgendwie den Kopf freibekommen müssen.

Aus einem ersten Impuls hatte sie zuerst in Richtung Friedhof gehen wollen, dann jedoch erinnerte sie sich an die seltsame, fast bizarre Begegnung mit Abel, und so war sie erst einmal dem Verlauf der Hauptstraße gefolgt, bis sie deren Ende erreicht hatte.

Die ganze Zeit über war das Dorf wie ausgestorben gewesen, als durchquere sie eine Geisterstadt, auch jetzt noch war es so. Nur das Gasthaus hatte Leben ausgestrahlt, doch sie entschied sich dafür, einen weiten Bogen um das Gebäude zu machen. Nun bog sie gerade in eine weitere Seitengasse ab und zog das Tuch enger, das sie über Kopf und Schultern gelegt hatte. Weiterhin schneite es, doch nicht sonderlich heftig. Die Bewegung tat Vera gut, Teggers Stimme verlor sich endlich, und sie zwang sich, nicht über ihn und seinen Besuch nachzudenken, auch nicht über Marcus. An *gar nichts* wollte sie denken, so schwer das auch war, sosehr sich ihre Gedanken auch gegen ein wenig Entspannung sperrten.

Am entgegengesetzten Ende der Ortschaft angelangt, machte sie kehrt und wandte sich nun doch wieder in

Richtung Hauptstraße. Um sich weiter abzulenken, ging sie in das kleine Geschäft, das sogar noch offen hatte. Auch wenn Vera die kleinkrämerische, schwatzhafte Art der Ladenbesitzerin nicht sonderlich schätzte.

Ohne sich auf das sogleich einsetzende Getratsche von Frau Ballwanz einzulassen, suchte sie sich Kartoffeln und winterfestes Gemüse aus. Die spontane Idee, eine schöne dicke Suppe zu machen, gefiel ihr gut. Etwas Alltägliches wie Kochen schien Beruhigung zu versprechen.

Auf dem Rückweg fühlte Vera sich bereits viel besser als zuvor. Tief atmete sie noch einmal die Luft ein. Vor der Straße zu ihrem Haus angekommen, blieb sie abrupt stehen. Noch eine spontane Idee.

Oder gar nicht so spontan? Hatte sie nicht längst in Gedanken damit gespielt?

Vera drehte um und schlug eine andere Richtung ein. Sie spürte die Blicke des Dorfes, die unsichtbaren Augen, denen selten etwas entging. Blicke von Ehefrauen, Schichtarbeitern, die sich auf die Nachtstunden in der Barghuder Fabrik einstellten, von Halbwüchsigen, die sich langweilten, wie Vera sich hier einst gelangweilt hatte.

Sie ging davon aus, dass man Tegger bei ihr gesehen hatte. Schließlich wusste man im Dorf immer irgendwie Bescheid, und vielleicht war es auch nicht unbemerkt geblieben, dass Vera in der Nacht zuvor bei Christian Falk gewesen war.

Und was sie jetzt tat, würde abermals Gerede herausfordern.

Doch Vera setzte ihren Weg fort, über ihr der einbrechende Abend, und sie fühlte sich stark dabei, ja, schließlich blieb ihr auch gar nichts anderes übrig, als die Verwirrung und Unsicherheit der vergangenen Tage abzuschütteln, um wieder die Vera zu sein, die sie immer gewesen war, seit jener Zeit, als sie Teggers Haus den Rücken gekehrt hatte. Oder spätestens seit sie ihren Teil dazu beigetragen hatte, den Kranich-Verlag nicht untergehen zu lassen.

Dort hinten lag ihr Ziel. Bereits zum zweiten Mal war es, dass sie hierherkam. Ein unscheinbares Haus, klein und gedrungen, für das noch vor einiger Zeit ein Mieter gesucht worden war.

Licht wurde angeknipst oder eine Kerze angezündet, gerade als Vera an die Tür klopfte. Der Himmel schwärzte sich immer mehr.

Es dauerte nicht lange, bis sich die Tür einen Spalt öffnete und Licht hervorquoll.

»Guten Abend«, sagte Vera, verhalten, förmlich.

Er betrachtete sie, doch sie hatte nicht die geringste Ahnung, ob sich Erleichterung oder gar ein gewisses Erschrecken auf seinem Gesicht abzeichnete.

Sie zeigte ihm die Tasche mit den Einkäufen, unsicher, doch nur für einen Moment. Ja, die Stärke blieb, die alte Selbstgewissheit war wieder da.

»Kommen Sie herein«, forderte Christian Falk sie auf.

»Lassen wir es doch einfach beim Du«, erwiderte Vera, als sie an ihm vorbeiging.

Zielstrebig nahm sie Kurs auf die Küche, gefolgt von Christian.

Er sah ihr zu, wie sie Gemüse und Kartoffeln auf der Küchenablage verteilte. Aus dem Augenwinkel stellte sie fest, dass sich ein Lächeln in seine Züge schlich.

»Ich brauche ein Messer«, sagte sie mit gespieltem Befehlston.

Christian öffnete eine Schublade. Sie ergriff ein Messer mit offensichtlich scharfer Klinge und begann die Kartoffeln zu schälen. »Da sind auch noch Zwiebeln«, meinte sie beiläufig.

»Wie komme ich zu der Ehre?«

»Der Ehre des Zwiebelschälens?«

»Nein, der Einladung. Oder ist das gar keine Einladung?«

Vera schwieg.

»Und der Ehre eines gemeinsamen Abendessens.«

Vera lächelte, sagte aber erneut nichts und genoss es, sich endlich einmal in eine Unbeschwertheit flüchten zu können, wenn diese auch noch etwas gekünstelt wirkte.

»Schade, dass die Umgebung«, merkte Christian an, »nun ja, ein bisschen nüchtern ist. Aber ich hatte nie die Gelegenheit, eine Wohnung schön einzurichten. Da muss ich wohl noch dazulernen.«

»Ein deftiges Abendessen ist ein erster Schritt zu mehr Gemütlichkeit«, erwiderte Vera, zufrieden mit ihrem unbekümmerten Tonfall. Eigentlich hatte sie ihm von dem fürchterlichen Zwischenfall mit Marcus berichten wollen, doch jetzt entschied sie sich dagegen. Das war nicht der Zeitpunkt dafür, beschloss Vera.

Sie aßen, sie redeten. Die Suppe schmeckte hervorragend, ihre Unterhaltung kreiste bewusst um allgemeine Themen, keiner von ihnen wollte die Gelassenheit des Augenblicks mit irgendeiner Bemerkung gefährden.

Nach dem Essen tranken sie Wein, keinen guten Tropfen, sondern eine Flasche roten Fusel, den Falk irgendwann im *Stolzen Hahn* gekauft hatte. Nicht einmal der säuerliche Geschmack auf ihren Zungen tat der guten Stimmung zwischen ihnen Abbruch. Vera fühlte sich gut, die ganze Zeit über, und sie hatte den Eindruck, dass es Christian nicht anders erging. Nie hatte er sich ungezwungener ihr gegenüber gegeben, er machte dann und wann kleine Scherze und schmunzelte oft.

Später hatten sie das Licht gelöscht und zwei Kerzen auf den Küchentisch gestellt. Die Flammen fächerten eine warme Helligkeit und gaben dem Ausdruck in Christians Gesicht eine Tiefe, die Vera gefiel.

Vor dem Fenster tanzten Schneeflocken, das Feuer im Ofen knisterte, und irgendwann, nachdem er eine Weile geschwiegen hatte, bemerkte Christian leise, fast mit einem Raunen: »Du hast gesagt, du wolltest noch einmal mit mir sprechen. Nein, du *müsstest* mit mir sprechen.«

»Das tun wir doch gerade«, erwiderte Vera leichthin, als wüsste sie nicht, was er meinte.

»Um was geht es?«

Vera spürte, dass ein Schatten auf ihr Gesicht fiel, dass sich etwas Ernstes in ihr Lächeln schlich. »Es geht um die Vergangenheit.«

»Was hast du auf dem Herzen?«

Sie stand auf und begab sich ans Fenster, um nach draußen zu sehen. »Jahrelang hatte ich es einfach verdrängt, wie ich mein Leben hier im Dorf verdrängt oder vergessen hatte. Aber dann, als ich zum ersten Mal mit dir sprach, war es wieder da. Und es beschäftigt mich nun unentwegt.«

Hinter Vera das Knarren eines Stuhls. Auch Christian war aufgestanden. Seine Schritte näherten sich ihrem Rücken, sein schmales Gesicht erschien vor ihr auf der Fensterscheibe.

»Der Abend ist so … schön«, meinte sie. »So wunderbar. Ich genieße ihn, und irgendwie missfällt mir der Gedanke …« Vera suchte nach den richtigen Worten.

»Wir müssen nicht jetzt darüber reden«, kam er ihr entgegen, sanft seine Stimme. Und er fügte hinzu: »Ich genieße den Abend genauso sehr wie du. Bestimmt noch mehr.«

Vera drehte sich zu ihm um. Ganz dicht standen sie voreinander. Sie sah ihn offen an. Dann legte sie ihre Arme um seinen Nacken. Sie stellte sich auf die Zehenspitzen, schloss die Augen und spürte im nächsten Moment seine Lippen auf ihren. Sie ging völlig auf in der Berührung, es schien nichts auf der Welt zu existieren, nichts außer ihnen beiden.

Doch dann löste sich Christian von ihr, jäh und unerwartet, und sie entdeckte in seinem Blick eine Verwirrung.

»Nein«, brachte er verlegen über die Lippen, »ich glaube, das wäre nicht richtig.«

Vera musste sich erst wieder fassen, den Boden unter den Füßen wahrnehmen, den Geruch der Kerzen und des Essens, der noch in der Luft hing. Ebenso verlegen wie Christian trat sie beiseite.

»Es tut mir leid«, hörte sie sich flüstern. »Wohl besser, wenn ich nach Hause gehe. Keine Frage, es ist schon reichlich spät, und ich …«

Da fühlte sie seine Hände auf ihren Schultern. Er wirbelte sie zu sich herum, und noch ehe sie wusste, was mit ihr geschah, versank sie von Neuem in der Berührung mit Christian Falk, in einem Kuss, der länger anhielt als der erste, der einfach nicht aufhörte und noch auf ihren Lippen war, als die Morgendämmerung die Nacht vertrieb.

38

Piet war es gewohnt, den *Stolzen Hahn* jeden Morgen überaus zeitig zu öffnen. Ganz egal, wie spät es am Vorabend auch geworden sein mochte. Das Leben im Dorf begann eben sehr früh.

Manche kamen von der Nachtschicht aus der Fabrik, um sich noch eine Art verspätetes Abendessen einzuverleiben, ehe sie sich ausschlafen würden. Die anderen, für die die mittlere der drei Schichten anstand, kehrten auf ein kräftiges Frühstück ein. Manche der Bauern, deren Felder nicht zu weit entfernt lagen, kamen bei ihrer ersten Pause auf einen raschen Imbiss vorbei.

An diesem Morgen war nichts anders als sonst, nichts ungewöhnlich. Drei Tische waren besetzt. Piet versorgte die Gäste mit Essen, die Unterhaltungen setzten ein. Er zog sich hinter den Tresen zurück und wischte gewohnheitsmäßig und ohne Sorgfalt mit einem schmutzigen Lappen über das rissige Holz.

Gespräche über das Wetter, das Vieh, ein bisschen Politik. Kein Ton über den Mord, kein Ton über die Polizisten. Dann schnappte Piet jedoch eine Bemerkung auf. Einige der Gäste, unter ihnen Brockmann und einer der Motzka-Brüder, redeten über Christian Falk. Offenbar war Teggers Tochter gesehen worden, wie sie ihn besucht hatte. Oder wie sie sein Haus verlassen hatte, irgendetwas in der Art, Piet hatte es nicht genau verstanden.

Er näherte sich dem Tisch, an dem darüber gesprochen wurde, doch das Thema wurde bereits mit ein paar schwer zu deutenden Blicken beendet. Als er fragte, ob er noch etwas bringen könne, bestellte nur Brockmann einen weiteren Kaffee.

Piet nickte, räumte die leeren Tassen ab und watschelte los, um das Getränk zu bringen. Ein unangenehmes Gefühl beschlich ihn plötzlich, eine dunkle Ahnung, als würde ihnen allen noch jede Menge Unheil bevorstehen und das Dorf einfach nicht zur Ruhe kommen.

39

Es war irgendwie unglaublich, ihr so einfach beim Frühstück gegenüberzusitzen. So vertraut, verwirrend vertraut. Kaffeeduft in der Nase, ein paar Brotkrümel auf der Tischdecke, die er extra aus einer Kommode geholt hatte. Geradezu *unwirklich*. Und aufgrund der Alltäglichkeit, die von der Situation ausging, war das gemeinsame Frühstück fast noch unglaublicher als die Tatsache, dass er eine Liebesnacht mit ihr verbracht hatte.

In dem kleinen Gästezimmer, auf einem Sofa, nicht in dem Bett, das er mit Choya geteilt hatte, dort hatten sie gelegen, eng umschlungen. Eine Liebesnacht mit Vera Novian. Mit der Frau, die ihm schon derart lange ein Begriff und die dennoch so unerwartet in sein Leben getreten war. Und die ihn vollends durcheinanderbrachte, sodass er sie auch jetzt noch immer wieder verstohlen betrachten musste, als wäre sie womöglich nur eine Sinnestäuschung.

Tageslicht drang ins Innere, tauchte die spärliche, pragmatische Einrichtung in ein weiches Licht. Der Himmel war nicht sehr stark bewölkt, es schneite auch nicht mehr.

Sie sprachen leise miteinander, vermieden allzu lange, allzu tiefe Blicke. In Christian wühlte wieder dieses Gefühl von Schäbigkeit. Choya war tot, und das erst seit Kurzem. Aber die Frau, die hier am Tisch saß, war mit einer Macht über ihn gekommen, der er sich nicht hatte widersetzen können. Ausgerechnet jetzt, ausgerechnet sie, eine Frau, mit deren Leben ihn nichts verband, die zudem deutlich älter war als er.

Gemeinsam räumten sie das wenige Geschirr, das sie benutzt hatten, vom Tisch ab, um dann noch eine

Zigarette zu rauchen. Stille breitete sich zwischen ihnen aus, wie auf ein verabredetes Zeichen. Ein paar Minuten der Ruhe, ehe das folgen würde, was Vera so sehr umtrieb. Jetzt war der Moment da, er wusste es, und Vera schien nicht anders zu denken, wie er aus ihrem nachdenklich gewordenen Ausdruck herauslas.

Dann begann sie, ohne nach dem Anfang suchen zu müssen. Mit einer Entschiedenheit, die ihm einen Begriff davon vermittelte, wie selbstsicher sie wohl auch sonst im Leben agierte, etwa wenn sie in Hannover war, in ihrem Verlag. »Es geht um meinen Vater.«

Verdutzt sah er sie an. »Tegger? Über ihn möchtest du die ganze Zeit mit mir sprechen?« Was auch immer er erwartet haben mochte – das jedenfalls nicht.

Veras Blick wanderte umher, ehe ihre Augen wieder an Bestimmtheit gewannen. »Vielleicht hätte ich nie davon anfangen sollen, aber wie du weißt, lässt es mir einfach keine Ruhe.«

Er setzte sich gerade auf dem Stuhl auf, wartete ab.

Ruhig, konzentriert fuhr sie fort: »Damals, als dein Vater starb, hatte mein Vater seine Hände im Spiel.«

Die Worte schwebten durch den Raum, als könnte man sie berühren. Christian war immer noch verdutzt. »Wie meinst du das?«, war alles, was er zunächst hervorbrachte.

»Ich kenne nicht die Einzelheiten. *Niemand* kennt die Einzelheiten. Abgesehen von meinem Vater. Ich habe auch keine Beweise, wie die Polizei es nennen würde. Trotzdem bin ich mir sicher, dass das stimmt. Und genauso sicher bin ich mir, dass man meinem Vater unter keinen Umständen etwas nachweisen kann, was diese Geschichte betrifft. Nicht nach all den Jahren.«

Christian saugte deutlich hörbar Luft ein. »Es war ein Unglück. Ein bedauerliches Unglück. Mein Vater ist im Fluss ertrunken. Während eines ziemlichen Unwetters. Das ist das, was ich mein ganzes Leben lang angenommen habe. Alle haben das angenommen.«

Vera nickte und sah ihn immer noch unverwandt an. »Weil alle nicht das wissen, was ich weiß.«

»Und was soll das sein?«

Das Knistern des Feuers, so wie am Vorabend, und dennoch war alles anders. Christian spürte, wie bewegt Vera war.

»Hast du dich nicht gefragt«, fuhr sie fort, »was dein Vater spätabends am Fluss gemacht hat?«

»Es gab mehrere Vermutungen. Zum Beispiel, dass er sich noch auf den Weg zu einem der östlichen Höfe machen wollte.«

»Um diese Zeit?«

»Vera, es war ziemlich schwierig, etwas Genaues zu sagen. Allein schon deshalb, weil sich nicht feststellen ließ, an welcher Stelle er in den Fluss gefallen war. Die Strömung hat ihn ja sehr weit mitgerissen.« Er runzelte die Stirn. »Kennst du die Stelle?«

»Nein, die kenne auch ich nicht, natürlich nicht.«

»Was weißt du, Vera?«

»Dass dein Vater an diesem Abend mit meinem Vater verabredet gewesen ist. Und ich bin überzeugt, dass sonst niemand davon wusste. Niemand außer mir.«

»Weshalb?«

»Weil es um ein heikles Thema ging, bei dieser Verabredung. Nämlich um Geld. Mein Vater hat deinem Vater Geld geschuldet.«

In kurzen Worten umriss Vera das, was sie erst vor einem Tag schon zu Tegger selbst gesagt hatte.

Christian ließ die Worte auf sich wirken. »Du bist wirklich überzeugt davon, nicht wahr?«

»Und ob.« Zum ersten Mal senkte sie den Blick, wenn auch nur kurz. »Tja, und womöglich war es nicht richtig, dir das zu erzählen. Nichts Halbes und nichts Ganzes, findest du nicht?« Ein entschlossener Zug kehrte zurück in ihr Gesicht. »Doch trotz allem – ich musste dir von der Verabredung berichten, von den merkwürdigen Umständen, von dem Geld, das nie wieder ein Thema geworden ist.« Sie nickte knapp. »Ich *musste* es. Auch wenn es wohl nichts ändern wird. Rein gar nichts.«

»Ich danke dir dafür«, meinte er nach einer langen Pause, ohne sie anzusehen.

»Danken? Tatsächlich? Ich hoffe, du *hasst* mich nicht eines Tages dafür.«

Christian schaute auf, suchte ihren Blick. Über den Tisch hinweg ergriff er ihre Hand. Sie erwiderte den Druck, und es war schön, ihre Finger zu spüren, das Leben, das unter ihrer Haut pulsierte. Er stand auf und zog sie hoch, zu sich heran. Sie küssten sich.

»Eigentlich muss ich längst wieder zu Hause sein«, meinte sie, als sie immer noch beieinanderstanden.

»Musst du? Sagtest du nicht, du hättest ein paar freie Tage?«

»Ja, gewiss. Aber es ist doch irgendwie komisch, mich so lange von zu Hause fernzuhalten. Na ja, so lange *hier* zu sein.«

»Ich verstehe das natürlich.«

»Andererseits ...« Ihre Züge verfinsterten sich.

»Ja?«

»Offen gestanden, mir ist nicht ganz wohl bei dem Gedanken, nach Hause zu kommen.«

»Marcus«, sagte Christian sofort.

»Ich weiß auch nicht so recht.«

»Was ist los?«, wollte er wissen, jetzt drängender.

»Er hat mich geschlagen.« Vera winkte ab. »Na ja, vielleicht weil es einfach ein bisschen viel war für ihn. Du weißt schon, was ich meine.«

»Und ob ich das weiß. Aber: Er hat dich verprügelt? War er öfter schon gewalttätig?«

Sie schüttelte den Kopf. »Nein, eigentlich nicht.«

»Vera, da ist doch noch etwas.«

Sie schauten einander an.

»Denkst du etwa«, begann Christian, »an meinem Verdacht – sosehr er auch aus der Luft gegriffen sein mochte – ist womöglich etwas Wahres dran?«

»Ich habe wirklich nicht die geringste Ahnung.«

»Aber Angst hast du«, schloss er aus der Art, wie sie das äußerte.

Vera zögerte. »Ja, irgendwie schon.«

»Willst du nicht zur Polizei gehen?«

»Zuerst möchte ich nach Hause. Ich muss ein Bad nehmen, einen klaren Kopf bekommen und dann ...«

»Ich begleite dich«, unterbrach er sie.

»Was?« Vera schüttelte den Kopf und lachte leise. »Das geht nicht. Wir beide? Quer durchs ganze Dorf? Stell dir das Gerede vor.«

»Gerede wird es wohl auch so geben.«

»Das ist durchaus möglich.«

»Und ...« Er lächelte. »Seit wann kümmert es dich, wenn über dich geredet wird?«

Ohne weitere Verzögerung brachen sie auf. Sie durchquerten das Dorf. Mit jedem Schritt, den sie zurücklegten, dicht nebeneinander, in aller Offenheit, war sich Christian sicherer, dass dies für Aufsehen sorgen würde. Und es weckte etwas in ihm, einen wilden Trotz, auch einen Stolz, der ihn verwunderte.

Noch bevor sie ihr Ziel erreichten, hielt Vera inne. »Sieh dir das an«, raunte sie ihm leise zu.

Erst verstand er nicht, was sie meinte, dann sah er genau auf die Stelle, wo sonst ihr Automobil stand.

Es war nicht da.

»Ich wusste nicht einmal«, bemerkte Vera nach wie vor leise, »dass Marcus in der Lage ist, ein Automobil zu steuern. Sonst bin immer ich gefahren, und er hat in keinem einzigen Fall angeboten, mich abzulösen.« Sie machte eine Pause. »Offenbar hat er sich aus dem Staub gemacht.«

»Wir müssen trotzdem vorsichtig sein.« Christians Blick suchte die Fenster des Gebäudes ab. »Lass uns Zimmer für Zimmer durch das Haus gehen. Wer weiß, was er wirklich gemacht hat. Womöglich ist er noch hier.« Auffordernd hielt er ihr die Hand hin.

Ihr Blick drückte Zustimmung aus, als sie ihm den Hausschlüssel reichte.

Christian voran, Vera direkt hinter ihm, nahmen sie sich jedes Stockwerk vor, zunächst das Erdgeschoss, daraufhin die erste Etage, den Keller und schließlich den Dachboden. Schon von den ersten Sekunden an hatte Vera nicht den leisesten Zweifel – Marcus war tatsächlich auf und davon. Sie sah es an Kleinigkeiten, sie spürte es ganz einfach. Über die Falltreppe gelangten sie schließlich vom Dachboden wieder in den ersten Stock. Beim raschen Überprüfen einer winzigen Kammer sah Vera, dass von Marcus' Reisetasche, die hier in einer Truhe verstaut worden war, jede Spur fehlte.

»Lass uns noch mal in das Zimmer gehen, in dem Marcus immer schreibt«, sagte Vera, obwohl sie dort schon hineingeschaut hatten.

Inmitten des quadratischen Raums, der von einem mächtigen, aber leeren Schreibtisch dominiert wurde, bemerkte Christian, wie sich ihr Gesicht veränderte. Mit einem leisen Seufzer ließ Vera sich auf den Schreibtischstuhl sinken, ohne darauf zu achten, dass ihre schneeverschmierten Schuhe den Teppich ziemlich ruinierten. »Die Schreibmaschine ist nicht da. Das hätte eigentlich Hinweis genug sein müssen – aber vorhin war ich so angespannt, dass es mir wohl gar nicht bewusst geworden ist.« Ihr Blick wanderte über ein Regal, das voller Bücher war. »Die habe ich ihm besorgt«, erklärte sie. »Jedes einzelne davon, zumeist Fachliteratur. Er hat gesagt, er brauche sie, um Hintergrundwissen für seinen Roman zu bekommen.«

Christian setzte sich auf einen weiteren Stuhl, der an der Wand stand, und hörte ihr schweigend zu.

»Wie es aussieht, hat er kein Einziges davon mitgenommen, alle sind noch da.« Vera lächelte. Ein zutiefst trauriges Lächeln. »Mir ist, als würde ich ihn vor mir sehen. Wie er hastig seine wichtigsten persönlichen Sachen in seine Tasche stopft, seine Schreibmaschine einpackt, den Autoschlüssel sucht und aus der Tür stürmt, in der Hoffnung, ich würde lange genug aus dem Haus sein, damit er sich absetzen kann.«

Mit einem Ruck, als wäre ihr ein bestimmter Gedanke gekommen, beugte Vera sich nach vorn. Schnell nacheinander öffnete sie alle drei Schreibtischschubladen. »Hier habe ich vor Monaten, an dem Tag, als Marcus bei mir eingezogen ist, dieses Schreibpapier für ihn gelagert.« Sie berührte die Papierstapel mit der Hand und betrachtete sie lange. Kommentarlos schüttelte sie den Kopf, um dann die Schubladen wieder zu schließen.

»Was suchst du?«, fragte Christian. »Sein Romanmanuskript? Wenn er tatsächlich fortgegangen ist, hat er es gewiss mitgenommen.«

Vera sah ihn nicht an, als sie erwiderte: »Von den unzähligen Seiten – mehrere Hundert – fehlen lediglich ein paar. Das könnte ich beschwören. Bestimmt nicht mehr als ein oder zwei oder drei Dutzend, ein genaueres Nachsehen kann man sich sparen.«

»Das heißt ...« Christian ließ den Satz offen.

»Ja, das heißt es.« Erneut dieses Lächeln. »Ein paar Dutzend Seiten. Und davon ist höchstwahrscheinlich der größte Teil im Papierkorb gelandet. So viele, viele Wochen. Und dann das: nichts. Gar nichts. Wenn ich daran denke, wie begeistert er mir von seinem großen Roman, seinen atemberaubenden Fortschritten, seinem enormen täglichen Arbeitspensum vorgeschwärmt hat.« Vera erhob sich. »Das Schlimmste daran ist, dass er wirklich eine Begabung hat. Dass er etwas erreichen könnte – wenn er nur genug *wollen* würde. Wenn er bereit wäre, etwas dafür zu opfern. Leidenschaft, Kraft, Schweiß, Gefühle, Zeit. Wenn er nicht nur die Vorstellung lieben würde, wie es ist, ein Schriftsteller zu sein. Sondern wenn er das Schreiben an sich, das Schaffen von etwas, lieben würde. Dann wäre er auch stark genug, um die Schinderei auszuhalten, Stunde um Stunde, Tag für Tag.« Sie schritt auf die Tür zu. »Und jetzt ist er getürmt. Vielleicht vor einem Leben mit mir oder vor dem Gesetz. Oder vor beidem.«

Christian trat schnell hinter sie und legte seine Hände behutsam auf ihre Schultern. »Darf ich dir etwas Ehrliches sagen?«

»Bitte *nur* etwas Ehrliches.«

»Es ist natürlich einfach dahergeredet, aber: Mein Gefühl sagt mir, dass dieser Bursche es nicht wert ist. Er ist es nicht wert, dass eine Frau wie du sich Gedanken um ihn macht. Sich quält wegen Dingen, für die allein er verantwortlich ist.«

Vera drehte sich um und ließ sich stumm von ihm umarmen.

»Es sieht nicht danach aus«, fuhr Christian fort, »als würde Marcus wieder hier auftauchen. Zumindest vorerst.«

»Nein, danach sieht es nicht aus.« Vera löste sich von ihm. »Und das heißt außerdem, dass er tatsächlich ...« Ihr tiefer Blick lag auf Christian. »Du weißt schon – er könnte es getan haben. Er könnte der Mörder sein.«

Bevor er eine Antwort geben konnte, ertönte ein Klopfen.

Zusammen gingen sie nach unten, nebeneinander standen sie da, als Vera die Haustür öffnete.

Die beiden Kriminalbeamten. Wie immer in Mantel und Hut. Diesmal jedoch mit Verstärkung. Zwei uniformierte Beamte hielten sich unmittelbar hinter ihnen auf.

»Gut, dass Sie kommen«, sagte Vera schlicht.

Die Polizisten nahmen Christians Anwesenheit mit offenkundiger Überraschung zur Kenntnis.

»Sie hier?«, wurde er sogleich gefragt.

»Wie Sie sehen«, gab er zurück.

»Eigentlich möchten wir zu Marcus Sartoris.«

»Er hat eine Tasche gepackt, mein Automobil genommen«, erklärte Vera betont sachlich, »und ist verschwunden.«

Die Beamten warfen sich einen blitzschnellen Blick zu. »Frau Novian, Ihnen ist ja bekannt, dass es ein Problem gibt, was sein Alibi in der Mordnacht angeht. Dank Ihnen wissen wir, dass sein Alibi nämlich eine große Lücke aufweist. Er hat uns angelogen.«

»Wie es scheint«, entgegnete Vera, »hat Marcus sehr oft gelogen in seinem Leben.«

40

Christian Falk stand am Küchenofen und wärmte sich die Hände vor der offen stehenden Luke. Die Temperatur schien noch einmal gefallen zu sein. Das Feuer hatte er gerade erst entfacht. Er betrachtete die züngelnden Flammen und versuchte dabei, Ordnung in seine Gedanken zu bringen.

Schon bald nach dem Gespräch mit den Kriminalbeamten hatte er sich von Vera verabschiedet. Sein Gespür hatte ihm gesagt, es täte ihr gut, ein bisschen für sich sein zu können. Zumal ein Grund zur Furcht vor Marcus im Moment nicht zu bestehen schien. Die Beamten hatten noch kurz angemerkt, dass sie schon zuvor mehrmals versucht hatten, ein weiteres Gespräch mit Marcus zu führen, aber weder ihn noch Vera angetroffen hätten. Mehr war von ihnen nicht in Erfahrung zu bringen. Weder ob Marcus für sie nun Verdächtiger Nummer eins war noch etwas über ihre nächsten Schritte und ihre Absichten.

Unwillkürlich kam Christian die nackte Angst in den Sinn, die Panik in Marcus' Augen, als er ihn mit dem Messer bedroht hatte. Dieser Marcus Sartoris sollte also der Mann sein, der Choyas Leben beendet hatte.

Christian setzte sich hin und streckte die Beine unter dem Tisch aus, an dem er sehr oft gemeinsam mit Choya und einmal mit Vera gespeist hatte. Wieder fühlte er sich schäbig, wieder empfand er Scham Choya gegenüber. Und dennoch – es war ihm bewusst, dass Vera mit einer ungeheuren Macht in seinem Alltag aufgetaucht war. Einer Macht, die es ihm unmöglich machte, widerstehen zu können. Egal, wie schnell das alles gegangen sein mochte, nie hatte er so gefühlt, wie er *jetzt* fühlte. Nach wie vor war er gefangen von den zahllosen Eindrücken der letzten Tage. So vieles war geschehen, in so kurzer Zeit. Überwältigend zunächst das Gefühl der Trauer, ebenso überwältigend dann das jähe Aufschimmern eines möglichen Glücks. Und schließlich Veras merkwürdige Ausführungen, die seinen Vater betrafen. Die Welt spielte verrückt, war für Christian unberechenbarer denn je.

Er bemerkte, dass er die Küchentür nicht geschlossen hatte, und stand wieder auf, um das nachzuholen. Schließlich sollte es schnell warm werden.

Beiläufig wanderte sein Blick den Flur entlang, der zum Hauseingang führte, und blieb an etwas hängen, dessen Weiß aus dem trüben Halbdunkel des Gebäudes hervorstach.

Ein zusammengefaltetes Stück Papier.

Christian ging darauf zu, hob es auf.

Wann hatte man die Nachricht unter der Tür hindurchgeschoben? Gerade eben erst? Oder als er und Vera noch hier gewesen waren? Hatten sie sie beide übersehen können? Möglich.

Auf dem Weg zurück in die Küche las Christian die wenigen, mit Bleistift geschriebenen Worte:

Ich erwarte dich morgen auf meinem Hof.
Es gibt etwas zu besprechen.
Tegger

Er starrte auf die kantigen Buchstaben, ungläubig, als könnten sie sich jeden Moment vor seinen Augen auflösen.

Was wollte Tegger?

Er schluckte, fuhr sich mit der Zungenspitze über die trockenen Lippen.

Was würde der nächste Tag bringen? Antworten? Aber auf welche Fragen?

Morgen – so lange war das noch hin, zumindest erschien es Christian so. Unerträglich lange.

Nein, er konnte einfach nicht warten und sich in Geduld üben.

Er legte das Blatt Papier auf den Tisch und verließ die Küche. Mit entschlossenem Griff nahm er sich die Jacke, die am Haken hing. Rasch schlüpfte er wieder in seine Schuhe.

41

Sie hatte Christian hinterhergeschaut, bis er zwischen den Häusern verschwunden war. Dann hatte sie sich herumgedreht, um in das Nichts zu lauschen, das um sie herumschwebte.

Die Tatsache, dass das Arbeitszimmer leer war, dass auf einmal niemand mehr dort oben an dem Schreibtisch saß, wurde Vera erst nach und nach so richtig bewusst. Ruhig war es in diesem Haus immer gewesen, abgesehen von jenen rasch aufbrandenden Wutanfällen, die Marcus von Zeit zu Zeit gepackt hatten. Doch diese Ruhe fühlte sich jetzt anders an, sie verleitete Vera dazu, nachzugrübeln, über die Zukunft, über alles und nichts, darüber, was einmal kommen, was noch auf sie warten mochte.

Sie machte es sich in einem Wohnzimmersessel bequem, trank Tee und blätterte in alten Zeitungen, ohne die Worte darin wirklich in sich aufzunehmen.

Wie aus dem Nichts wurde sie wieder von Teggers Worten bedrängt. War sie wirklich nur zurückgekommen, um ihn zu bestrafen, ihn nicht zu beachten, ihm zu zeigen, dass sie nah war – und doch unerreichbar für ihn blieb? Und nun hatte er eine klare Entscheidung von ihr gefordert. Sie sollte verschwinden. Oder wieder seine Tochter sein. Deshalb war er also in der Dunkelheit urplötzlich auf der Bildfläche erschienen, in der Sekunde, als Christian auf Marcus losgestürmt war. Es trieb ihn um, ihr Verhältnis zueinander ließ ihm keine Ruhe. Womöglich hatte sich Tegger insgeheim schon häufiger in der Nähe von Veras Haus aufgehalten.

Ja, Tegger. Irgendwie erschien es Vera auf einmal

seltsam, einen Mann wie Tegger zum Vater zu haben. Auch an die anderen Männer in ihrem Leben dachte sie. An Toni Nachtweih, ihre erste Liebe. Zum ersten Mal erkannte sie, dass ihn – obwohl er ein ganz anderer Mensch gewesen war – etwas mit Marcus verband. Sie hätte es nicht auszudrücken vermocht, doch auf einmal kamen die beiden ihr vor wie Brüder im Geiste.

Fehler. Diese beiden Männer waren Fehler gewesen, sie hatte sich in ihnen getäuscht, mächtig getäuscht, so einfach war das. Nicht so bei Viktor Novian.

Ihre Entscheidung, seinen Heiratsantrag angenommen zu haben, bereute sie keinen Augenblick. Sie ergänzten sich, sie passten zueinander, sie liebten sich. Nach der harten Zeit verlief alles fast schon zu prächtig, um es glauben zu können. Der Kranich-Verlag hatte sich erholt, neue Mitarbeiter wurden eingestellt, es wurden Pläne geschmiedet, das Programm zu erweitern. Vera erinnerte sich so klar und deutlich an diese Tage. Tage des Erfolgs, des Aufatmens, des Aufbruchs. In dieser Zeit war es, als Viktor einmal beiläufig einen Arzttermin erwähnte. Sie hatte kaum hingehört. Als er dann jedoch wieder ins Büro zurückkehrte, sah sie ihm sofort an, dass etwas nicht stimmte. »Was ist los?«, wollte sie wissen.

Er lächelte, unsicher, beinahe schuldbewusst. »Ich glaube, dass ich krank, bin«, brachte er schließlich zögernd hervor.

»Krank?«

In seinem Kopf habe sich *etwas* gebildet, wie er sich ausdrückte.

Zwei Monate später war Viktor Novian tot. Das war der Moment, als Vera drauf und dran war aufzugeben. Und dann das Gegenteil davon tat.

Sie nahm den Verlag in die Hand, setzte sich noch mehr ein als zuvor, arbeitete ununterbrochen, stets unterstützt von Reuschler. Die Erweiterung des Verlagsprogramms erfolgte, die jüngsten Erfolge des Kranichs auf dem Buchmarkt konnten wiederholt werden. Der Verlag hatte sich längst etabliert, wurde immer mehr zu einer guten Adresse innerhalb der gesamten Branche. Und dieser Aufstieg wurde vor allem mit einer Person verbunden. Mit Vera Novian. Ihr Name gewann an Gewicht. Und die Liebe legte sie auf Eis. Für immer, wie sie insgeheim annahm. Bis sie ausgerechnet einem jungen, möglicherweise Erfolg versprechenden Autor namens Marcus Sartoris begegnete.

Erst Toni, dann Viktor, dann Marcus. Das waren die Männer ihres Lebens gewesen, die einzigen, mit denen sie geschlafen hatte. Und jetzt war noch Christian Falk hinzugekommen. Sie musste an ihn denken, so durchdringend, dass sie seine Gegenwart in diesem Augenblick direkt neben sich zu spüren meinte. Was würde aus ihnen beiden werden? Sie stellte sich diese Frage und überprüfte, ob sich dabei ein banges Gefühl in ihrer Magengrube ausbreitete. Er war zu jung für sie, er kam aus ganz anderen Kreisen, er war ... Nein, ein banges Gefühl war trotz allem nicht zu spüren. Christian. Sie wollte ihn wiedersehen, das gestand sie sich unumwunden ein, am liebsten noch am selben Abend.

Gerade als sie an ihrer Tasse nippte, ertönte Motorengeräusch, nahe des Hauses. Sofort sprang sie vom Sofa auf. War das etwa ihr Wagen? Es klang beinahe so. Marcus? Sollte er doch völlig überraschend zurückgekommen sein ...

Sie hastete in die Küche, um sich ganz am Rand des Fensters hinzustellen und vorsichtig nach draußen zu spähen.

Es war nicht ihres, sondern das Automobil der Polizisten. Einer der Kriminalbeamten stieg gerade aus, derjenige, der immer die Fragen stellte und auch sonst das Reden übernahm.

Vera lief zum Eingang und öffnete.

Er nickte ihr zu. »Ich muss Sie noch einmal belästigen.«

»Ja, bitte?« Sie musterte ihn.

»Ich dachte, es würde Sie interessieren. Es geht um Marcus Sartoris. Ich habe Neuigkeiten.«

42

Wind schlug ihm entgegen, der Schnee machte seine Schritte lautlos. Obwohl er von einer wilden Ungeduld erfüllt war, hatte er den Hauptzugangsweg zum Hof verlassen, um einen Bogen zu laufen und sich vom Wald verbergen zu lassen.

Es gab keinen Anlass dazu, aber ein unbestimmtes Gefühl drängte ihn zur Vorsicht.

Die Wand aus Bäumen jetzt im Rücken, überquerte er eine freie Ebene, die bereits zu Teggers Land gehörte. Bei jedem Atemzug schnitt die eisige Luft in Christian Falks Lungen; es war noch einmal kälter geworden, der Himmel wölbte sich bleigrau über der Welt.

Das Wohngebäude, mehrere Ställe und Scheunen hoben sich gegen den farblosen Hintergrund ab. Langsamer als zuvor bewegte er sich weiter, den Kopf eingezogen zum Schutz gegen die nächste Böe. Als er vor der breiten Eingangstür des Haupthauses stand, sah er sich um. Niemand zu entdecken, weder die Hilfskräfte noch Tegger. Er ballte seine Faust und schlug gegen das alte Holz.

Nichts geschah.

Christian wandte sich ab und ging auf den kleinsten der Ställe zu, dessen Tor halb offen stand. An der Außenwand lehnte eine Schneeschaufel. Er spähte ins Dunkel des niedrigen Gebäudes.

Das Erste, was er sah, war das makellose Weiß der Milch, die sich im Eimer befand. Dann die Frau, die sich aufrichtete. Sie tätschelte das Hinterteil der Ziege. »Trude«, hörte er sie murmeln, »du wirst doch wohl nicht krank werden. Oder, altes Mädchen? Du warst immer kerngesund, na klar, das weiß ich doch.«

Von einem anderen Stall ertönte das Muhen der Kühe, das sich mit einem neuerlichen Rauschen des Windes vermischte.

Die Frau rieb sanft das Euter der Ziege, ganz behutsam, mit kreisförmigen Bewegungen, wandte sich dann wieder den Zitzen zu, aber mehr als ein paar weitere Tropfen waren dem Tier nicht zu entlocken. »Altes Mädchen«, sagte sie noch einmal.

Und auf einmal wirbelte sie blitzschnell herum.

Sie stand stocksteif da, die Augen zu Schlitzen verengt, die Stirn in einer Mischung aus Schrecken und Misstrauen gerunzelt. Sie hatte ihn entdeckt.

Die Frau war Margit, Christian kannte ihren Namen, hatte aber noch nie ein Wort mit ihr gewechselt.

Sie kam auf ihn zu, er trat weiter zurück ins Freie, und sie folgte ihm. Unter dem bleigrauen Himmel standen sie einander gegenüber.

»Ich möchte zu Tegger«, sagte Christian Falk.

»Was wollen Sie von ihm?«

»Er hat mir eine Nachricht zukommen lassen – er möchte mit mir sprechen.«

An der Art, mit der sie ihn musterte, merkte er, dass sie ihm nicht glaubte. »Warum sollte er das wollen?« Misstrauisch der Klang ihrer Stimme.

»Das weiß ich eben nicht.« Endlich meinte er zu erkennen, was in ihr vorging. Sie hatte Angst.

Angst um Tegger.

Bestimmt hatte Tegger ihr von dem Zwischenfall vor Vera Novians Haus berichtet – die Sache mit dem Messer. Und mit großer Sicherheit hatte sich im ganzen Dorf herumgesprochen, dass Christian zuerst auf Brockmann und dann auf Motzka losgegangen war. Margit musste davon wissen – *jeder* wusste davon. Und nun nahm sie an, Christian würde auch gegenüber Tegger böse Absichten hegen.

»Ich will wirklich nur mit Tegger reden«, beeilte er sich anzumerken, und ihm fiel ein, dass er die Nachricht nicht eingesteckt hatte, also konnte er sie ihr nicht zeigen.

Nach wie vor voller Argwohn nahm Margit die Schneeschaufel an sich, um sich darauf abzustützen. Angespannt biss sie sich auf die Unterlippe.

»Ehrlich«, sprach Christian weiter. »Nur mit ihm reden.«

»Tegger ist nicht da.«

»Wo ist er?«

Sie zögerte ihre Antwort hinaus, ließ ihn nicht aus den Augen. »Jedenfalls nicht hier.«

»Es könnte sehr wichtig für mich sein, mit ihm zu sprechen.«

»Wichtig?«

»Ja.« Sie schenkte ihm noch immer keinen Glauben, davon war er überzeugt.

Plötzlich bildete sich ein verächtlicher Zug um ihren Mund. »Tegger ist jedenfalls nie zu Ihrer kleinen Hure gegangen.«

Zuerst war er verblüfft, dann kam so schnell die Antwort über seine Lippen, dass er sie nicht zurückhalten konnte: »Wohl weil er zu Hause eine eigene kleine Hure hat.«

Margit wurde rot, ihr ganzes Gesicht glühte, scheinbar der einzige Farbfleck auf dem gesamten Hof. Sie erwiderte nichts.

»Also, wo ist Tegger?«

Sie sah nach unten auf ihre Schuhe. »Er ist auf dem Hof von Motzka. Motzkas Ziegen sind krank. Er will sie sich mal ansehen.«

»Danke«, sagte Christian leise.

Er drehte sich um, dachte daran, später noch einmal zurückzukehren – und er spürte einen jähen Schmerz. Der Schnee auf der Erde, so makellos weiß wie zuvor die Milch, schien auf ihn zuzurasen. Alles wurde schwarz um ihn herum. Nur noch eine tiefe, grenzenlose Schwärze.

43

Nachmittags, nicht einmal fünf Uhr, doch eine kalte Dunkelheit bauschte sich bereits wieder vor den Fenstern. Piet entzündete zusätzlich zum elektrischen Licht ein paar Kerzen und verteilte sie auf den Tischen. Draußen hörte man den Wind, im Innenraum erklangen die Stimmen der ersten Gäste; es würden noch weitere eintreffen, wie immer um diese Zeit.

Brockmann war natürlich schon da und erntete ein paar Lacher, als er sich über Piets schlurfenden Gang lustig machte. Piet hörte gar nicht hin, zapfte in Ruhe das Bier. Nicht hinzuhören hatte er gelernt, im Laufe der langen Jahre hinter dem Tresen.

Er rief sich in Erinnerung, was er zu den Polizisten gesagt hatte, von wegen ein Wirt dürfe keine Geheimnisse haben, müsse für seine Stammgäste wie ein offenes Buch sein, und er grinste in sich hinein. Ob belustigt oder verbittert, das war ihm allerdings nicht so ganz klar. Wie ihm auffiel, hatte er nie zuvor über sich und sein Leben derart oft nachgegrübelt – erst seit dem ersten Gespräch mit den Polizisten war das so. Ein zweites war mittlerweile gefolgt, ähnlich wie das vorangegangene, ein paar Fragen, ein paar zögerliche Antworten seinerseits. Zum Beispiel ob er jemals eine dauerhafte Beziehung zu einer Frau unterhalten habe. Nein, hatte er erwidert. Ob er einsam sei? Nein, hatte er erwidert.

Und jetzt, während er das nächste Glas unter dem Zapfhahn platzierte, dachte er flüchtig an die schöne Vera, damals und heute, und gleichzeitig an die schöne Fremde mit der Bronzehaut. Auf welche Spuren waren die Kriminalbeamten gestoßen, was hatten sie in der

Hand? Stand die Lösung des Falles bevor – oder lag sie noch in weiter Ferne? Was war mit Veras hochnäsigem Freund, diesem Feigling? Hatte er etwas mit der Sache zu tun? Gerüchte, nichts als Gerüchte, manchmal taufrische, manchmal aufgewärmte.

Die Tür sprang auf, zwei neue Gäste marschierten auf den Tresen zu, gleich darauf kamen weitere. Ein Abend, an dem viel Bier fließen würde. Also eigentlich ein guter Abend.

Rasch wurde es lauter, die Stimmen vermengten sich zu einem Brodeln. Er lauschte dem Klang, und sofort sagte ihm seine Erfahrung, dass ein anderer Ton mitschwang. Kurz hielt er inne. Ja, die Stimmung war nicht wie sonst. Irgendetwas schien in diesen Stunden auf sie alle zu lauern. Aus mehreren Unterhaltungen wurde eine einzige, in die sich nach und nach jeder Einzelne hineinziehen ließ, ob gewollt oder weniger gewollt; entspanntes Gelächter wich einer Aufgebrachtheit, die von einem Gast auf den anderen überging. Piet nahm sich vor, heute nicht weg-, sondern sehr genau hinzuhören. Etwas braute sich zusammen, er war sich ganz sicher.

Tatsächlich, das Bier strömte geradezu. Einige Runden Hochprozentiges kamen hinzu, Obstbrände und Kartoffelschnaps.

Die Stimmen wurden polternder. Brandtner, Fechede, Linke, Lehmann, alle drei Motzka-Brüder und ihr Vater, keiner schien zu fehlen. Und erneut ging es um das Gleiche: den Kanadier. Paul Brockmann tat sich besonders laut hervor. Immer wieder machte er seiner Wut Luft. »Von hinten hat er mich überrumpelt, der Feigling. Mit einem Knüppel. Was ist, wenn er das nächste Mal ein Messer hat? Ich will keine Klinge im Rücken, das könnt ihr mir glauben. Auf den Fatzke der schönen Vera ist er ja schon mit dem Messer losgegangen.«

Mehrere Stimmen wiederholten den nächtlichen Vorfall, der sich wie ein Lauffeuer verbreitet hatte.

»Zum Glück ist es ja nur um den Schnösel gegangen. Um den wäre es nicht schade gewesen.«

Einige lachten hämisch.

»Warum eigentlich der Schnösel?«, meldete sich wieder Paul Brockmann zu Wort. »Wieso der? Hat der Kanadier einen Verdacht gegen den? Was steckt dahinter? Vielleicht sollten wir uns den Weichling mal vorknöpfen. Der kam mir immer schon komisch vor. Und die Polizei, die macht ja nichts. Die befragen immerzu uns. Ja, der Schnösel ...«

»Lasst uns lieber beim Kanadier bleiben«, unterbrach der alte Motzka ihn knurrend. »Mit dem Knüppel ist er auch auf Gerald los! Das wisst ihr ja! Und du hast recht, Brockmann, was ist, wenn er das nächste Mal zusticht? Zuzutrauen wäre es dem Burschen!«

»Und dazu macht er jetzt auch noch mit der schönen Vera rum«, rief ein anderer dazwischen. »An jeder Ecke pfeifen's die Spatzen von den Dächern. Am Ende hat er selbst was mit dem Mord an seiner braunen Stute zu tun.«

»Ja, der Kanadier ist es«, drängte sich der Nächste nach vorne, »den wir uns vorknöpfen sollten. Nicht den Schnösel.«

Angespannt nahm Piet zur Kenntnis, wie die Stimmung immer weiter hochkochte, wie die Aufgebrachtheit von Sekunde zu Sekunde greifbarer wurde. Vorhin, kurz vor Einbruch der Dunkelheit, war Tegger noch auf ein schnelles Bier Gast im *Stolzen Hahn* gewesen. Und außerdem hatte er seine Tochter besucht, zum ersten Mal seit Ewigkeiten, ja, seit ihrer überraschenden Rückkehr – das ganze Dorf schwatzte schon darüber. Piet bedauerte es, dass der alte Mann jetzt nicht hier war. Teggers Ruhe hätte diesen Hitzköpfen gutgetan. Sein Rat war stets willkommen, überall, bei jedem.

»Lasst uns den Kanadier endlich anzeigen«, schlug gerade jemand vor. »Angriffe mit einem Knüppel und einem Messer bringen ihn bestimmt für eine Weile hinter Gitter.«

»Ach, anzeigen. Vergesst die Polizei. Die tut doch nix, was einem weiterhilft.«

»Das finde ich auch«, verschaffte sich der alte Motzka wieder Gehör. »Hier haben wir uns immer selbst die Probleme vom Hals geschafft. Wir brauchen niemanden von außerhalb. Wir nehmen die Sache in die eigene Hand. So haben wir das immer gemacht, oder etwa nicht?«

»Genau!«, brüllte Brockmann. »Lasst uns zum Kanadier rübergehen und ihm eine ordentliche Abreibung verpassen.«

»Eine Abreibung, die ihn ein paar Wochen ins Krankenhaus bringt.«

»Oder ein paar Monate.«

»Oder am besten direkt in den Sarg.«

Zustimmung, vollmundig, lauthals, aus jeder Ecke.

»Moment mal«, hörte Piet sich rufen, sein erster Beitrag überhaupt, und seine Stimme hörte sich für ihn selbst irgendwie sonderbar und ungewohnt an. »Wartet einen Augenblick.«

»Wieso warten?«, maulte Brockmann. »Wir haben lange genug gewartet!«

»Stimmt!«

»Na los, auf zum Kanadier.«

»Ja, schlagen wir ihm seinen Schädel ein, bevor er wieder das Messer rausholt und auf einen von uns losgeht.«

»Richtig, auf zum Kanadier!«

Piet starrte verzweifelt in die Runde. Christian Falk war nicht sein Freund, aber das, was sich hier gerade abspielte, das hatte mit Recht nichts zu tun, das war nicht in Ordnung, das ging einfach nicht. »Wartet bitte!«, rief er von Neuem. »Ich habe eine Idee. Lasst mich wenigstens meine Idee vorbringen, dann könnt ihr immer noch losrennen wie ein Rudel hungriger Wölfe.«

»Na gut«, brummte der alte Motzka widerwillig. »Piet soll sagen, was er zu sagen hat.«

»Also«, begann Piet langsam. »Meine Idee sieht so aus – na ja, es ist eher ein Ratschlag an euch.«

»Dann mal raus mit der Sprache«, drängte Paul Brockmann.

44

Die heraufziehende Dunkelheit hatte ihn ausgespuckt wie einen großen unförmigen Klumpen. Schwerfällig war sein Schritt gewesen, als er auf den Hof zugegangen war, von Wind und aufwirbelnden Schneewehen umpeitscht. Margit hatte am Fenster auf ihn gewartet, ihm entgegengesehen, nervös und unsicher.

Als er hereinkam, las sie Müdigkeit in seinen Augen, das Gesicht war von Gedanken zerfurcht. Er hatte kaum geschlafen, der Zwischenfall mit Christian Falk und dem Messer, von dem er ihr in barschen Worten berichtet hatte, beschäftigte ihn wohl immer noch, das vermutete sie jedenfalls. Sie war ja schon erstaunt, dass er ihr davon erzählt hatte – normalerweise zeigte er sich alles andere als mitteilsam.

Mit einem Gefühl der Befangenheit, wie immer, wenn er bei ihr war, beobachtete sie, wie er am Tisch saß und Brot mit Schmalz und kaltem Braten und dazu eingemachte rote Rüben aß. Er kaute hungrig und lustlos zugleich, wenigstens kam ihr es so vor.

Margit trat seitlich an ihn heran. »Übrigens, die Fremden haben auch mit mir gesprochen.«

»Wer?«

»Na, die Polizei.«

»Das weiß ich doch.«

»Aber Sie haben sich gar nicht erkundigt, was die Herren mich alles gefragt haben.« Sie holte Luft. »Und was ich geantwortet habe.«

»Gibt es denn irgendetwas, das du mir berichten müsstest?«

»Nichts«, erwiderte sie. »Gar nichts. Alles verlief gut.«

»Dann ist ja alles in Ordnung.«

Margit räusperte sich. »Da ist noch etwas.«

»Hm?«

»Er war hier.«

»Wer?«

»Christian Falk.«

Augenblicklich hörten Teggers Kiefer auf zu mahlen. »Heute? Ich wollte doch, dass er morgen kommt.«

Nun war Margit überrascht – so sehr, dass sie kein Wort herausbrachte.

Ohne sie anzublicken, fragte er: »Und weiter?«

»Ich machte mir Sorgen.«

»Wieso?«

»Nun ja, wegen der Geschichte mit dem Messer. Wegen ... wegen allem.« Es fiel ihr schwer, sich zu konzentrieren, ihre Gedanken purzelten durcheinander. »Sie wollten tatsächlich, dass er hierherkommt?«

Tegger nickte nur.

»Ich dachte, er hat vor, Sie anzugreifen. Weil er doch alle möglichen Männer angegriffen hat.« Ihr Tonfall klang schon wieder so verteidigend. »Ich machte mir Sorgen«, wiederholte sie hilflos.

Er legte das Messer weg und richtete zum ersten Mal seit seinem Eintreffen die Augen auf sie. »Was ist passiert?«

»Er hatte kein Messer dabei.«

»Woher weißt du das?«

»Ich habe ihn durchsucht.«

Er lachte auf, aber nicht belustigt. »Du hast – *was?*«

»Ihn durchsucht.« Margits Stimme war kaum hörbar, das Prasseln des Feuers im Kamin war lauter.

Unwirsch stand er auf. »Was ist passiert?«

»Er ist im Stall.«

»Falk?«

Sie senkte den Blick und nickte.

»Sorgen«, wiederholte Tegger spöttisch. Er durchquerte den Raum und griff nach einer Petroleumlampe und Zündhölzern.

Nur zwei Minuten später standen sie im Stall, ein paar Schritte neben der Ziege namens Trude und einem Mann, der auf der kalten Erde lag, an Händen und Füßen gefesselt mit Lederriemen, den Mund mit einem Stoffstreifen geknebelt. Das Heu und die trockene Erde neben seinem Kopf waren mit Blut verkrustet.

Tegger brummte unwirsch und drückte Margit die Lampe in die Hand. Dann kniete er sich hin. Er löste die Fesseln, den Knebel und betrachtete im gelblichen Lichtschein das von Blut verklebte Haar des Mannes, der jäh aufstöhnte. »Mit der Schneeschaufel?«, wandte sich Tegger an Margit.

Sie nickte.

»Und erwischt hast du ihn mit dem Stielende?«

Wieder nickte sie stumm.

»Du kannst von Glück sagen, dass er einen Dickschädel hat.« Er richtete sich auf und half dem Mann auf die Beine. »Und dass er nicht erfroren ist in den letzten Stunden.«

Wacklig stand Christian Falk da.

»In die Wärme mit uns«, wies Tegger an.

Gleich darauf standen sie zu dritt in der Wohnküche des Hofes.

Margit musterte Falk, nicht mit Schuldbewusstsein, sondern mittlerweile eher mit Trotz. »Man weiß ja nie bei dem Kerl«, versuchte sie sich zu rechtfertigen. »Er geht ja auf jeden im Dorf los.«

»Schon gut«, beschwichtigte Tegger.

Falk sah zwischen ihnen hin und her und schwieg. Mit einer Hand rieb er sich den Hinterkopf.

»Der Schlag meiner Magd tut mir leid«, meinte Tegger, den Blick auf Falk gerichtet. »Andererseits musst du dich auch nicht darüber wundern. Es ist nachzuvollziehen, dass sie so reagiert hat. Nach allem, was du in den letzten Tagen veranstaltet hast, mein Junge.«

Die Worte taten Margit gut.

»Ich bin nicht *Ihr Junge*«, entgegnete Falk leise. »Und den Schlag werde ich schon wegstecken.«

»Am besten, wir setzen uns hin«, bot Tegger an.

Falk straffte sich, ließ dabei Tegger nicht aus den Augen. »Ich möchte mich nicht setzen. Ich möchte nur eines.« Er machte eine Pause. »Und zwar wissen, was Sie von mir wollen. Was sollte dieser Zettel?«

»Ich habe dich für morgen hergebeten. Bestimmt ist es besser, wir sprechen wirklich erst morgen. Ganz in Ruhe. Und ohne dass einer von uns ziemliches Schädelweh und dazu eine Teufelswut hat.«

Falk schüttelte den Kopf. Sein Blick wirkte klarer als noch im Stall. »Ich bin *jetzt* hier. Und ich möchte wissen ...«

»Ich wollte dir ein Angebot machen«, unterbrach ihn Tegger ruhig.

Falk konnte weder seine Verblüffung noch seinen Argwohn verbergen, Margit sah es dem jungen Mann an, und auch sie selbst konnte kaum glauben, was sie eben gehört hatte.

»Ein Angebot?« Falks Augen verengten sich.

»Vielleicht setzen wir uns doch an den Tisch«, schlug Tegger erneut vor.

»Was für ein Angebot?«, ging Falk nicht darauf ein.

»Ich bin auf der Suche nach einem Verwalter. Für den Hof.«

Margit spürte, wie ihr Mund aufklappte.

Einer der begehrtesten Posten weit und breit. Ein Posten, für den mehr als ein überaus geeigneter Bewerber vorgesprochen hatte. Ausgerechnet Christian Falk wurde er angeboten. *Dem Kanadier?* Sie starrte Tegger an, der sie ebenso wenig beachtete, wie Falk das tat – es war, als wäre sie gar nicht mehr anwesend.

Falk versuchte sich von seiner Überraschung zu erholen, es war ihm deutlich anzumerken, wie es hinter seiner Stirn arbeitete, wie er überlegte, nach wie vor voller Misstrauen, die Lippen zusammengepresst.

»Du musst dich natürlich nicht sofort entscheiden«, ergriff wiederum Tegger das Wort. »Lass es dir durch den Kopf gehen. Wie gesagt, du könntest morgen noch einmal herkommen – und wir bereden die Einzelheiten. Unverbindlich, in aller Gelassenheit.«

Falks Augen blinzelten, er sah sich kurz um, als zweifelte er, dass das gerade tatsächlich geschah, weiterhin ohne etwas zu sagen.

»Also morgen«, bekräftigte Tegger. Er hielt Falk die Hand hin.

Margits Blick erfasste die Hand, als hätte sie sie nie zuvor gesehen.

Auch Falk starrte sie an, schüttelte sie nach einigem Zögern aber doch, immer noch überrumpelt, regelrecht überfahren.

»Bis morgen«, wiederholte Tegger. »Von mir aus gleich in der Frühe.«

Christian Falk nickte, drehte sich um und verschwand ohne ein Wort des Abschieds hinaus in die Finsternis.

Tegger nahm wieder Platz, um seine Mahlzeit fortzusetzen, als wäre nichts vorgefallen. Gleichmütig schnitt er sich eine dicke Scheibe vom Brot ab, während Margit nach wie vor am selben Fleck verharrte. Vom Feuer ging eine wohlige Wärme aus, die alte Zimmertür knarrte, draußen heulten Windböen.

»Willst du da Wurzeln schlagen?«, brummte Tegger.

Als wäre ein Blitz in sie gefahren, hüpfte Margit zum Kamin, um einige Scheite nachzulegen. Danach trat sie an den Tisch heran. Sie versuchte all ihren Mut zusammenzunehmen, suchte nach den richtigen Worten.

»Was möchtest du mir sagen?«, brachte Tegger ihre Gedanken noch mehr auf Trab.

»Ich, äh …«

»Warum ich Christian Falk das Angebot gemacht habe, das möchtest du wissen, oder?«

Sie nickte. »Mir ist klar, es geht mich nichts an.«

Tegger starrte in seinen Teller. »Da hast du recht. Es geht weder dich noch sonst jemanden etwas an.«

Danach fiel kein Wort mehr zwischen ihnen. Der Abend schritt voran, langsam und ruhig, wie jeder Abend. Der Wind ließ nach, draußen breitete sich eine tiefe Stille aus. Tegger blätterte in der Zeitung, Margit beschäftigte sich mit dem Abwasch und setzte sich danach ans andere Ende des Tisches, um einige von Teggers Socken zu stopfen.

Ein plötzlicher Laut ließ sie beide aufsehen.

»Was war das?«, knurrte Tegger.

»Da ist jemand«, flüsterte Margit.

Wieder das Geräusch, nun lauter, eindeutiger.

Margit betrachtete ihn. »Jemand ruft nach Ihnen.«

Tegger erhob sich vom Tisch, holte die Petroleumlampe und ging auf die Tür zu. Er ging nach draußen.

Ein paar Sekunden verstrichen quälend langsam, dann ertönten Stimmen. Sowohl die von Tegger als auch die anderer Männer. Jetzt sprang auch Margit auf. Sie lief rasch ans Küchenfenster. Von dort aus hatte sie Sicht auf den Bereich vor dem Eingang.

Aus der Finsternis schälten sich Gestalten, viele, mindestens ein Dutzend. Sie standen vor dem Haupthaus und redeten wild durcheinander. Ein plötzlicher Lichtfächer erhellte sie – Tegger hielt sich unmittelbar vor dem Eingang auf und hatte die Lampe entzündet. Alle schienen jetzt durcheinanderzuschreien, nur Tegger blieb ruhig. Margit konnte kein Wort verstehen, die Situation hatte etwas Abgründiges – sie fühlte eine Gänsehaut. Und eine Angst, die an ihrer Wirbelsäule hinaufkroch.

Was sollte das?, fragte sie sich und wunderte sich über Teggers offenkundige Gelassenheit.

Die Männer riefen noch immer, betrunken wirkten sie, ihre Gesichter waren Fratzen mit wild funkelnden Augen, vor ihren offenen Mündern tanzten Atemwölkchen in der Kälte.

Was hatte das zu bedeuten? Margit reckte den Hals, biss sich auf die Lippe. Warum waren sie so aufgebracht? Hatten sie es auf Tegger abgesehen?

Dagegen sprach der Abstand, den sie wahrten, sodass das Licht sie auch nur teilweise einzufangen vermochte, was dieses Schauspiel noch unheimlicher machte.

Oder …?

Ein Gedanke raste durch Margits Kopf. Wollten sie Tegger *warnen*? Vor der Polizei? Hatten die Beamten herausgefunden, dass Tegger am Abend des Mordes bei der Hure gewesen war?

Schlagartig war die Angst beinahe unerträglich groß. Margit spürte sie, wie eine Schicht aus Eis, die ihr Innerstes ausfüllte. War es so? Wollten sie Tegger warnen?

Sie biss so fest zu, dass ihre Lippe wehtat.

Beruhige dich!, ermahnte sie sich.

Endlich gelang es ihr, die Stimmen voneinander zu unterscheiden, die einzelnen Worte, gedämpft durch die Hauswand und die angelaufene Fensterscheibe, besser aufzuschnappen.

»Wir wollen ihm eine Lektion erteilen!«, rief gerade jemand zornig – es war der Widerling Paul Brockmann.

Wem?, fragte sich Margit.

»Genau«, wurde er von einem der anderen bestätigt. »Es ist höchste Zeit. Sonst belässt er es nicht bei Knüppel und Messer. Sonst hat er nächstes Mal eine Knarre!«

»Und einer von uns hat eine Kugel im Pelz!«, brüllte ein Dritter. Es war Lehmann oder Fechede, Margit konnte ihn nicht genau sehen, da er von anderen halb verdeckt wurde. »Ja, eine Lektion. Je früher, desto besser.«

Demzufolge ging es nicht um Tegger selbst, sondern um Christian Falk. Margit fiel ein Stein vom Herzen, der Druck in ihrer Brust ließ sogleich nach. Ihre Augen suchten Tegger, der regungslos dastand, die Arme verschränkt, die Lampe zu seinen Füßen. Er hatte sich keine Jacke übergeworfen, trug nur Hemd und eine wollene Weste. Eigentlich musste ihm schon höllisch kalt sein, doch davon war ihm nichts anzumerken. Ein harter Kerl, noch immer, ein Mann, wie ihn nur eine raue, einsame Gegend wie diese hervorbringen konnte.

»Falk ist eine Gefahr für jeden Einzelnen von uns, verflucht noch mal!«, grölte schon wieder Brockmann. »Wir schnappen uns den Burschen!«

»Wenn er eine Gefahr ist«, ließ sich zum ersten Mal Tegger vernehmen, ruhig und gefasst, wie sie ihn alle kannten, »dann ist das eine Sache für die Polizei. Findet ihr nicht?«

»Ach, die Polizei«, ertönte die gereizte Stimme Hermann Motzkas. »Wir denken nicht, dass wir das, was hier geschieht, Fremden überlassen sollten. Die bringen alles nur durcheinander, machen alles nur verzwickt. Wir aber müssen hier leben. Es ist allein unsere Sache. So haben wir das immer gehalten.«

Beifälliges Gemurmel erhob sich, das erst durch ein paar vorsichtig vorgetragene Worte unterbrochen wurde: »Lasst uns mit Falk reden, lasst uns erst mal mit Falk *reden.*«

Margit verfolgte, wie der Wirt des *Stolzen Hahns* sich in der Gruppe nach vorne schob. »Herr Tegger, was ist Ihre Meinung?«, rief Piet mit einem bittenden Unterton. »Es war mein Vorschlag, dass wir Sie aufsuchen. Ich weiß, dass Sie immer einen kühlen Kopf bewahren.«

Tegger betrachtete sie alle der Reihe nach. »Ich stimme Hermann Motzka zu. Wir überlassen unsere Angelegenheiten nicht einfach den Fremden und warten ab, was die zum Vorschein bringen – oder eben *nicht* zum Vorschein bringen.« Er sprach nicht sonderlich laut, doch seine Stimme lag klar und deutlich über dem gesamten Hof. »Aber kümmern wir uns jetzt nicht um die Polizei – diese Barghuder Trottel haben sich bisher ja nicht gerade schlau angestellt. Und auch um Christian Falk sollten wir uns nicht kümmern. Ich werde morgen mit ihm reden. Von Mann zu Mann, ganz vernünftig. Danach wird er keinen Krawall mehr machen, da bin ich zuversichtlich.« Er ließ ein paar lange Sekunden verstreichen. Kein neuerlicher Wind war aufgekommen, die Luft war beißend wie immer, der Himmel mit Sternen gespickt. Vom Fluss her trieb Bodennebel auf die Hofgebäude zu. »Wir sollten uns nur um eines kümmern. Um den Mörder.«

Das Zischen, mit dem ein weggeworfenes Streichholz im Schnee erlosch, nachdem sich jemand eine Zigarette angezündet hatte – dann kehrte Stille ein, jedoch eine andere als sonst. Eine Stille, die wie mit Messern zu schneiden, die wie ein riesiges Felsmassiv war.

Die Männer starrten Tegger an.

In unverändertem Gleichmut steckte er seine breiten Hände in die Hosentaschen. »Wir wissen doch alle, wer der Mörder ist.«

Margit schob ihre Nase ganz dicht an das Fensterglas.

»Wir wissen es doch alle«, wiederholte Tegger mit einer Selbstverständlichkeit, die eindringlicher war als jede Schärfe.

Kurz darauf brachen die Männer auf. Tegger, inzwischen mit Wintermantel, Schnürstiefeln und Hut, befand sich unter ihnen. Margit sah vom Fenster aus zu, wie die Gruppe sich schweigend vom Hof entfernte und sich innerhalb von wenigen Momenten in der Dunkelheit auflöste.

45

Tiefe Dunkelheit über ihm, eine Finsternis, die in ihn hineinzukriechen schien. Langsam ging er durch den Schnee, Schritt für Schritt. Langsam auch die Gedanken, die seinen Kopf füllten, als wären sie schwer wie Blei, als wären sie etwas, das ihn erdrücken konnte. So viele Gedanken in den zurückliegenden Tagen, unendlich viele, kein Wunder, dass sie an seinen Kräften zehrten, ihn ermüdeten, in ihm die Sehnsucht nach Frieden immer stärker werden ließen.

Er näherte sich den Häusern des Dorfes, jenen farblosen Flecken, erhellt von dem Licht, das hier und da aus Fenstern sickerte. Die Leben, die sich hinter all den Mauern abspielten, kümmerten Christian Falk nicht, hatten nichts mit ihm zu tun, und das war ihm nie derart tief bewusst gewesen wie in diesen Sekunden, in denen nur das leise Knirschen seiner Sohlen im Schnee zu hören war.

Dem gleichen Weg folgte er, den immer Tegger nehmen musste, um in die Ortschaft zu gelangen. Teggers Angebot. Es hatte ihn verblüfft, es hatte ihn unsicher werden lassen, er war nicht einmal dazu gekommen, die rätselhafte Sache mit seinem Vater anzusprechen. Teggers Angebot. Wie aus heiterem Himmel. Was sollte er davon halten?

Nur noch gut zwanzig Meter von ihm entfernt ragte das Gebäude auf, in dem Vera wohnte. Kaum hatte er hingeschaut, erschien Veras Gesicht, umrahmt von ihrem schönen, dichten Haar, wie auf eine stumme Verabredung hin, an einem der unteren Fenster, das nur schwach erleuchtet wurde, womöglich von einer Kerze. Durch die Scheibe winkte sie ihn heran.

Gleich darauf betrat er das Haus, das fast schon wieder vertraut auf ihn wirkte, obwohl es doch so lange schon keinen Platz mehr in seinem Leben gehabt hatte.

Einen kurzen Moment standen sie unschlüssig voreinander. Dann drückte sich Vera an ihn, um ihm einen Kuss zu geben.

»Ich muss dir etwas erzählen«, flüsterte sie ihm zu, ihre Augen ganz nahe vor seinen.

»Du errätst nicht, wo ich gerade herkomme.«

Sie lächelte. »Ich zuerst.«

»Also?«

»Marcus«, kam es sofort über ihre Lippen. »Er hat einen Unfall gebaut.«

»Was?«

»Mein Automobil hat offenbar etwas abbekommen, er jedoch nicht.« Erneut huschte ein vages, unentschiedenes Lächeln über ihr Gesicht. »Das ist in Barghude passiert, mitten in der Stadt. Offenbar wollte er sie durchqueren, um auf die Straße nach Hannover zu gelangen.«

»Und jetzt?«

»Mehr weiß ich noch nicht. Außer dass er verhört wird. Weil niemand bezeugen kann, ob er am Mordabend wirklich zu Hause war.« Sie runzelte die Stirn. »Auf jeden Fall sitzt er erst einmal fest. Der Polizist hat gesagt, sie werden ihn auf dem Revier behalten. Fluchtgefahr.«

»Sehr gut.« Christian atmete zufrieden durch.

»Und jetzt du – was wolltest du mir sagen?« Vera ergriff seinen Arm. »Halt! Lass uns erst einmal hinsetzen.« Sie führte ihn ins Wohnzimmer, und sie nahmen in den Sesseln Platz.

»Ich komme vom Hof deines Vaters«, erklärte er und schilderte ihr, was sich ereignet hatte.

Sofort zeigte sich Kummer in ihren Zügen. Sie sprang auf, untersuchte die Wunde an seinem Kopf und fuhr mit vorsichtigen Fingern durch sein Haar. »Das muss ja ein ordentlicher Schlag gewesen sein«, stieß sie besorgt aus.

»Geht schon wieder.«

»Es hat ziemlich geblutet. Du musst zu einem Arzt.«

»Lass nur«, beschwichtigte Christian. »Ich bin viel zu durcheinander, um mich damit aufzuhalten.« Er drängte sie dazu, sich wieder zu setzen. Dann kam er auf den entscheidenden Punkt und erzählte von Teggers Angebot.

»Ich hätte nicht für möglich gehalten«, meinte Vera leise, die Augen ins Leere gerichtet, »dass er jemals so etwas wie Gewissensbisse haben würde. Dass er *bereuen* würde.«

»Das ist der Grund?« Aufmerksam sah Christian sie an. »Wegen meines Vaters? Wegen der Geschichte, die du mir erzählt hast?«

»Die Geschichte, wie du es nennst, hat damit zu tun, dass dein Vater starb.« In ihrem Blick war ein eindringliches Funkeln. »Und ich bin nach wie vor überzeugt, dass es kein Unfall war. Jetzt mehr denn je. Sonst hätte Tegger dir nicht diesen Vorschlag unterbreitet – welchen Grund könnte es sonst geben, Christian?«

Kurz breitete er die Hände aus. »Ich weiß es nicht.«

»Du verfügst über keine Kenntnisse für eine solche Anstellung, oder?«

»Keine«, gab er zurück.

»Und es besteht eigentlich keinerlei Verbindung zwischen dir und meinem Vater, oder?«

»Nein.«

»Hast du ihn darauf angesprochen?«

»Worauf? Auf meinen Vater? Darauf, dass du Tegger für seinen Mörder hältst?«

»Gewiss«, entgegnete sie fest.

»Ich war ...« Er schnaufte. »Nein, mein Schädel hat gebrummt, ich musste mich erst einmal wieder fassen, und ich konnte nicht einfach sagen: *Haben Sie vor über zwanzig Jahren meinen Vater umgebracht?* Als Tegger das mit dem Verwalter ins Spiel brachte, war ich ohnehin ziemlich sprachlos. Die Situation war vollkommen ... Nun ja, eigenartig. Und außerdem werde ich ihn morgen wiedersehen. Er will über die Stelle als Verwalter mit mir reden. Dann werde ich meinen Vater mit Sicherheit nicht mehr unerwähnt lassen. Mal sehen, wie er reagiert.«

»Wie gesagt, es wird ihm nichts nachzuweisen sein. Was auch immer damals gewesen sein mag.«

»Ich werde ihn darauf ansprechen.« Christian nickte ihr zu. »Natürlich werde ich das.«

»Mein Vater ist ein Mann«, bemerkte Vera nach einer Zeit des Schweigens, »der offenbar so manches gerne ungeschehen machen würde.«

Ihm war, als hätte sie das mehr zu sich selbst als zu ihm gesagt.

Anschließend unterhielten sie sich noch eine Weile, nicht mehr über Tegger, nicht mehr über Marcus, doch es kam kein wirkliches Gespräch auf. Jeder war mit den eigenen Gedanken beschäftigt. Es dauerte nicht lange, bis Christian sich entschied, aufzubrechen und nach Hause zu gehen. Vera wirkte ein wenig enttäuscht. Er brauche ein Bad, eine Rasur, erklärte er, und sie könnten sich am nächsten Tag sehen.

Sie seufzte leise. »Ja, das können wir.« Ihr Lächeln kehrte zurück. »Und ich freue mich darauf. In der

Vergangenheit hatte ich wenig, das Vorfreude bei mir ausgelöst hat, wie ich gerade feststellen muss.« Fast ein bisschen verschämt senkte sie kurz die Lider.

»Das ist bei mir genauso.« Christian schloss sie in seine Arme, gab ihr einen langen Kuss.

Gleich darauf tauchte er wieder ab in die Nacht des Dorfes. Niemand begegnete ihm auf dem Weg nach Hause, wo ihn eine Leere erwartete, die er nie eindringlicher wahrgenommen hatte. Er streifte die Jacke ab und hängte sie auf, dann erst machte er Licht. Als er sich umsah, verspürte er plötzlich den Drang, diese Mauern hinter sich zu lassen.

Im Bollerofen der Küche machte er Feuer. Sein Kopf tat plötzlich wieder mächtig weh. Vorsichtig strich er über die Schwellung, über das verkrustete Blut, und ihm fiel ein, dass der alte Abel immer Augentrostkraut sammelte, eine angeblich hervorragende Hilfe gegen Kopfschmerzen jeder Art, wenn man es mit heißem Wasser aufgoss. Natürlich hatte Christian nichts von dem Kraut im Haus, und auch sonst nichts, das ihm Linderung verschaffen konnte.

Er begann die Küche aufzuräumen und zu putzen, einfach nur, um sich abzulenken, um seine Hände etwas tun zu lassen. Anschließend reinigte er seine Mütze von dem Blut, mit dem sich die Wolle nach Margits Schlag getränkt hatte, um sie anschließend über dem Ofen aufzuhängen. Der Gedanke an Schlaf behagte ihm nicht, er wollte wach sein, warum auch immer.

Hunger stellte sich ein, riss Christian aus seinem ständigen Grübeln. Von der Suppe war noch ein Rest übrig, den er erwärmte und innerhalb von Minuten verspeist hatte. Anschließend rasierte er sich die Stoppeln aus dem Gesicht, aber das Bad verschob er auf den morgigen Tag. Jetzt noch eine derartige Menge Wasser zu erhitzen, machte einfach zu viel Mühe.

Danach legte er sich doch ins Bett. Ruhe fand er allerdings nicht; er hatte das seltsame Gefühl, gleichzeitig todmüde und völlig aufgedreht zu sein. Die Nacht kroch dahin, die Stille wurde nur vom Wind gestört, der in Wellen um das Haus strich. Christian stand wieder auf, zog sich Hose und Hemd an, um kurz darauf am Küchentisch zu sitzen, vor sich hin brütend, verfolgt von Teggers Stimme, von Teggers Augen. Ein unterschwelliger Schmerz war darin gewesen, als würde der alte Mann sich quälen ... Hatte Vera also recht gehabt? Gewissenbisse? Wegen einer lange zurückliegenden, allzu schrecklichen Tat?

Eine jähe Eiseskälte zog sich Christians Rückgrat entlang.

Konnte das sein?

War das die Lösung?

Tegger.

Gewissensbisse, ja. Aber möglicherweise nicht nur wegen Alfred Falk. Auch wegen einer Tat, die nicht Jahre, sondern lediglich knappe zwei Wochen zurücklag?

Christian schluckte.

Ein Wortwechsel mit Abel kam ihm wieder in den Sinn.

Wer ist zu ihr gegangen, Abel?

Frag lieber, wer nicht. Dann fällt die Antwort kürzer aus.

Hatte Tegger auch dazugehört? Zu Choyas *Kunden*, wie die Polizisten es immer nannten?

Tegger wurde vielleicht nicht gemocht, aber durchaus geschätzt, der eine oder andere bewunderte ihn, ihn und seine Geradlinigkeit, seinen Dickschädel, seine Unbeugsamkeit. Niemand würde es wagen, sich gegen ihn zu stellen. Er war etwas Besonderes im Dorf, eine Institution, sein Wort hatte mehr Gewicht als das aller anderen.

War Tegger ein Mörder?

Steif stellte sich Christian ans Fenster. Sein Spiegelbild erschien verschwommen auf dem Glas. Starr sein Blick, trocken seine Kehle.

Tegger.

Lange stand Christian dort, bewegungslos, mittlerweile nicht mehr von ziellosen Gedanken gejagt, sondern erfüllt von einer tiefen Ruhe.

Später wusch er sich Gesicht und Oberkörper ausgiebig mit kaltem Wasser und Seife. Er streifte sich noch einen Rollkragenpullover über, entfachte das erloschene Feuer von Neuem und bereitete sich Kaffee zu. Nach wie vor völlig gefasst und mit Geduld, trank er zwei große Tassen, ohne Milch und Zucker. Auf etwas zu essen verzichtete er.

Anschließend holte er das Messer. Er hatte es hier aufbewahrt, in der Sicherheit, es nie wieder zu brauchen – hatte es vielleicht sogar schon vergessen. Entschlossen schob er es sich nun hinter den Gürtel. Womöglich würde es sich als hilfreich herausstellen, vorbereitet zu sein – vorbereitet auf was auch immer. Er überprüfte die Wollmütze und stellte fest, dass sie wieder vollkommen trocken war.

Noch immer war es stockdunkel.

Christian wartete. Darauf, dass vor dem Fenster die Dunkelheit erste feine Risse erhalten und das Schwarz über den Dächern an Kraft einbüßen würde.

Er musste mit Tegger reden.

46

Der Wind rüttelte an den Wänden. Allerdings nicht ständig, nur von Zeit zu Zeit, als ob er daran erinnern wollte, dass es ihn noch gab, dass die Zeit der Ruhe längst noch nicht gekommen war. Die nahe stehenden Bäume rauschten, ein tiefes Geräusch, wie das Schnaufen einer großen lauernden Bestie.

Der Mann, der an dem kleinen Tisch saß, hörte der Nacht zu, ihren Geräuschen, in denen etwas Bedrohliches aufzuklingen schien.

Die Stimmen allerdings, die schwiegen.

Er stand auf und holte den Damenmantel hervor, den er sich rasch um die Schultern legte. Sofort strömte der Duft der Frau in sein Innerstes, der Duft ihrer Haut, ihres Wesens, ihrer Fremdheit. Er saugte dieses eigentümliche Aroma ein, ließ sich davon beruhigen. Er setzte sich wieder hin, den Mantel weiterhin auf den Schultern, und er begann zu zeichnen, wilde Striche und Linien, aus denen die Frau wurde, wieder und wieder, ihre Gestalt, ihre Züge, das Erstarren, das der Tod über sie gebracht hatte.

Nur einmal schreckte er auf, als die Stimmen sich doch zu regen schienen, dann flüchtete er sich gleich wieder in das Reich seiner Empfindungen, dorthin, wo niemand ihm zu folgen vermochte.

Eine Skizze nach der anderen entstand, nicht alle wurden beendet, manche blieben ein verzerrtes, unausgegorenes Fragment. So vertieft war er, so weit entfernt vom Jetzt und Hier, dass es lange dauerte, bis er mitbekam, dass etwas vor sich ging.

Abel hielt inne, den Stift in der Hand. Er sah sich selbst, wie er nach vorn gekrümmt dahockte, inmitten seines ganzen Besitzes, inmitten von Tisch, Stuhl, Hocker, Liege, Kommode, Truhe. An der Wand die Flinte und ein Bord mit Töpfen und ausgestopften Tieren. Ja, sein Versteck vor der Welt, sein Reich, diese schiefen Wände, deren Ritzen er jeden Herbst aufs Neue mit einem Gemisch aus Lehm, Sand und Heu abdichten musste. Das war alles, was ihm gehörte – das und die Unergründlichkeit seiner Seele.

Angestrengt lauschte er, konzentriert, und mit einem bangen Gefühl in der Magengrube erinnerte er sich an den Traum – oder die Wahrnehmung oder die Vision. An diesen Moment tiefster Furcht.

Die Nacht schwieg, die Stimmen schwiegen.

Und plötzlich sprang die Tür auf, ein Schwall kalter Luft strömte ins Innere, gefolgt von Männern, drei waren es, nein, vier. Und er spürte – ohne es sehen zu können – dass draußen noch mehr warteten.

Abel stand auf. Er starrte sie an, und sie starrten ihn an.

Vom ersten Moment seines Lebens an war er ein Sonderling gewesen, ein Einsamer, und irgendwann hatte ihn der Wind ausgerechnet in dieses Dorf geweht. Er wusste, was sein Gesicht für die Menschen hier war: eine abgründige Maske, ein Spiegel für ihre Unsicherheiten und Ängste.

Der Mantel rutschte von seinen Schultern, und einer der Männer ergriff das abgetragene Kleidungsstück, nur um es gleich wieder fallen zu lassen.

Abel legte den Stift auf dem Tisch ab.

Die Männer gruppierten sich ganz dicht um ihn, packten ihn und stellten ihn auf die Beine. Einer hielt ihm seinen alten Mantel hin, Abel zog ihn an. Dann fesselten sie ihm die Hände auf den Rücken. Mit einem

Stoffstreifen wurde er geknebelt. Seine Ballonmütze wurde ihm auf den Kopf gesetzt.

Eine Hand auf jeden seiner Oberarme gelegt, schoben sie ihn an, hinaus aus der Hütte, hinein in die Nacht. An der Spitze der Gruppe wurde er vorwärtsgedrängt, alles war so, wie er es vor Kurzem vorhergesehen oder vorausgespürt hatte. Die Angst ballte sich in seinen Eingeweiden, und dennoch war er ganz ruhig, gelassen, fügsam.

Kein Wort wurde gesprochen, der Wald schluckte ihn, schluckte die Männer, nichts als Kälte und Finsternis, unter ihm der gefrorene Boden. Meter für Meter, ohne Pfad, querfeldein, bis der Wald sich lichtete und der abermals aufkommende Wind Gelegenheit erhielt, an ihnen zu zerren. In die Stille mischte sich das Rauschen des Flusses, über dem der Nebel in bizarren Fetzen hing.

In einiger Entfernung bemerkte Abel die Umrisse einer Gestalt, eines großen breitschultrigen Mannes mit Hut und langem dunklem Mantel. Tegger.

Am Ufer des Stromes, wo sich stellenweise Eis gebildet hatte, standen sie da, Abel ganz vorne. Tegger blieb, wo er war, näherte sich keinen Schritt. Schnelle Hände stopften Steine in seine Taschen. An seinen Armen wurden Futtersäcke festgebunden, die ebenfalls mit schwerem Gewicht gefüllt waren. Sofort knickten seine Knie ein wenig ein, aber er hielt sich auf den Beinen.

Sein Blick suchte Tegger, und er meinte, dessen Augen ungeachtet der Finsternis erkennen zu können, wie sie ihn musterten, völlig ausdruckslos, wie auch sonst, wenn sie sich im Dorf über den Weg gelaufen waren.

An Abels Beinen befanden sich mittlerweile ebenfalls schwere Säcke. Er dachte an das Wasser des Flusses, und in ihm war alles wie aus Eis.

Jäh entbrannte ein Disput unter den Männern, sie stritten miteinander, aber Abel war nicht mehr in der Lage, den Sinn ihrer Worte in sich aufzunehmen. Tegger beobachtete weiterhin alles, ohne einzuschreiten. Das Gerede hielt an. Plötzlich waren die Säcke nicht mehr an seinen Beinen, nicht mehr an seinen Armen. Er wurde zurückgeführt, den ganzen Weg, Tegger sah er nicht mehr, unter den Männern herrschte wieder Schweigen, sie stierten nur grimmig vor sich hin. Offenbar hatten sie es sich anders überlegt.

Als sie die Hütte erreichten, brachten sie Abel hinein. Sie drückten ihn auf die Knie, genau vor dem einzigen Stützpfeiler seines Refugiums, und banden seine nach wie vor auf dem Rücken gefesselten Hände daran fest. Die Mütze rutschte ihm vom Kopf.

Dann folgte eine lange Zeit des Wartens, Abel auf den Knien, um ihn herum die Männer, zumindest so viele, wie die Hütte zu fassen vermochte.

Auf einmal kam Bewegung in sie. Eine Hand in einem wollenen Fäustling ergriff den schwarzen Damenmantel, und im nächsten Moment war das Kleidungsstück verschwunden. Von irgendwoher waren große Blechkanister geholt worden. Eine farblose Flüssigkeit, deren Geruch sich in Abels Nase fraß, wurde in der gesamten Hütte ausgeschüttet, überall, kein Quadratzentimeter, der sich nicht mit Nässe tränkte. Zum Schluss wurde Abel übergossen.

Niemand äußerte etwas.

Stille.

Die tiefste, dunkelste, grausamste Stille, die Abel je gehört hatte.

Er starrte nach unten, stumm, leer, und um ihn herum entstand ein Flüstern, ein Raunen, ein Zischen, das

Durcheinander unzähliger toter Stimmen. Eine plötzliche Hitze, eine plötzliche Helligkeit ergriffen ihn, die grellen Wände aus Feuer stürzten über ihm zusammen, umfingen ihn, verschlangen ihn, und alles, was noch existierte, waren die Stimmen, eindringlich, übermächtig, endlos.

47

Fahles Sonnenlicht schob sich über die Waldstücke nordöstlich des Dorfes, über die Dächer, aus deren Kaminen Rauchfäden aufstiegen, über die verschneiten Ebenen und Felder jenseits des Flusses. Ein kalter Morgen, wohl der bislang kälteste in diesem Jahr. Kein Wind, kein Nebel, nur die klare eisige Luft. Vierzehn Tage nach dem Mord.

Krähen flogen heran, zogen einige Kreise über den Gebäuden des etwas abseits gelegenen Hofes, um sich dann der Reihe nach auf einem Holzzaun niederzulassen, die dunklen Augen auf das Haupthaus gerichtet.

Die Magd tauchte auf, in dicke Stoffe gehüllt. Sie ging zu den Ställen, um zu melken, wie an jedem Morgen, dann verschwand sie wieder im Inneren des Hauses. Eine Stille, eine Bewegungslosigkeit, als wäre die ganze Welt eingefroren.

Bis auf den schwarzen Punkt, der sich vom Waldrand her näherte, ein Mann, der durch den Schnee stapfte, die Hände tief in den Taschen, Atemwolken vor dem Gesicht.

Tegger hatte ihn bemerkt, sah ihm von dem Fenster aus entgegen, an dem Margit am Abend zuvor gestanden und den Aufbruch der Männer beobachtet hatte.

Der Mann erreichte den Hof, hielt inne und schien eine Weile die vielen Fußspuren im Schnee zu betrachten, ohne sich einen Reim darauf machen zu können. Dann klopfte er an die Eingangstür, laute Schläge, die von Entschlossenheit kündeten.

Tegger öffnete ihm und bat ihn ohne Morgengruß, nur mit einer kurzen Geste seiner Hand, ins Innere des Hauses. Dort standen sie sich gegenüber. Eine Pfütze aus Schneewasser bildete sich um die Schnürstiefel des Besuchers.

»Wir wollen uns setzen«, brach Tegger die Stille.

Die Antwort Christian Falks bestand aus einem Faustschlag, schnell, ansatzlos, die letzten vierzehn Tage lagen darin, viele Erinnerungen lagen darin, eine Kraft, die sich aufgestaut hatte und sich nun entlud, mit aller Härte, mit aller Wucht.

Tegger fiel nach hinten, landete auf dem Boden, wo er liegen blieb, eine große Masse müden Fleisches. Für einen langen Moment sah er nichts als Finsternis, dann blinzelte er, ein Schmerz irgendwo in seinem Gesicht. Er blinzelte erneut, die verschwommene Umgebung des Zimmers erhielt ihre Konturen zurück, Falks Umrisse wurden deutlich, auch das kalte Funkeln in den Augen des Mannes.

Tegger strich sich mit der Hand über den Mund und betrachtete eine Weile das Blut auf seinen Fingern – ein Moment, der ihm half, wieder klarer zu werden.

»Steh auf«, befahl Christian Falk leise. »Ich will, dass du stehst.«

Tegger kam auf die Beine. Ein kurzes Schwanken, dann stand er da wie immer, wie ein Fels. Blut lief ihm über Lippe und Kinn den Hals hinab. Erst jetzt fiel ihm auf, dass Falk auf einmal ein Messer in der Hand hielt.

»Du warst es, Tegger. Du hast sie umgebracht.« Falks Stimme erklang vollkommen ruhig, aber auch das konnte nicht überdecken, wie aufgewühlt er war.

Tegger fragte sich, wann er zuletzt geduzt worden war, und kam zu keiner Antwort. »Schon wieder das Messer?« Ohne Angst legte sich sein Blick auf den jungen Mann, auf dessen schmales Gesicht, das mit zunehmendem Alter immer mehr Alfred Falks Zügen glich. Die

Wangenknochen, die längliche Nase, ein angenehmes Gesicht, das keine Heimtücke offenbarte, ein ehrliches Gesicht, trotz des jetzigen Loderns in den Augen, trotz der Linie der Anspannung, die der Kiefer unter der Haut nachzeichnete.

»Weg mit dem Messer!«, ertönte eine Frauenstimme.

Gleichzeitig blickten Tegger und Falk zur Seite. Margit stand im Rahmen der Tür, die zur Küche führte, Teggers Jagdgewehr ruhte in ihren Händen, und die Mündung war auf Falk gerichtet.

»Weg mit dem Messer!« Margit trat einen Schritt nach vorn.

Falk schien zu überlegen, ob sein eigenes Leben es wert war, Tegger töten zu können. In seinen Augen loderte es weiterhin.

»Der alte Abel hat sie umgebracht«, meldete sich Tegger wieder zu Wort, schlicht, fast beiläufig, als teile er die Uhrzeit mit.

»Dummes Zeug«, kam es gepresst über Falks Lippen.

»Abel war es«, wiederholte Tegger in unverändertem Tonfall.

»Woher wollen Sie das wissen?« Ohne dass es ihm bewusst zu sein schien, war Falk wieder zum Sie übergegangen.

»Man hat ihren Mantel in Abels Hütte gefunden«, meinte Tegger.

»Wer behauptet das?«, stieß Falk heiser hervor.

»Ihren Mantel und Zeichnungen, die Abel von ihr gemacht hat. Etliche Zeichnungen. Angezogen, nackt. Er war besessen von ihr.«

»Ihren Mantel«, wiederholte Falk dumpf. »Wer hat ihn gefunden? Und wie kam es dazu?«

»Es war ein Zufall, dass der Mantel entdeckt wurde. Der alte Narr hat ihn sich um die Schultern gelegt, als sie zu seiner Hütte kamen.«

»Sie? Wer?«

»Männer.«

»Wer?«

»Was spielt das für eine Rolle?«

Auf Falks Stirn stand plötzlich Schweiß, obwohl es im Haus nicht sonderlich warm war. »Warum sind sie überhaupt zu Abel gegangen? Was wollten sie von ihm?«

Tegger wischte sich erneut Blut vom Mund. »Margit«, knurrte er. »Nimm endlich die Knarre runter und lass uns allein.«

Zunächst zögerte sie, dann gehorchte sie, wie es ihr in Fleisch und Blut übergegangen war. Innerhalb eines Augenblicks verschwand sie.

»Glaub es mir einfach.« Tegger musterte Christian Falk.

»Und Abel? Wo ist Abel?«

»Was weiß ich? Vielleicht verschwunden.«

»Was heißt das? Abgehauen?« Falks Blick fiel auf das Messer, das er in der Hand hielt. Er senkte es.

Tegger erwiderte nichts, er wartete, bis sich die Erkenntnis in den Zügen des jungen Mannes abzeichnen würde. Und das geschah nach einigen Wimpernschlägen.

»Verschwunden?«, wiederholte Falk. »Sie meinen ...« Seine Zungenspitze schoss hervor, befeuchtete die Lippen. »Sie meinen, er ist gar nicht abgehauen.«

Tegger sagte nichts.

»Aber man kann doch nicht einfach ...« Falks Gesicht verfinsterte sich. »Man kann doch nicht einfach ...«

»Das ist aber genau das, was du wolltest«, schnitt Tegger ihm das Wort ab. »Dir ging es doch nicht schnell genug. Die Polizei war dir zu langsam oder zu faul oder zu ungenau. Deswegen hast du versucht, es in die eigenen Hände zu nehmen. Vom ersten Moment an. Und jetzt, da du eine Antwort hast, fängst du an zu jammern und zu stottern.«

»Ja, ich wollte eine Antwort haben, ich wollte nicht dasitzen und abwarten, bis die Polizei …«

»Du hast jetzt eine Antwort«, betonte Tegger noch eindringlicher, »und ich kann dir sagen, dass damit der Zeitpunkt gekommen ist, die Geschichte ruhen zu lassen. Lass es damit gut sein.«

»Und die Polizei?«

»Was kümmert dich die Polizei?«, blaffte Tegger. »Polizeibeamte aus Barghude, die nur ihre Arbeit machen – was kümmern die dich? Dich oder sonst jemanden?« Ruhiger fuhr er fort: »Es geht doch nicht um ein Urteil, das nach einem gottverdammten Gerichtsprozess gefällt wird, oder? Nicht bei einem wie Abel. Besessen war er, glaube es mir. Nicht allein von deinem Mädchen, oder was immer sie für dich war. Er war vom Leben besessen, vom Sterben, von Nacht und Finsternis, von Dingen, die wir alle überhaupt nicht sehen können. Lass es gut sein.«

Falk schnaufte, aber er entgegnete nichts.

»Übrigens: Mein Angebot gilt noch«, erklärte Tegger. »Ich habe dieses Angebot noch keinem unterbreitet außer dir. Und selbst nachdem du mir eine Klinge zwischen die Rippen jagen wolltest: Mein Wort gilt.« Er verzog seine angeschwollenen Lippen zu einem Grinsen. »Wenn du dich beruhigt hast, können wir sofort über die Einzelheiten reden, wie wir es ja eigentlich abgemacht hatten. Oder du kommst einfach wieder her, wenn du bereit bist für ein Gespräch. Du siehst – auf mein Wort ist Verlass.«

»Bleiben wir doch noch ein wenig bei den Toten«, erwiderte Falk.

Zum ersten Mal vermochte Tegger seine Überraschung nicht zu verbergen. »Wie meinst du das?«

»Ich bin auch wegen eines anderen Toten hier. Wegen eines Mannes, der vor mehr als zwanzig Jahren gestorben ist.«

Tegger knurrte. Ein leises Knurren, das ihm selbst erst gar nicht auffiel. »Was soll das Geschwätz?«

»Ich weiß von der Verabredung.«

Tegger schwieg.

»Sie haben sich mit meinem Vater getroffen. Sie haben ihm Geld geschuldet. Geld, das Sie dann natürlich niemals ...«

»Wer behauptet einen solchen Unsinn?«, unterbrach Tegger ihn blaffend.

»Vera«, erwiderte Falk rasch.

Tegger spürte, wie ihn der Name durchfuhr, härter, schmerzvoller, als es die Messerklinge geschafft hätte. Mühsam gelang es ihm, ein Schnaufen zu unterdrücken. »Was hast du mit meiner Tochter zu tun?«, stieß er leise hervor.

»Es ist komisch«, meinte Falk, der das Messer ansatzlos hinter seinen Gürtel schob. Sein Blick wurde nicht mehr beherrscht von dem Feuer, etwas anderes hatte sich seiner bemächtigt. »Ja, irgendwie komisch. Aber auf einmal ...« Er hob die Schultern. »Auf einmal könnte ich Ihnen keinen Schlag mehr versetzen. Auf einmal will ich nur noch weg von hier.«

»Ich habe niemanden umgebracht«, hörte Tegger sich sagen. »Niemanden.«

Er verfolgte, wie Falk das Messer hinter den Gürtel steckte.

Sie tauschten einen langen Blick.

Schließlich drehte Falk sich um, um den Hof zu verlassen, so wie am Tag zuvor, ohne ein weiteres Wort.

Mit schweren Schritten trat Tegger wiederum ans Fenster, um Falks Abgang zu beobachten, so wie er ihn hatte ankommen sehen. Er starrte auf die schlanke Gestalt, die kleiner und kleiner wurde, der einzige bewegliche Punkt im Weiß des Schnees, und vor seinen Augen zeichnete sich ein ähnlich schlank gewachsener Mann ab, der Jahre zuvor durch den nächtlichen Regen vor Tegger hergegangen war. Und er hörte das Prasseln, er hörte das Rauschen des Flusses, er sah das Abrutschen des anderen Mannes, der im Matsch den Halt verlor und ins tobende Wasser fiel. Alfred Falk rief etwas, aber seine Stimme ging im Lärm des Sturms unter. Sofort wurde er ein Stück stromabwärts getrieben, sein Kopf tauchte unter und gleich wieder auf, ebenso seine Hand, weiß, die Finger weit gespreizt.

Tegger hastete ihm am Ufer nach, darauf achtend, nicht ebenfalls auszurutschen. Die Wellen rissen an Falks Körper, als hätten sie die ganze Zeit über nur auf ein Opfer gewartet. Dennoch gelang es ihm, sich in unmittelbare Nähe des Ufers zu kämpfen.

Tegger war rechtzeitig da, warf sich auf die Knie. Er streckte seine rechte Hand aus und erwischte Falks nasse Finger. Er zog ihn näher zu sich heran, und in den Augen Alfred Falks leuchtete neben der Bestürzung eine deutliche Erleichterung auf. Tegger zog noch fester, hielt sich dabei mit der Linken am Ufergestrüpp fest. Sie sahen sich an, die beiden Männer, einen unwirklichen Moment lang, und dann geschah etwas.

Ihre Hände verloren sich, Tegger verfolgte, wie Falk verzweifelt versuchte, ihn erneut zu fassen zu kriegen, aber da war etwas in Tegger, etwas, das ihn geradezu lähmte. Regungslos sah er zu, als Falk weiter und immer weiter abgetrieben wurde, bis nichts mehr von ihm zu entdecken oder hören war.

Tegger erhob sich, der Regen peitschte auf ihn ein, und er starrte auf seine eigene Hand, als gehörte sie nicht ihm, als wäre es ihr Entschluss gewesen, die Hand Alfred Falks loszulassen.

Dieser lange Blick, den sie gewechselt hatten. Heute hatte er sich gewissermaßen wiederholt, nur mit Alfred Falks Sohn. Derselbe Blick.

Abrupt drehte sich Tegger jetzt vom Fenster weg, als könne er damit die Erinnerung an jene stürmische Nacht abschütteln. Die Erinnerung an Alfred Falk. Im Geiste hörte er noch einmal, wie Christian Falk vorhin Veras Namen ausgesprochen hatte.

Vera.

Und dann sah er plötzlich eine andere Frau vor sich, eine Frau mit bronzefarbener Haut. Verdammte kleine, braune Hure, dachte Tegger. Ihr Tod schien die Vergangenheit erst wieder heraufbeschworen zu haben.

48

Er konnte im Schnee noch seine eigenen karstig gewordenen Fußspuren entdecken. Spuren vom letzten und vom heutigen Tage. Wieder diese Gedankenschwere, die ihn begleitete, aus der es scheinbar niemals ein Entrinnen geben würde. Der gleiche einsame Weg zurück von Teggers Hof ins Dorf wie am Vortag, nur dass es diesmal längst noch nicht Abend war. Ein aschgrauer Himmel, an dem sich neue Schneewolken von Westen heranwalzten.

Jedes einzelne Wort, jeder einzelne Blick des Gesprächs mit Tegger geisterte noch durch seinen Kopf. Teggers Augen, nachdem Christian den Tod Alfred Falks erwähnt hatte: völlige Verblüffung, der alte Mann schien wie vom Donner gerührt. Und Teggers Augen gleich darauf, als Christian Veras Namen genannt hatte. Abermals Verblüffung. Doch hinzu kam eine stumpfe Traurigkeit, eine Niedergeschlagenheit, die Christian schon einmal an dem Mann wahrgenommen hatte.

Christian erreichte die ersten Häuser, richtete den Blick unweigerlich auf ein ganz bestimmtes davon – und blieb abrupt stehen. Gerade noch konnte er sehen, wie Vera in ein großes schwarzes Automobil stieg. Der Wagen der Kriminalbeamten, der sogleich anfuhr und mit den Hinterreifen schmutzigen Schnee aufspritzen ließ.

Brachten sie sie nach Barghude wegen Marcus? Oder waren die Beamten einfach nur hilfsbereit und fuhren Vera in die Stadt, damit sie ihr Automobil wiederbekam? Vielleicht war es ja repariert worden.

Langsam passierte Christian Veras Haus, in Gedanken noch ganz bei ihr. Die Wolken verdichteten sich, der

Wind ließ einen Fensterladen mit einem lauten Knall, fast wie ein Gewehrschuss, gegen eine Hauswand poltern.

In seiner Straße angekommen, bemerkte er schon von Weitem die kurzbeinige, unförmige Gestalt, die vor seinem Haus stand und gerade an seine Eingangstür klopfte.

Ohne Eile setzte er den Weg fort, um schließlich vor dem unerwarteten Besucher stehen zu bleiben. »Was willst du?«

»Dir etwas sagen«, lautete Piets leise Antwort.

»Was?« Zum ersten Mal erfasste Christians Blick den Wirt richtig. »Dass Abel verschwunden ist?«

»Du weißt es schon? Dass die Hütte abgebrannt ist?«

Christian zog die Hände aus den Jackentaschen, richtete seine Mütze. »Das mit der Hütte ist mir neu.«

»Vollkommen abgebrannt.«

»Wie ist es zu dem Feuer gekommen?«

»Keine Ahnung«, murmelte Piet.

»Und Abel ist verschwunden?« Christian betonte das letzte Wort deutlich.

Piet nickte. »Von wem hast du das erfahren?«

»Von Tegger.«

Überrascht weiteten sich Piets Augen. »Können wir nicht im Haus reden?«

»Was gibt es denn zu besprechen?«

Piet breitete kurz die Arme aus. »Ich wollte nur sagen, dass ich es schrecklich finde. Alles. Der Lauf, den die Dinge genommen haben, das ist schwer zu ...«

»Warst du dabei?«, unterbrach Christian ihn schroff.

Piet starrte nach unten, in die Fußspuren, die er in den Schnee drückte.

»Warst du dabei?«, wiederholte Christian.

Der Wirt schüttelte wild den Kopf. »Nein, war ich nicht.«

»Was du nicht sagst.«

»Abel war verrückt«, meinte Piet kläglich. »Und es hat sich herausgestellt, dass er außerdem ein Mörder war. Ein gottverfluchter Mörder.«

»War er das? Wirklich?«

Piets Kopf ruckte nach oben. »Mensch, er hat ihren Mantel angehabt, über seinen Schultern, in dem Moment, als ...« Er biss sich auf die Lippe, dann meinte er erneut: »Er hatte ihren Mantel.«

»Warum sollte er den Mantel behalten haben?«

»Weil er verrückt war. Das sage ich doch. Wer weiß, was der Alte als Nächstes getan hätte? Wen es als Nächstes getroffen ...«

»Bisher«, fiel Christian ihm erneut ins Wort, »gab es in diesem Dorf nur einen Mörder. Jetzt gibt es viele.«

Piet starrte wieder nach unten, sein Mund bildete einen verzerrten Strich.

»Die Polizei ist immer noch hier«, sagte Christian, »stellt immer noch Fragen. Sie werden das mit Abel herausfinden.«

»So?«, gab Piet leise zurück. »Werden sie? Bisher wissen sie nicht einmal, dass es ihn gibt.«

»Dass es ihn *gab.*«

Piet sah die leere Straße hinab, dann wieder zu Christian. »Wer sollte ihr von ihm erzählen? Warum alles kompliziert machen? Das ist unser Dorf. Wir regeln hier alles selbst. Und jetzt ist es geregelt. Jetzt herrscht wieder Ruhe.«

»Kompliziert?« Christian lachte auf. »*Ich* könnte das tun. Ich könnte von Abel erzählen. Und genau das werde ich auch tun. Was denkst du denn?«

»Und dann?« Piet breitete die Arme aus. »Sie würden ihn suchen. Und niemals finden. Er ist *verschwunden*. Bestimmt wäre den Polizisten das ganz recht. Sie könnten es so hinstellen, dass er die Flucht angetreten hat. Aus Angst, sie würden ihm auf die Schliche kommen. Oder dass er Selbstmord begangen hat. Weil er nicht mehr mit seiner Tat weiterleben konnte.«

»Weshalb sollten sie das machen?«

»Um einen Strich unter die Sache ziehen und endlich wieder von hier abhauen zu können. Die interessieren sich doch nur für ihre Verbrechen in der Stadt. Die wollen nicht hier im Dorf, in dieser Einöde, Fragen stellen, um immer bloß die gleiche Antwort zu erhalten. Nämlich gar keine.«

»Nicht Abel, sondern ihr seid verrückt. Alle. Jeder, der dabei war.«

»Jetzt herrscht wieder Ruhe«, meinte Piet noch einmal mit dumpfem Trotz.

»Hoffentlich erstickt ihr alle an der Ruhe.«

Piet schüttelte den Kopf, unzufrieden, nachdenklich, verzweifelt. »Ich konnte es nicht verhindern. Ich, mein Gott, ich bin nur der Wirt.« Piets runde Hundeaugen schimmerten feucht.

»Schon gut.«

»Ich wollte nicht mit dir streiten. Ich wollte das alles nicht.«

»Schon gut, Piet.«

»Es tut mir alles sehr leid für dich, das musst du mir glauben.«

»Ich glaube es dir.«

Der Wirt drehte sich um und stapfte davon, mit seinem Watschelgang, die leere Straße entlang.

Christian schaute ihm nach und fragte sich, ob er Hass auf Piet empfand. Oder Verachtung oder sonst irgendetwas. Kopfschüttelnd holte er den Hausschlüssel aus der Hosentasche – nur um ihn gleich wieder einzustecken. Dann machte er sich auf den Weg. Über eine Seitengasse verließ er den Ort, er tauchte in die Wälder ein, und schon jetzt war ihm klar, dass er nie wieder in seinem Leben hier entlanggehen würde. Kein Pfad mehr, jetzt gab es nur noch die immer dichter stehenden Bäume.

Noch bevor er die kleine Lichtung erreichte, roch er verbranntes Holz.

Die Bäume rund um die Hütte waren von den Flammen erfasst worden, aber der Schnee hatte offensichtlich verhindert, dass sich der Brand ausbreiten konnte. Von der Hütte war nicht mehr viel übrig. Dünne Rauchfäden stiegen von den verkohlten Trümmern auf. Dem Gestank nach musste reichlich Benzin verwendet worden sein.

In den kahlen Ästen hing ein schwarzer Damenmantel. Er bewegte sich leicht in der Luft, wirkte beinahe wie ein Todesschleier.

Christian betrachtete lange dieses Bild der Trostlosigkeit, ehe er sich endlich losreißen konnte, um den Heimweg anzutreten, über ihm ein endloser Himmel, dessen Grau zusehends dunkler wurde.

Durchgefroren war er, als er zu Hause anlangte, müde, ausgelaugt. Er stärkte sich mit ein paar kalten Bissen und kochend heißem Kaffee. Dann nahm er ein Bad. Eine ganze Weile blieb er in der engen Wanne. Anschließend noch ein Kaffee, eine Zigarette und hinein in frische Kleidung. Er verlor keine Zeit mehr und durchquerte mit eiligen Schritten den Ort. Es schneite, allerdings nicht allzu stark. Mittlerweile war es später Nachmittag.

Bei Veras Haus fiel sein Blick zuerst auf ihr Automobil, das an der üblichen Stelle abgestellt worden war. Am vorderen Kotflügel war eine Delle zu entdecken, ansonsten sah es intakt aus. Ehe Christian den Türklopfer auch nur berührt hatte, sprang die Eingangstür auf.

Vera.

Sie ließ sich von seinen Armen auffangen.

»Wie schön«, flüsterte sie. »Wie schön, dich zu sehen.«

»Du warst in Barghude.«

»Die Kriminalbeamten waren so freundlich, mich mitzunehmen. Mein Automobil ist wieder in Ordnung, ich konnte damit hierherfahren.«

»Was ist mit Marcus?«, wollte er wissen.

»Lass uns hineingehen.«

Im Wohnzimmer, wiederum in den Ledersesseln, berichtete Vera, dass Marcus sich immer noch in Polizeigewahrsam befinde. »Er hat natürlich ein Problem«, meinte sie ernsthaft. »Wegen seines Alibis. Du weißt ja, niemand kann bestätigen, dass er sich am Mordabend tatsächlich zu Hause aufgehalten hat.«

»Und weiter?«, drängte Marcus ungeduldig.

»Dennoch hat auch die Polizei ein Problem. Er hat zwar kein Alibi, aber auch kein Motiv. Es lässt sich ihm nachweisen, dass er Kontakt zu Choya hatte. Mehr jedoch nicht. Es gibt nicht den kleinsten Beweis dafür, dass er wirklich der Täter ist.« Sie ließ eine lange Sekunde verstreichen. »Die Polizei machte mir gegenüber Andeutungen.«

»Andeutungen?«

»Nun ja, offenbar hat man es – sagen wir – mit dem ein oder anderen Trick bei Marcus versucht. Die Beamten erwähnten wohl beiläufig etwas von möglichen verräterischen Spuren von ihm, auf die man gestoßen wäre.«

»Sie stellen ihm eine Falle?«

Vera strich sich ihr Haar aus der Stirn. »So deutlich haben sie es natürlich nicht ausgedrückt. Aber ich konnte zwischen den Zeilen lesen.«

»Sie hofften, dass er darauf hereinfällt. Und dass das der erste Schritt zu einem Geständnis wäre.«

Vera nickte.

»Das heißt«, fuhr Christian fort, »dass ihr Verdacht gegen ihn ziemlich handfest war. Oder ist.«

Erneut nur ihr zustimmendes Nicken.

»Und das heißt vielleicht auch, dass sie sonst niemanden auf der Rechnung haben. Marcus ist möglicherweise ihr *einziger* Verdächtiger.«

»Das ist sehr gut denkbar«, gab sie ihm zögernd recht. »Offen gesagt: Für mich sieht es so aus, dass sie nach wie vor mit leeren Händen dastehen.«

»Demzufolge ist Marcus bald wieder auf freiem Fuß.« Christian hob beiläufig die Schultern. »Denn ohne wirklich etwas gegen ihn vorweisen zu können, wird man ihn auch nicht länger festhalten dürfen.«

Ein ganz kurzes Aufschimmern dieses bekümmerten Lächelns in Veras Gesicht. »Eigentlich ja.«

»Eigentlich?« Christian musterte sie abwartend.

»Wie ich erfuhr, ist Marcus kein unbeschriebenes Blatt, um es einmal so auszudrücken. Mir hat er immer weisgemacht, er stamme aus Hannover und hätte sein ganzes Leben in der Stadt verbracht.« Sie zündete sich eine Zigarette an. »In Wahrheit jedoch ist er in Berlin aufgewachsen. Und dort wird nach ihm gefahndet. Anscheinend ist er ein Betrüger. Er hat mehrere Leute – darunter sogar Verwandte, stell dir vor – mit Scheingeschäften um eine Menge Geld gebracht. Von dem Geld hat er dann gelebt, um nicht einer geregelten Arbeit nachgehen zu müssen, sondern schreiben zu können.« Sie seufzte. »Himmel, was für eine traurige Geschichte das ist. Was für ein jämmerliches Bild er doch abgibt.«

»Hast du ihn noch mal gesehen? Mit ihm gesprochen?«

»Nein, habe ich nicht.« Sie schüttelte den Kopf.

»Er muss ins Gefängnis?«

»Zunächst wird er in Berlin vor Gericht gestellt. Aber wie mir geschildert wurde, hat er keine Chance, einem längeren Aufenthalt hinter Gittern zu entgehen.«

Christian nahm sich ebenfalls eine Zigarette, legte sie aber auf den Tisch zurück, der wie immer mit Zeitungen, Manuskripten und Büchern übersät war. »Vielleicht hat ja die Polizei keinen Verdächtigen, ich aber schon. Und möglicherweise ist es mehr als ein Verdacht.«

Sofort hellhörig geworden, sagte Vera: »Du meinst, was den Mord betrifft?«

»Sicher.«

»Um wen geht es?«

Stimmte das wirklich, fragte sich Christian. War er voll und ganz überzeugt, dass Tegger Choya umgebracht hatte? »Allerdings gefällt es dir vielleicht nicht«, antwortete er gedehnt, »welchen Namen ich gleich aussprechen werde.«

In ihren Augen tat sich etwas. »Denkst du etwa an meinen Vater?«

»Ja, seit letzter Nacht denke ich an ihn.« Christian holte tief Luft.

»Irgendetwas ist vorgefallen, nicht wahr?«

»*Vieles* ist vorgefallen.« Er sah sie an. »Es ist schon wieder jemand gestorben.«

Erschrocken setzte sie sich kerzengerade auf. »Wer?«

»Abel.«

»*Was?*« Ihre Stimme klang fast ein wenig schrill vor Verblüffung. »Mein Gott! Wie ist es dazu gekommen?«

Er schilderte ihr alles. Was er erlebt hatte, was man ihm angedeutet hatte. Und was er daraus geschlossen hatte.

Lange besprachen sie sich an diesem Abend. Und sie fassten einen Entschluss. Früh am folgenden Morgen, nachdem Christian die ganze Nacht über bei Vera geblieben war, fuhren sie nach Barghude. Sie suchten das Polizeirevier auf, und man führte sie sofort zu den ermittelnden Beamten. Alles, was sie wussten oder auch nur ahnten, teilten sie der Polizei mit, jede denkbare Möglichkeit versuchten sie darzulegen. Sie berichteten von Abel. Sie berichteten von den Leuten im Dorf. Und sie berichteten von Tegger und sogar von dessen viele Jahre zurückliegender Verabredung mit Alfred Falk.

Anschließend fuhren sie zurück, Vera hinter dem Steuer, Christian auf dem Beifahrersitz, beide still und in sich gekehrt. Schneeflocken klatschten auf die Autoscheibe, der Himmel war wieder einmal in Aufruhr geraten.

49

Zwei Wochen schneite es nahezu ununterbrochen. Die Temperaturen fielen, dicke Eiszapfen bildeten sich vor den Fenstern. Der Schnee lag meterhoch. Stromausfälle, geplatzte Leitungen, eingedrückte Dächer. Die Zugangsstraße zum Dorf war unpassierbar, schwache und alte Tiere erfroren im Stall. Eine Situation, die man hier kannte, auch wenn dieser Winter sich als ganz besonders heftig erwies.

Zwei Wochen, in denen die Welt stillstand.

Und danach erwachte der Alltag nur allmählich, kriechend, brauchte fast eine ganze weitere Woche, um so etwas wie Normalität einkehren zu lassen. Erst dann tauchten die beiden Kriminalbeamten wieder auf. Erneut stellten sie Fragen. Mehrere Male erschienen sie bei Piet, noch öfter bei Tegger. Auch bei anderen Haustüren klopften oder klingelten sie. Sie stellten ihre Fragen, sie erhielten keine Antworten. Niemand wusste etwas zu sagen, nicht zu der Hure, nicht zu deren Besuchern, schon gar nicht zu einem gewissen Abel, mit dem keiner je geredet haben wollte.

Ein großes Räumkommando unter Polizeiführung kämpfte sich bis zu der unwegsamen Stelle im Wald vor, an der Abels Hütte gestanden hatte. Es gelang, die verkohlten Trümmer freizulegen. Man stieß auf kümmerliche Reste menschlicher Knochen. Selbst der schwarze Damenmantel wurde gefunden, nicht mehr in einem Baum hängend, sondern unter einer dicken Schicht aus Schnee begraben. Doch all das förderte keinen eindeutigen Beweis gegen irgendjemanden zutage. Abermals stellten die Beamten Fragen, abermals standen sie vor einer undurchdringlichen Mauer des Schweigens.

Zwei weitere Wochen zogen dahin. Die ganze Zeit über hatte Christian Falk bei Vera Novian gewohnt, in dem Haus, das einst seinem Vater gehört hatte. Im Dorf war man schockiert über dieses Verhalten. Über den Altersunterschied, über diese Verbindung an sich. Mehr denn je wurden Christian und Vera zu einem roten Tuch für den Ort.

Noch eine Woche mit vielen Befragungen. Und der nächste Einfall des Winters. Schneestürme, neuerliche Temperaturstürze. Weihnachten kam und ging, das neue Jahr begann. Die Polizisten kehrten nicht zurück. Ein Umstand, den man im Dorf nicht erwähnte; es war, als hätte es nie irgendwelche Ermittlungen gegeben. Das Leben ging weiter. Der Mord an der Hure lag inzwischen siebenundfünfzig Tage zurück.

50

Der Blick der Frau wanderte zwischen den Gebäuden des Hofes hindurch, auf das Land, das sich dort erstreckte, jenseits des Flusses. Teggers Land. Wind war aufgekommen, Schnee stob über die Ebenen, wirkte auf die Entfernung wie kochend heißer Dampf, dabei herrschte weiterhin eine klirrende Kälte.

Sie verschwand im Stall. Der Ziege ging es nicht gut. »Bloß nicht krank werden, Trude. Hörst du, Trude? Bloß nicht krank werden.« Margit strich dem Tier über den Rücken. Sie dachte an Motzkas Ziegen, die gestorben waren. Doch sofort waren ihre Gedanken wieder bei Tegger. Sie hatte ihn beobachtet, in den letzten Tagen noch aufmerksamer als sonst. Insbesondere seit es Gerüchte gab, seine Tochter wolle ihr Haus verkaufen, um gemeinsam mit Christian Falk das Dorf zu verlassen. Margit hatte Teggers Brüten, seine Nachdenklichkeit mit angesehen. Und sich immer wieder darüber gewundert, dass er vor Wochen ausgerechnet mit Falk über die Stelle als Verwalter gesprochen hatte. Aus welchem Grund hatte er das bloß getan? Das würde wohl ein ewiges Rätsel für sie bleiben.

Nach ein paar Minuten schob sie sich wieder aus dem Stall nach draußen. Sie überquerte den Vorplatz und ging ins Haupthaus, wo sie Schuhe und Jacke auszog und in ihre Latschen schlüpfte. Sie band sich ihr ohnehin nicht sonderlich langes Haar nach oben und wusch sich die Hände. Leise summend stellte sie sich an den Herd, wo sie begann, einen großen Berg Kartoffeln zu schälen.

Plötzlich die Berührung.

Ihr Summen erstarb, sie schnappte nach Luft.

Schwere Hände legten sich auf ihren Nacken, sie fühlte die rissigen Fingerkuppen, die Schwielen, von denen sie jede einzelne kannte. Sein Atem streifte ihr Ohr. Wie oft hatte sie sich früher nach diesem Atem, diesen Schwielen gesehnt?

»Ich habe Sie gar nicht gehört«, brachte sie mühsam hervor, verwundert über die Annäherung am hellen Tag, über die Zärtlichkeit, die in der Totenstille noch machtvoller wirkte – und Margit verspürte ein jähes, völlig unerklärliches Aufflammen von Furcht.

Tegger sagte nichts, keinen Ton.

Seine Hände, eben noch wie ein einziges zusammengehörendes, großes Etwas, teilten sich. Sie strichen Margits Arme hinab, nahmen ihr Messer und Kartoffel aus den Fingern, um beides beiseitezulegen.

Sie beobachtete seine Hände, die nun ihre ergriffen, mit ihnen spielten, und sie konnte fühlen, wie Tegger ihre Hände mit Blicken maß.

Nie hatte er sie sanfter berührt.

Was sollte das? Was war das für ein sonderbarer Moment? Sie hielt die Luft an.

»Deine Hände sind ganz kalt«, flüsterte er rau in ihr Ohr.

»Ich habe sie gerade gewaschen. Und ich war zuvor draußen.«

»Ohne Handschuhe?«

Margit spürte das Trommeln ihres Herzens, harte Hammerschläge in ihrer Brust. Warum fragte er das? Ihn kümmerten doch solche Sachen nicht das Geringste. Ob sie Handschuhe trug oder splitternackt durch den Schnee tanzte – ihm war das doch eigentlich völlig egal.

»Wie gesagt«, erwiderte Margit schließlich, »ich war draußen. Um schnell mal nach Trude zu sehen. Ich habe mir nur die Jacke übergeworfen.«

»Du hast neue Handschuhe, wie ich bemerkt habe.«

»Ach, die sind doch längst schon wieder alt.« Die Schläge in ihrer Brust wurden stärker, immer stärker.

»Und die, die du davor hattest?«

Sie lachte schrill. »Ja, also, ich weiß nicht mehr, die alten waren ... eben alt. Ich habe sie weggeschmissen. Das ist Wochen her.«

Nach wie vor spielten seine Finger mit ihren Händen. Ganz dicht stand er hinter ihr, ganz dicht und unendlich schwer, als würde sich ein Berg gegen sie lehnen.

»Du hast starke Hände«, meinte er nach einer Stille. »Sehr starke Hände. Wie ein Mann.«

Margit presste die Lippen aufeinander.

Tegger ließ ihre Hände los, umfasste ihre Schultern und drehte sie herum, um dann seine Fäuste in die Hosentaschen zu schieben.

Sie starrten einander an.

»Du schmeißt doch nie etwas weg«, sagte er. Sein Blick nagelte sie am Boden fest.

»Die Handschuhe? Aber die waren nicht mehr zu gebrauchen«, entgegnete sie mit krächzender Stimme. Ihr kam es vor, als schrumpfe sie vor seinen Augen zusammen.

»Weggeschmissen hast du sie also. Oder doch eher verbrannt?«, meinte er, jetzt ganz sachlich, ganz ruhig.

Und diesmal gab sie keine Antwort. Sie hatte keine Ahnung, was sie mehr entsetzte. Das, was sie getan hatte. Oder dass Tegger genau *wusste,* was sie getan hatte. Oder die Tatsache, mit welcher Gelassenheit er sich zum Richter erhoben hatte. Entschieden hatte, wer starb. Und entschieden hatte, wer weiterlebte. Ja, in diesem Moment wurde sie von einem tiefen Entsetzen überwältigt, von einer Unfassbarkeit, und jetzt kamen ihr die Tränen, ihre Schultern bebten.

Teggers Arme umschlossen sie, ihre Nasenspitze in seinem Hemd, sie roch ihn, und sein Geruch war so tröstlich, während sie alles vor sich sah, all die Bilder, die sie seit etlichen Tagen und Nächten verdrängte, die nun aber über sie kamen wie eine Flutwelle. Sie sah sich selbst, wie sie ihm nachgeschlichen war – Wochen zuvor, hinaus in die Nacht, wie schon vorher so häufig. Ohne Grund, ohne Absicht, einfach nur, weil sie es zu Hause nicht mehr aushielt, wenn sie ihn dort wusste, dort in diesem Haus im Dorf.

So nahe war sie ihrem Ziel gekommen, so nahe war sie *ihm* gekommen, ihm, Tegger, alles lag vor ihr ausgebreitet wie auf einem Tisch. Der Mann, der Hof, das Leben, in dem sie nicht einfach nur Margit sein würde, sondern Teggers Frau, die Frau vom größten Hof der Gegend. Und dann hatte er sie urplötzlich wieder auf Abstand gehalten, war zu dieser Hure marschiert, immer öfter, hatte Margit nicht mehr zu sich ins Bett geholt – und alles war wieder weit weg. Jedenfalls hatte es für sie so ausgesehen.

Margit war ihm nachgegangen, obwohl sie wusste, was sein Ziel war. Nachgegangen, nachgeschlichen. Ohne dass er etwas davon mitbekam. Zumindest hatte sie das immer angenommen. Auch an jenem kalten Abend verfolgte sie Tegger – dem letzten Abend, bevor der Schnee kommen sollte.

Sie hatte nicht durchs Fenster gespäht, niemals, kein einziges Mal. Nein, sie hatte sich auf der kalten Erde die

Füße platt getreten, hatte darauf geachtet, niemandem zu begegnen. Der letzte Abend, bevor der Schnee kam. Sie hatte gewartet, bis Tegger wieder vor die Tür trat, sie hatte es nicht eilig, wusste sie doch, dass er noch auf ein Bier ins Gasthaus gehen würde – das machte er immer, nachdem er in dem Haus gewesen war. Zeit genug für sie, den Heimweg hinter sich zu bringen.

Und dann entdeckte sie die Frau. Sah, wie sie nach draußen schlüpfte, diese grazile, leichtfüßige, schlanke Person. Dieses Luder. Diese Hure. Und Margit ging ihr hinterher. Wiederum ohne Grund. Und ohne Absicht.

Alles sah sie vor sich. Alles. Wie die Frau die letzten Häuser des Dorfes passierte, wie sie sich dann irgendwann unvermittelt herumdrehte und sie erstaunt musterte. Ohne ein Wort zu äußern.

Margit beschimpfte sie, ganz plötzlich entströmten die Worte ihrem Mund, und die Fremde sagte immer noch nichts. Dann verfiel sie in ein Lachen. Sie lachte sie aus. Und plötzlich – Margits Hände. Auf ihrem Hals. Die Frau wehrte sich, befreite sich, rannte in die Dunkelheit, verlor einen Schuh. Margit lief hinterher. Rasch hatte sie sie erneut gepackt, ihren Mantel, den die Frau abstreifte, um weiterrennen zu können. Doch zum dritten Mal wurde sie von Margit festgehalten.

Margit hatte Kraft. Starke Hände. Alle wussten das. Jetzt wusste das auch die Fremde.

Erst nach einigen langen Sekunden bekam Margit wieder einen klaren Kopf. Als hätte es ein anderer getan, starrte sie auf die Tote zu ihren Füßen. Die Tote auf der nackten Erde. Margit riss ihr das Kleid hoch, zerfetzte ihre Unterwäsche, wie es vielleicht ein Mann in rasender Wut getan haben mochte. Sofort darauf entfernte sie sich, ohne einen Blick zurückzuwerfen. Der letzte Abend, bevor der Schnee kam.

Jetzt erst bemerkte Margit, wie heftig sie schluchzte. Ihre Tränen nässten Teggers Hemd. Jetzt erst bemerkte sie, dass seine Hände ihre Schulterblätter streichelten, behutsam, beruhigend, wie nie zuvor.

»Sie wussten es von Anfang an, nicht wahr?«, sagte sie mit zitternder Stimme.

»Ich weiß gar nichts, Margit.«

Er nannte sie beim Namen, immer noch eine wahre Seltenheit. Wenn er das sonst tat, dann eher in einem Aufwallen von Zorn. Sie löste ihr Gesicht von Teggers Brust und spähte vorbei an seiner breiten Schulter, durchs Fenster nach draußen. Es hatte schon wieder angefangen zu schneien, dicke schwere Flocken, und es mochte gewiss noch oft schneien, bis der Frühling kommen und den Schnee und die Vergangenheit verschwinden lassen würde, um diese abgelegene Gegend mit neuem Leben zu erfüllen.

Tegger hielt sie weiterhin in den Armen. Sie schmiegte sich an ihn. Wirklich, so selten hatte er ihren Namen bisher ausgesprochen. Aber vielleicht würde er sie nun öfter Margit nennen, einfach so, wie man seine Frau eben mit dem Namen anredete. Und als der Gedanke noch in ihrem Kopf entstand, sah sie schon wieder dieses Gesicht vor sich, die dunklen, von Bronzehaut umrahmten und wunderschön geformten Augen, die jäh erstarrten. Sie sah den Mund mit den ebenso schönen Lippen, die sich verzerrten, als die Frau ein letztes Mal verzweifelt versuchte, Luft in ihre Lungen einzusaugen.

Teil IV

Eine Gestalt auf dem Friedhof

51

Einhundertfünf Tage nach dem Mord verließen Christian Falk und Vera Novian das Dorf. Die letzten Wochen und Monate hatten sie in Alfred Falks früherem Haus gelebt. In Kürze würde das Gebäude mit dem kleinen umliegenden Grundstück zum Verkauf stehen.

Der Auszug war ein gemeinsamer und alles andere als heimlich vollzogener Schritt – eine letzte Provokation, wie man es im Dorf empfand, wo man Christian und Vera nicht erst seit den Ereignissen im vergangenen Herbst als Außenseiter betrachtete, als Menschen, die nichts als Unruhe in ein lange gewachsenes Gefüge brachten.

Für Christian war das Verlassen des Dorfes gleichbedeutend mit aufgeben. In den letzten Wochen war er immer wieder bei der Kriminalpolizei in Barghude erschienen, um sich dafür einzusetzen, dass die Ermittlungen nicht im Sande verliefen – nur um stets aufs Neue vertröstet zu werden. Aber natürlich, man bleibe an der Sache dran, versicherte man ihm phrasenhaft, man werte aus, prüfe die bisherigen Zeugenaussagen, suche nach neuen Ansätzen, aber die Spurenlage sei eben verteufelt dünn.

Manchmal, in Nächten, in denen er wach lag, verspürte er den Drang, erneut ins Wespennest zu stechen, und wenn es auf gut Glück sein mochte, nachzufragen, nachzubohren, nicht in Schweigen zu verfallen, sondern Antworten zu erzwingen.

Das Aufflammen jenes starken Drangs in ihm blieb Vera nicht verborgen. Sie vermochte in seinen Augen, seinen Gesten zu lesen, und jedes Mal hielt sie ihn davon ab, etwas Kopfloses zu tun, feinfühlig und ruhig. Christian sah ein, sosehr es ihm manchmal auch widerstrebte, dass es ratsam war, Veras Rat zu folgen. Man konnte nicht einfach Rache nehmen, wie er das vorgehabt hatte. Man konnte nicht einfach ein *Rächer* sein. Man konnte nicht einfach mit einem Messer auf einen Menschen losgehen. »Aber alles einfach ruhen lassen?«, hielt er Vera entgegen. »Ist das besser? Es geht um Mord. Nein, um zwei Morde. Höchstwahrscheinlich sogar um *drei* Morde.«

»Sicher«, stimmte Vera zu. »Besser ist das gewiss nicht.«

»Was ist mit der Gerechtigkeit?«

»Christian«, beschwichtigte Vera, »wir haben nichts damit gewonnen, wenn wir weiter im Nebel herumstochern.«

»Es ist alles so ungerecht, das ganze verdammte Leben ist einfach ungerecht.« Als er diese Worte sagte, erinnerte er sich an den Tag, an dem Choya in Barghude beigesetzt worden war – nur er hatte der stillen, traurigen Zeremonie beigewohnt, einsam im Schneefall stehend. »Alles so verdammt ungerecht«, wiederholte Christian, ohne Vera anzusehen.

Das war der Moment, als sie vorschlug, sie sollten aus dem Dorf verschwinden. Für immer. »Denn sonst«, fügte sie leise hinzu, »wird es uns nach und nach auffressen. All das, was hier passiert ist. Und das dürfen wir nicht zulassen.«

»Das ist Flucht.«

»Nein, das ist weiterleben, das ist weitermachen.«

»Das ist aufgeben.«

»Nein, das ist sich nicht unterkriegen lassen.«

Vielleicht war sein Aufgeben eher Einsichtigkeit, jedenfalls sagte er sich das. Christian hatte genug, genug von allem. Endgültig. Vom Dorf, von den leeren Straßen, von der Stille, die zwischen den Häusern schwebte. Ja, vielleicht war sein Aufgeben einfach nur Einsichtigkeit.

Für Vera hatte ihr Auszug aus dem Haus tatsächlich nicht das Geringste mit aufgeben zu tun. Eher mit einem Schamgefühl, das sie nun, nach all der Zeit, doch noch einholte. Ja, sie schämte sich. Für ihren Dickkopf, für ihren Trotz, der sie damals dazu verleitet hatte, hierher zurückzukommen. Letzten Endes allein aus einem Grund: um Tegger einen Stachel ins Fleisch zu setzen. Es war töricht gewesen, es entsprach nicht ihrer Art. Lange genug hatte es gedauert, bis sie sich ihren tatsächlichen Beweggrund eingestand. Denn ihr Vater hatte bei ihrer einzigen Begegnung seit so vielen Jahren nicht unrecht gehabt, natürlich nicht. Die Ruhe, die Abgeschiedenheit – das war doch nur ein Aspekt gewesen, der Vera dazu bewogen hatte, sich wieder im Dorf niederzulassen. Ihr Vater. Wegen ihm war sie zurückgekehrt.

Und womöglich hätte dann auch alles anders kommen können. Wenn Tegger reinen Tisch gemacht und endlich in aller Offenheit darüber geredet hätte, was damals bei der Verabredung mit Alfred Falk geschehen war. Wenn er wenigstens bei diesem letzten Gespräch den Mut besessen hätte ... Das wäre ein Moment gewesen, um endlich das Grabtuch, das über der Vergangenheit ausgebreitet lag, wegziehen und neu miteinander anfangen zu können. Eine Chance, die Tegger verpasst hatte. Die sie beide gemeinsam verpasst hatten. *Vater und Tochter*, das waren sie einfach nicht mehr, konnten es einfach nicht mehr sein.

Zunächst mieteten sich Christian und Vera eine Wohnung in Barghude, nicht groß, nicht klein, praktisch und einfach – kein Platz für die Ewigkeit, aber die erstbeste Möglichkeit, ein Dach über den Kopf und Abstand zum Dorf zu bekommen.

Christian fand eine Anstellung im dortigen Elektrizitätswerk. Mit sich nahm er die Gewissheit, dass nicht etwa nur Choya ermordet worden war, sondern vor langer Zeit auch sein Vater. Und noch etwas nahm er an Wissen mit: dass man Gerechtigkeit nicht herbeiführen konnte, indem man eine Waffe zur Hand nahm. Oft fragte er sich, ob er Tegger damals tatsächlich hätte töten können. Er hatte ihn niedergeschlagen, mit aller Kraft – aber umbringen?

Gleich nach dem Umzug sorgte Christian dafür, dass Choyas Mutter das Geld erhielt, das er in dem alten Kochtopf gefunden hatte. Es war nicht leicht, das zu bewerkstelligen, aber es gelang ihm schließlich, sie ausfindig machen zu lassen. Er hörte nie etwas von der Frau.

An manchen Tagen, wenn Christian sich auf den Weg zum Werk machte, das nicht weit von der Mietwohnung entfernt lag, kam es ihm vor, als verfolge ihn die Vergangenheit bei jedem Schritt, wie eine dunkle, über ihm schwebende Wolke. Er musste an Choya denken, an Kanada, an seinen Vater, an den alten Abel, der einmal gesagt hatte, dass jeder Mensch nichts weiter sei als ein Staubkorn im Universum. Christian sah nicht Barghude vor sich, sondern das Dorf, die leeren Straßen und Gassen, und er hörte die Stille des Dorfes, die sich zwischen den Häusern ballte.

Im Jahr darauf zogen Christian und Vera schon wieder aus. Die Wohnung engte ein, und das unverheiratete

Pärchen mit dem deutlichen Altersunterschied wurde fast schon so misstrauisch beäugt wie zuvor im Dorf. Außerdem stand für Vera, die eigentlich hatte etwas kürzertreten wollen, besonders viel Arbeit an: Der Kranich-Verlag war weiterhin überaus erfolgreich. So bezogen sie ein Haus in einer ruhigen Wohngegend am Rande Hannovers. Ein zurückhaltendes Paar, das die Abende meist zu Hause verbrachte und keinen Kontakt zu anderen suchte – sie beide genügten einander.

Christian suchte sich eine neue Arbeit und erhielt einen Posten in einer Brauerei. Auf den ersten Blick nichts Besonderes, doch es sollte ihm gelingen, viel daraus zu machen; schon nach kürzester Zeit war er zum Schichtleiter aufgestiegen.

Die Erinnerungen blieben bei ihm, als ständige Wolke über seinem Kopf, und er schien sich daran zu gewöhnen, dass das Heute wohl immer untrennbar mit dem Gestern verbunden sein musste.

Eines Samstagmorgens, als sich Vera ein langes Wochenende über in Berlin aufhielt, um sich mit Geschäftsführern anderer Verlage zu treffen und mit ihnen über die Zukunft des Buchmarkts zu sprechen, saß Christian am Frühstückstisch. Es war ungewohnt, allein den Kaffee zu trinken, aber ansonsten war alles bestens, er hatte ausgeschlafen, sich mit Brot gestärkt, freute sich auf zwei Tage Erholung nach anstrengenden Wochen in der Brauerei. Keine Erinnerungen, keine Fragezeichen, kein Gefühl, dass da noch etwas offen war im Leben – und als er die fast leere Tasse zu einem letzten Schluck ansetzte, schlich sich doch, unberechenbar wie immer, ein Moment aus der Vergangenheit an ihn heran, erst noch schemenhaft und dann auf einmal groß und machtvoll.

Das kurze Gespräch, das er mit Margit geführt hatte.

Daran musste er denken, warum auch immer jetzt, warum auch immer diese Erinnerung überhaupt zu ihm kam, nachdem er ihr nie eine Bedeutung beigemessen hatte. Er sah Margit, so klar und deutlich, als säße sie bei ihm, er sah die Röte, die ihre Wangen überzog, nachdem er in einem Aufwallen von Zorn die Bemerkung gemacht hatte, sie sei Teggers Hure.

Die rote Haut, der sonderbare, schwer zu deutende Ausdruck in ihren Augen und – die Hände.

Er sah Margits Hände.

Und unwillkürlich kamen ihm die Gerüchte in den Sinn, die es im Dorf gegeben hatte, seit Margit Teggers Magd geworden war: dass die beiden mehr verband als nur ein Arbeitsverhältnis.

Eine erstickte Traurigkeit erfasste Christian, der Geschmack des Kaffees auf seiner Zunge erhielt eine widerliche, bittere Note.

Abel war der Mörder, den Tegger dem Dorf präsentiert hatte. Um all die aufgebrachten Leute gewissermaßen ruhigzustellen – und um Christian aus der Schusslinie zu nehmen, damit er ihn schließlich als Verwalter auf dem eigenen Hof einstellen konnte. Um Christian das zurückzugeben, was er ihm Jahre zuvor genommen hatte, in einer stürmischen, regnerischen Nacht, als Tegger sich mit Alfred Falk getroffen hatte. Und die Polizei? Sie hatte keinen Mörder von Tegger bekommen; sie hatte er abprallen lassen an der kalten, schweigenden Wand des Dorfes. Und das aus einem einzigen Antrieb: die Mörderin zu schützen. Wie es hieß, hatte Tegger Margit nie sehr freundlich oder mitfühlend behandelt. Sie allerdings zu verlieren war offenbar etwas, das er nicht zu akzeptieren vermochte. Aus eigennützigen Gründen oder weil er doch etwas für sie empfand? Christian saß da, starrte vor sich hin und wusste keine Antwort darauf.

Alles, was er wusste, war, dass es so gewesen sein musste, wie er es sich eben ausgemalt hatte.

Er räumte den Tisch ab, ruhige Bewegungen, vertraute Handgriffe, dann zog er sich Jacke und Schuhe an. Noch immer ohne Hast verließ er das Haus. Da Vera mit dem Zug nach Berlin gefahren war, setzte sich Christian ans Steuer ihres Automobils – mittlerweile war er ein sehr guter Fahrer geworden.

Der Herbst hatte begonnen, die Wälder links und rechts der kaum befahrenen Landstraße verfärbten sich bereits. Die Zeit verstrich. Christian hörte dem monotonen Brummen des Motors zu, allein bei sich und seinen Gedanken. Es war merkwürdig, zurück in diese Gegend zu kommen, die er doch eigentlich für immer hinter sich gelassen zu haben glaubte, ein fast schon beklemmendes Gefühl. Die Nebelfetzen, die weite Leere des grauen Himmels, die Stille.

Christian fuhr nicht ins Dorf, sondern blieb auf der Straße, um nach einer Weile in einen Feldweg einzubiegen. Steine und Dreck klatschten an das Gefährt, aus einer Pfütze spritzte braunes Wasser auf. Der Hof schien vor der Windschutzscheibe zu erwachsen, als würden sich die Gebäude innerhalb von Sekunden zusammensetzen, dahinter Felder, die sich bis zu einem weiteren Waldstück erstreckten – jenem Wald, durch den der Fluss führte.

Christian stoppte den Wagen vor dem Hauptgebäude und stieg aus.

Hier war die Stille noch einnehmender, noch überwältigender.

Er schaute sich um.

Irgendetwas stimmte nicht, war nicht in Ordnung.

Teggers Automobil war nicht zu entdecken. Hinter den Fenstern klebte Schwärze. Ein Wind wehte, auf einem Lattenzaun hockten Krähen. Christian legte das kurze Stück zum Haupthaus zurück. Er klopfte an die Türe, mehrmals, laut und vernehmlich.

Keine Reaktion.

Er ging zu einem der Ställe, dem mit den Ziegen. Er riss das Tor auf – und stieß auf eine dumpfe Leere. Es roch nach den Tieren, aber sie waren nicht mehr hier. Im Kuhstall dasselbe Bild. Kein Vieh. Nichts als Leblosigkeit.

Die Böen strichen um die Gebäude, zerrten an Christians Jackenschößen. Er hob die Schultern, eine kurze, flüchtige Geste, gleich darauf setzte er sich wieder ans Lenkrad. Als er ins Dorf fuhr, dachte er an seine Rückkehr, damals, als Choya an seiner Seite gewesen war, doch er vertrieb diese Bilder rasch wieder.

Die Hauptstraße, die abzweigenden Gassen, die Häuser, die Ruhe. Der Laden von Frau Ballwanz war geöffnet, eine Frau betrat ihn gerade; eine Katze strich um ein offen stehendes Tor; ein Fenster wurde geschlossen. All das nahm Christian nur aus den Augenwinkeln wahr, sein Blick galt der Fahrbahn vor ihm.

Er parkte vor dem *Stolzen Hahn*. Mittlerweile war es um die Mittagszeit. Aus den Fenstern drang Licht nach draußen. Die Gaststube war so niedrig und düster, dass man sie selbst tagsüber oft mit elektrischem Licht erhellen musste. Als Christian ausstieg, krochen ihm die Düfte des Dorfes in die Nase, Holzofenasche und Hunde,

Schweiß und Arbeit, Getratsche, Anspruchslosigkeit, Gelassenheit.

Piets Augen erfassten Christian sofort, blieben bei ihm, rund und ungläubig, verschleierten sich dann mit einer unübersehbaren Verlegenheit, bis sich die schweren Lider senkten.

Kein einziger Gast in der Stube, Staubmäuse in den Ecken, ein schaler Geruch erfüllte den Raum, schlechte, verbrauchte Luft.

Christian nahm an dem kleinen Fenstertisch Platz, an dem der alte Abel immer gesessen hatte.

Piet trat heran, ein fleckiges Spültuch über die Schulter gelegt. »Dich habe ich hier nicht mehr erwartet.«

»Das kann ich mir vorstellen.«

»Möchtest du etwas trinken? Essen?«

»Ein Kaffee wäre nicht schlecht.« Christian musterte ihn. »Trinkst du eine Tasse mit mir?«

Gleich darauf saßen sie sich gegenüber.

»Wo wohnst du inzwischen?«, erkundigte sich Piet, und Christian konnte ihm ansehen, dass er am liebsten auch nach Vera gefragt hätte, sich aber nicht traute.

»In Hannover«, antwortete er nach einem ersten Schluck Kaffee.

»Mich hat die Stadt nie gereizt«, meinte der Wirt. »*Keine* Stadt. Was machst du? Wie gefällt es dir dort?«

»Im Moment herrscht eine eigenartige Stimmung. Du weißt schon, die ganze Welt redet von Krieg.«

Piet nickte. »Ja, hier reden sie auch von Krieg. Und vom Üblichen. Vom Wetter, vom Vieh, von der Ernte.«

»Nicht viel los bei dir.«

»Ach. Mal so, mal so.«

Ein Schweigen entstand.

»Ich war auf Teggers Hof«, sagte Christian nach einer ganzen Weile, völlig unvermittelt, die Worte standen rau in der Luft.

»Was wolltest du dort?«

»Ich weiß es nicht.« Christian merkte, dass Piet ihm nicht glaubte, aber er gestand sich selbst ein, dass genau das der Wahrheit entsprach. Er hatte tatsächlich nicht die leiseste Ahnung. Was hatte er gewollt? Tegger und Margit wissen lassen, was er dachte? Ihnen einfach nur in die Augen sehen? Erneut die Polizei einschalten?

Piet senkte schon wieder die Lider. »Auf dem Hof hast du niemanden angetroffen, nicht wahr?«

»Nein, was ist da los?«

»Du hast es wirklich nicht erfahren, oder?«

Christian schüttelte den Kopf, wartete auf eine Erklärung.

Der Wirt nippte am Kaffee. »Margit hat sich umgebracht.«

»*Was?*«

»Ja.« Piet holte Luft. »Schon im letzten Jahr. Sie hat sich erhängt. Im Ziegenstall. Eines Morgens, ganz früh.«

Christian sagte kein Wort.

»Tegger hat sie gefunden«, fuhr der Wirt leise fort. »Bei der Beerdigung war fast das ganze Dorf da. Keiner konnte verstehen, was Margit dazu bewogen haben mag, sich …«

Die Stimme verlor sich. Die beiden Männer sahen sich in die Augen, lange, dann wichen sie dem Blick des jeweils anderen aus, als könnten sie dadurch allein sein.

»Teggers Gesicht war wie versteinert«, sprach Piet plötzlich weiter, »als die Leute ihm bei der Beerdigung das Beileid ausgesprochen haben. Wie versteinert. Als würde kein Blut durch seine Adern fließen. Danach hat er sich kaum noch im Dorf blicken lassen, nicht einmal hierher ist er noch gekommen.«

»Wo ist er jetzt? Warum war er nicht auf dem Hof? Warum war kein Vieh zu sehen?«

»Verkauft«, erklärte Piet. »Erst vor Kurzem. Tegger befindet sich in einer Klinik. In Hannover oder in Göttingen. Jedenfalls wird das behauptet. Es war wohl kurz nach Margits Tod: Da wurde Krebs bei ihm festgestellt. Der Krebs frisst seine Knochen auf. Der alte Motzka war einer der wenigen, die ihn zuletzt noch sahen. Angeblich hat Tegger eine Menge an Gewicht verloren.«

Danach schien es nichts mehr zu sagen zu geben. Die Minuten zogen an ihnen vorüber, das Schweigen blieb. Schließlich erhob sich Christian und bezahlte die beiden Tassen Kaffee. Er hatte nicht einmal seine Jacke abgelegt, wie ihm jetzt erst bewusst wurde. Sie wechselten einen letzten Blick, gaben sich nicht die Hand, und dann ging Christian ohne ein Wort des Abschieds nach draußen.

Es war noch im selben Herbst, als Vera und Christian zu gleichen Anteilen Teggers Hof und sämtliche dazugehörenden Ländereien erbten. Sie lehnten es ab, die Erbschaft anzutreten, und erfuhren nie, was aus dem Hof letztlich wurde.

Der zweite große Krieg in diesem Jahrhundert kam, verschlang Christian Falk und spuckte ihn wieder aus. Ein Granatsplitter hatte seinen linken Arm steif und nahezu unbrauchbar gemacht. Vera hieß Christian willkommen, mit Tränen in den Augen. Sie überstanden das große Sterben, machten weiter. Vera kämpfte wieder mit allem, was sie geben konnte, für den Verlag, der auch die harten Nachkriegsjahre überstand. Bis ins hohe Alter blieb Vera Novian dem Kranich treu.

Christian setzte sich nach seiner Rückkehr von der Front ein, um die Brauerei, in der er wieder einen Platz gefunden hatte, nicht untergehen zu lassen. Noch weitere zwanzig Jahre sollte er dort arbeiten und es bis zu einer leitenden Stellung bringen.

Und weiterhin blieben sie zusammen, Vera und Christian, weiterhin genügten sie einander, das zurückgezogen lebende Paar, das niemals heiratete. Keiner von ihnen beiden kehrte jemals ins Dorf zurück.

Für den Mord an Choya wurde nie jemand vor Gericht gestellt. Der Fall wanderte zu den Akten, verstaubte irgendwo zwischen vielen anderen Verbrechen, die ebenfalls in Vergessenheit gerieten, säuberlich in Kartons verstaut, auf langen Regalen in einem dunklen Kellerarchiv. Auch das Verschwinden des alten Abel blieb eine Aktennotiz. Fast war es, als hätte er niemals existiert.

Doch in den Jahren, die folgten, berichteten verschiedene Dorfbewohner übereinstimmend, dass sie bei abendlichen Friedhofsbesuchen von einem beunruhigenden Gefühl heimgesucht wurden. Es kam ihnen vor, als würden sie beobachtet. Einzelne wollten eine schemenhafte Gestalt gesehen haben, die bei den Gräbern herumgeisterte, umhüllt von Nebelfetzen. Bei der Gestalt sollte es sich um einen alten Mann handeln, der ihnen auf ihren Wegen zwischen den Gräberreihen hinterherhuschte. Angeblich versuchte er, ihnen etwas mitzuteilen. Mit einer Stimme, die nur aus einem leisen, völlig unverständlichen Flüstern bestand, einem Raunen, das sie bis in ihre Träume verfolgte.

Tal der Finsternis

Markus Flexeder
Blutwinter
Broschur, 184 Seiten
ISBN 978-3-86913-470-3

Winter 1920, kurz vor dem Nikolaustag: Durch den knietiefen Schnee kommt das Böse in das Tal hinabgestiegen. »Der Teufel war's«, erzählt man sich später über den Unbekannten, der 25 Bauersleute ermordete und dabei keine Gnade kannte. Im Jahr 2005 machen sich zwei Journalisten auf, das Rätsel um die Blutnacht von Wolfsham endgültig zu lüften. Mithilfe archivierter Zeugenaussagen – voll von Geschichten über Raunächte, Aberglauben und den Teufel – versuchen sie, die Fragmente Stück für Stück zusammenzufügen. Doch nur die 95-jährige Maria Stadler vermag ihre offenen Fragen womöglich noch zu beantworten. Aber die gibt nur äußerst widerwillig Auskunft …

Mörderische Hetzjagd

Max Stadler
Waidwund
Hardcover, 392 Seiten
ISBN 978-3-86913-474-1

Der ebenso wohlhabende wie gewissenlose Großbauer Hans Nübler stirbt, grausam, den »Tod der tausend Schnitte«. Parallel zur Kripo Regensburg nimmt das Team um den ruppigen Polizisten Peter Leitner die Jagd nach dem Täter auf – schließlich will man das Wissen vor Ort nutzen: zum Schauplatz des Mordes und der Dorfgemeinschaft, zu ideologischen Fronten, persönlichen Feindschaften und Intrigen. Doch lokale Seilschaften machen den Ermittlern das Leben schwer, und kurz darauf verschwindet auch noch der jüngere Sohn Nüblers spurlos bei einer Safari in Kenia. Ist die gesamte Familie in akuter Gefahr? Der Mörder schlägt Haken – und hat sein nächstes Opfer bereits im Visier …
Ein mitreißender Kriminalroman, der sich um Freundschaft, Missgunst und Verrat, den Schutz der Natur und die Kraft des Handelns dreht. Und der den Leser über Straßburg bis in die Weiten Afrikas entführt.